Speck oder Käfig

Sabine Krischer

Speck oder Käfig

\-

Ein Schwerverbrecher speckt ab

humorvoller Roman

von

Sabine Krischer

Bibliografische Information der Deutschen Nationalbibliothek: Die Deutsche Nationalbibliothek verzeichnet diese Publikation in der Deutschen Nationalbibliografie; detaillierte bibliografische Daten sind im Internet über dnb.dnb.de abrufbar.

Herstellung und Verlag:
BoD – Books on Demand, Norderstedt

ISBN: 9783748100157

INHALT

1. VERHAFTUNG MIT HINDERNISSEN

Sein Name war Viktor, Viktor Renner. Aber mit Rennen hatte sein Leben nichts zu tun, eher mit Sitzen. Da konnte er seinen zwei Hauptbeschäftigungen besser nachgehen: essen und Börsenwerte studieren.

Ein paar Wochen vor dem schlimmsten Tag seines Lebens feierte er noch seinen sechzigsten Geburtstag mit seiner Tochter Hildegard, seiner Haushälterin Frau Süss und sechs Torten. Mehr Gäste waren nicht eingeladen. Er fürchtete nämlich, sie könnten ihm seine Torten streitig machen.

Viktor lehnte es sowieso ab, Freunde zu haben. Schließlich würden sich alle nur mit sich selbst beschäftigen und ihn mit blödsinnigen Themen wie Abnehmen zulabern. Selbst seine Tochter sprach bei jedem zweiten Besuch davon. Das hatte er nicht nötig. Frau Süss war die einzige, die ihn so akzeptierte wie er war mit jedem Gramm an seinem wohlgeformten Körper. Sie war die wahre Perle in seinem Haus.

Ob der Morgen normal war, kann man nicht sagen. Schließlich war der Lebenswandel von Viktor nicht normal. Aber es begann wie jeden Tag. Viktor genoss das reichhaltige Frühstück von Frau Süss. Dann rollte er die fünfzehn Meter mit dem Rollstuhl in sein Arbeitszimmer und setzte sich an seinen Schreibtisch, wo er die Börsennachrichten studierte. Frau Süss putzte ihren Herrschaftsbereich. Gegen zehn Uhr knurrte wieder Viktors Magen. Er drückte die Klingel, die auf seinem Tisch stand. Kurze Zeit später öffnete Frau Süss die Tür.

"Herr Renner?"

"Frau Süss, bringen Sie mir bitte mein zweites Frühstück."

"Schinken oder Wurst?"

"Beides bitte."

"Kommt sofort."

Frau Süss schloss leise die Tür. Viktor widmete sich wieder dem Bildschirm und sichtete seinen Aktienstand.

Währenddessen schmierte Frau Süss zwei große, sehr dicke Scheiben Brot mit viel Butter. Dann legte sie auf das eine Brot dick Schinken, auf das andere dick Wurst. Beide garnierte sie mit viel Mayonnaise und Ketchup und einem lächerlich winzigen Stück Petersilie.

Genau in dem Augenblick, als sie den Brotteller auf das Tablett stellte, klingelte es. Frau Süss öffnete mit Tablett in der Hand die Tür. Vor ihr standen zwei Polizisten. Sie staunten, als sie die dicken Brote sahen. Doch ein guter Polizist lässt sich von so einem Anblick nicht ablenken. Gewohnheitsmäßig griff der eine in seine Tasche, zog den Ausweis heraus und zeigte ihn Frau Süss.

"Grüß Gott, wir kennen uns ja schon, Polizeimeister Dickmann und mein Kollege Zabel. Wir würden gerne Herrn Viktor Renner sprechen."

"Worum geht es denn?"

"Das würden wir ihm gerne selber sagen."

Eigentlich konnte sie es sich denken. Sie sah die Herren ja nicht das erste Mal. Aber in manchen Situationen ist es besser, die Polizei warten zu lassen. Frau Süss lehnte die Tür an und rief laut im Gehen ins Haus.

"Viktor, Viktor."

Viktor, der still an seinem Schreibtisch saß,

schaute auf.

"Wie kommt diese Frau darauf, mich beim Vornamen zu rufen."

Und dann fiel es ihm siedend heiß ein. "Ach je, das kann nur eines bedeuten."

Schon betrat Frau Süss das Zimmer.

"Die Polizei ist da. Die haben mir nicht gesagt, was sie wollen."

Viktor ahnte, worum es ging.

"Einen Moment. Ich muss nur noch schnell ..."

Hektisch fuhr Viktor den Computer runter. Dabei unterliefen ihm Fehler. "Oh nein, jetzt ist er abgestürzt. Dass die auch immer so unvorbereitet kommen müssen. Naja, jetzt passt es. Es sieht ja sonst alles gut aus."

Dann sah er auf Frau Süss mit dem Tablett.

"Stellen Sie das hier ab." Frau Süss stellte ruhig das Tablett auf den Schreibtisch. Noch einmal schaute er sich im Zimmer um, damit ja nichts auffälliges rumlag. Dann griff er nach der Zeitung.

"Jetzt können Sie sie reinlassen."

Während der Wartezeit vor der Haustür sprachen die Polizisten über ihre ersten Beobachtungen.

"Hast du die Brote gesehen? Die waren bestimmt für ein Pferd."

"Nein. Da war Fleisch drauf."

„Aber der Wahnsinn ist das trotzdem."

„Ja."

Weiter konnten sie sich nicht unterhalten, denn Frau Süss kam zurück und öffnete die Tür, um beide herein zu bitten.

Als die Polizisten das Arbeitszimmer betraten, tat Viktor so, als ob er sein intensives

Zeitunglesen extra für die Polizei unterbrochen hätte und legte demonstrativ die Zeitung und den angebissenen Brotrest weg. Die Polizisten kamen kaum aus dem Staunen raus, denn es war doch nur eine Minute vergangen, seit sie die ganze Brotscheibe gesehen hatten.

Frau Süss spürte, dass sie unerwünscht war. Gerne würde sie ihrem Arbeitgeber zur Seite stehen. Aber das ging leider nicht. Das sah sie an den Blicken der Polizisten. Ohne ein Wort ging sie wieder raus und machte die Tür zu.

"Ah, Grüß Gott, Herr, äh, Polizeibeamten, beehren Sie mich wieder? Ich hab aber nichts, was ich Ihnen diesmal anbieten kann."

Viktor war ja aus Prinzip dagegen, dass andere Leute sein Haus betraten. Denn alle hatten die Angewohnheit, ihn zu kritisieren.

Was ihn aber an den Polizisten besonders störte, war die Tatsache, dass sie beruflich dazu verpflichtet waren, ihn zu kritisieren. Genauso wenig wie es seine Tochter Hildegard etwas anging, was er aß, ging es die Polizisten etwas an, was er mit seinem Geld machte.

Polizeimeister Dickmann kam aber direkt zur Sache.

"Passt schon. Wir brauchen keine Beweismittel mehr. Wir sind diesmal mit einem Haftbefehl da. Ich denke, Sie wissen es schon, es ist wegen Steuerhinterziehung und mehrfachen Betrugs. Herr Viktor Renner, wir sollen verhindern, dass Sie erneut den Gerichtstermin verpassen; Sie wissen - nächste Woche. Deshalb sollen Sie bis dahin in Untersuchungshaft. Wenn Sie bitte mitkommen."

Viktor schluckte. Er schaute sich still den Haftbefehl an, den der Polizist ihm hinhielt, und erkannte seine aussichtslose Lage. Natürlich hatte er vor drei Monaten die Einladung zum ersten Gerichtstermin weggeschmissen.

Genauso landete auch die Einladung für diesen zweiten Gerichtstermin im Papierkorb. Er hatte einfach keine Lust auf so viele Leute, die ihn belehrten. Er hatte doch extra bei der Bank gekündigt, weil er sich nicht mehr mit lauter Dummköpfen abgeben wollte.

Der Haftbefehl sprach aber eine ernste Sprache. Erst eine Woche Untersuchungshaft und dann sah er schon so eine Kindergartentante auf dem Richterstuhl vor sich, die in süßlicher Stimme sagen würde: "Du weißt doch, Viktor, dass man das nicht tut! Du bist ein böser Junge. Du musst bestraft werden. Pfui, pfui, pfui!"

Viktor stand auf, um mitzukommen. Das ganze Ausmaß von Viktors Figur wurde sichtbar. Polizeimeister Zabel glotzte ihn erstaunt an. Es war das erste Mal, dass er ihn aufrecht stehen sah. Er schaute auf die Reste des großen Brotes und verstand den Zusammenhang. Herr Zabel beobachtete Viktor genau. Weniger, weil er Angst hatte vor unerwarteten Flucht- oder Angriffsversuchen, nein, Herr Zabel war einfach fasziniert davon, dass ein Mensch so dick sein konnte. Bei seinen Beobachtungen fragte er sich, ob Viktor Stummelbeine hätte und der Bauch mit den Oberschenkeln verwachsen wäre. Und er fragte sich, was es wohl zu sehen gäbe, wenn die Hose runterfallen würde. Hatte er seinen Pimmel auf Kniehöhe oder war der vielleicht auch eingewachsen wie die Oberschenkel?

Schwerfällig nahm Viktor sein Jackett, das am Sessel hing, und zog es an. Er kontrollierte den Inhalt der Taschen ohne ihn herauszuholen. Dann ging er schwerfällig mit den Beamten zur

Tür. Den Rollstuhl ließ er stehen, worüber sich Frau Süss wunderte, als sie die Gruppe an der Haustür beobachtete.

Viktor schnaufte heftig, als sie aus der Haustür traten. Er tat so, als ob er kaum laufen könnte und stützte sich bei Herrn Zabel ab. Er wusste ja, dass er mehr konnte. So wie heute, hatte er damals auch dem Arzt etwas vorgespielt, um den Rollstuhl auf Kassenrezept zu bekommen. Viktor freute sich diebisch, wenn er anderen etwas vormachte.

"Junger Mann, ich kann nicht so schnell. Sie müssen auf mich Rücksicht nehmen."

Dann drehte er sich zurück und rief zur Tür: "Frau, äh, Susi, ich ruf dich an, sobald ich Zeit habe."

Herr Zabel wollte das Gewicht so schnell wie möglich loswerden und sagte aufmunternd: "Jaja. Schauen Sie, wir haben gleich da vorne geparkt. Das ist nicht weit."

Hoffentlich würde er mal ein paar Schritte schneller gehen. Herrn Zabels Arm schmerzte schon, so sehr zog Viktors Gewicht daran. Er war froh, dass sein Kollege vorging, um das Gartentor zu öffnen. So kämen sie schneller zum Auto.

Aber Viktor entlastete ihn anders. Er stützte sich am Pfosten des Gartentors ab und bat um eine kleine Verschnaufpause. Glücklich über diese Entlastung ging Herr Zabel vor, um die Autotür zu öffnen. Je schneller alles vorbereitet war, um so schneller hätten sie den Dicken im Auto. Auch Herr Dickmann ging davon aus, dass das Einsteigen ins Auto nun zügig geschehen würde und stand erwartungsvoll auf dem Gehweg.

Nur Viktor dachte nicht daran. Er hatte andere Pläne. Völlig überraschend schlug er das Gartentor von innen zu und rannte los.

"Ihr kriegt mich nicht." rief er. Vielleicht konnte er ihnen doch entkommen und seine Freiheit behalten. Einen Versuch war es wert. Das Gartentor, das man nur von innen öffnen konnte, verschaffte ihm einen Vorteil.

Die Beamten schauten sich an. Nach kurzem Staunen über die absurde Situation kletterte Herr Dickmann über das Gartentor und lief ihm nach.

Viktor schaffte es bis hinter das Haus. Dort holte er sein Handy aus der Tasche und suchte die Nummer von Frau Süss. Gerade in dem Moment kam Herr Dickmann an und nahm ihm das Handy ab, bevor er anrufen konnte. Viktor ging es wie einem Schuljungen, der vom Lehrer erwischt wurde, erst recht, als der Polizeimeister mit seiner bescheuerten Belehrung begann.

"Ja, so geht das nicht. Das verstößt gegen die Spielregeln. Das Handy ist beschlagnahmt. Wenn Sie bitte wieder mitkommen."

Gemeinsam machten sie sich auf den Rückweg. Viktor war sich dessen bewusst, dass eine Flucht gerade für ihn sehr schwierig war. Aber er musste es nochmal versuchen. Er schnaufte und schwitzte.

"Sie glauben also, nur weil Sie ein bisschen dünner sind, können Sie mich immer wieder einholen. Aber ich werd's Ihnen zeigen. So leicht mach ich Ihnen die Verhaftung nicht."

In Viktor erwachte Kampfgeist. Er ärgerte sich über den Grünschnabel, der sich als Bestimmer aufspielte. Einen Vorteil hatte Viktor noch. Er kannte den Garten. Er wusste, wo die Fluchtpunkte waren.

13

Um seine Erschöpfung zu zeigen, stützte er sich auf den Polizisten und schnaufte laut. Sehr langsam gingen die beiden am Haus entlang. Schon einen Meter vorher schaute Viktor auf die gestapelten Gartenstühle neben der Terrasse und fasste einen Plan. Das war seine zweite und letzte Chance.

Er zerrte den ahnungslosen Polizisten so nah wie möglich an die Gartenstühle heran, um im letzten Moment urplötzlich den Stoß umzuschmeißen. Wie erhofft polterten die Stühle direkt vor den Polizisten. Ein Stuhl traf ihn sehr schmerzhaft am Knie.

Viktor zögerte nicht. Er drehte sich um und lief weg so schnell er mit seinem massigen Körper konnte. Sein Glück war, dass er Herrn Dickmann am Schienbein getroffen hatte, der sich dieses vor Schmerzen viele Sekunden festhielt. Das gab Viktor Zeit, den hinteren Teil des Gartens zu erreichen.

Viktors Kampfgeist entfachte nun auch im Polizisten den Drang nach einem Wettkampf. Das fand er sehr reizvoll. So rief er Viktor einen Vorschlag zu: "Na gut. Ich gebe Ihnen zehn Minuten Vorsprung. Wetten, dass wir Sie einholen."

Er schaute dem Dicken nach, wie er keuchend hinter einem Busch verschwand. Die Jagd würde leicht werden, wenn sich der Dicke ausgetobt hatte. Dann würde er brav und folgsam mit zum Auto kommen. Das könnte Herr Dickmann ruhig abwarten. Langsam ging er zurück zum Auto. Er war froh über die Pause, in der er sein Schienbein schonen konnte.

Am Auto lehnte sich sein Kollege Zabel gemütlich am Auto an und ließ sich von der

Sonne bescheinen. Herr Dickmann lehnte sich daneben. Etwas erstaunt schaute Herr Zabel auf seinen Kollegen. "Was ist? Hast du ihn nicht mitgebracht?"

"Ich habe mit ihm gewettet. Ich habe ihm zehn Minuten Vorsprung gegeben." Er schaute auf die Uhr. "Das heißt, in neun Minuten laufen wir los. Bis dahin können wir die Sonne genießen."

"Sauber. Ihr wettet also, ob eure Namen stimmen. Der Renner rennt und der Dickmann lehnt sich an."

Herr Zabel lachte über seinen Kalauer. Dickmann schaute ihn erst böse an, dann schmunzelte er doch darüber.

"Ja, das werden wir sehen. Name oder Figur. Wer wird gewinnen?"

Schon fünf Minuten brutzelte die Sonne den Polizisten das Hirn weg, als Hildegard ihr Auto direkt hinter dem Polizeiwagen parkte. Mit einer kleinen Einkaufstasche in den Händen stieg sie aus und ging auf die Polizisten zu.

"Grüß Gott, wollten Sie zu meinem Vater."

"Sie sind wohl die Tochter von Herrn Renner?"

"Ja!?"

"Mein Name ist Dickmann. Das ist mein Kollege Zabel. Wir sind hier, um Ihren Vater zu verhaften."

"Hat er wohl nicht nur an der Börse Geld verdient?"

"Das kann ich so nicht sagen. Schließlich verhaften wir ihn nur wegen Tatverdacht. Sie verstehen? Verdacht - nicht Bestätigung. Das ist Aufgabe der Richter, nicht unsere. Verstehen Sie?"

"Ja, und warum stehen Sie noch hier rum? Warum klingeln Sie nicht und gehen rein?"

"Wir haben schon geklingelt. Wir haben auch schon mit Ihrem Vater geredet. Wir haben ihm zehn Minuten Vorsprung gegeben. Das machts spannender."

Hildegard war entsetzt. "Sie haben was?"

"Das ist so eine Art Wette." schaltete sich nun Herr Zabel ins Gespräch ein. "Wissen Sie. Ob der dicke Herr Renner oder der rennende Herr Dickmann gewinnt." Er kicherte und war immer noch begeistert von seinem Kalauer.

Hildegard war nicht begeistert. Sie war stinkwütend. Was für ein Blödsinn fiel diesen hirnverbrannten Polizisten ein? Sie wurde laut. "Dann rennen Sie mal los. Sie sind wohl von allen guten Geistern verlassen. Sie können doch nicht meinen Vater zu so einer bescheuerten Wette animieren. Wenn er einen Herzinfarkt hat, dann sind Sie schuld. Ich werde eine Dienstaufsichtsbeschwerde einreichen. Sie (...)-beamten, Sie."

Während Hildegard schimpfte, rannten beide Polizisten los durch das Gartentor hinters Haus. Hildegard brachte ihre Einkäufe ins Haus. Dann rannte auch sie durch die Terrassentür in den Garten. Am Gartenzaun trafen sie sich. Aber von Viktor war weit und breit keine Spur. Dabei war er doch sicher nicht zu übersehen. Wie geht das?

"Da hinten ist ein Tor. Das ist offen," wies Hildegard die Polizisten hin. Damit hatten die beiden nicht gerechnet, dass es noch einen Fußweg direkt hinter dem Haus gab. Viktor hatte doch mehr Chancen als sie dachten.

Am Gartentor hielten die drei inne. "Links oder rechts?"

"Das weiß ich nicht. Der Weg führt in beide Richtungen auf eine Straße." So gut kannte sich

16

Hildegard aus.

Dann entschied Herr Zabel: "Ok. Ich links, du rechts," und schon rannten die Polizisten wieder los.

Viktor war nach rechts gelaufen, aber er kam nicht sehr weit. Die Folgen seiner Fettleibigkeit und seiner Unsportlichkeit waren heute deutlich zu spüren. Er schaffte viel weniger als er dachte. Er spürte, wie sein Herz raste und sein Atem nicht mehr nachkam. Er stürzte schon zwei Grundstücke weiter zusammen und lag auf dem Boden.

Durch die Krümmung des Weges und die überstehende Hecke des Nachbarn konnte er sein Grundstück nicht mehr sehen. Er versuchte sich aufzurichten, schaffte es aber nicht einmal zum Sitzen.

Der Speichel rann ihm aus dem Mund und vermischte sich mit dem Dreck am Boden. Auch an seinem Hals und seiner Stirn spürte er, wie Gräser und Erde durch seinen Schweiß festgehalten wurden. Aber zum Abwischen war er zu schwach. Er hatte auch nichts zum Abwischen dabei. Seine Hände waren ja ebenfalls von einer Mischung aus Schweiß, Dreck und dem Blut einer Schürfwunde bedeckt.

So lag er einige Minuten bis Herr Dickmann angerannt kam, sich umdrehte und nach hinten schrie: "Zabel, wir haben ihn. Komm her."

Hildegard traf als zweites ein und beugte sich zu ihrem Vater auf den Boden. "Papa, was machst du da? Du weißt doch, dass du nicht so weit rennen kannst."

"Ach, Kindchen. Ich kann es doch diesen grünen Männern nicht so leicht machen. Die glauben wohl, die können alles mit mir machen. Und außerdem wollte ich zeigen, was noch in mir steckt. Naja, vielleicht kann ich es doch nicht mehr in jeder Disziplin mit diesen Grünschnäbeln aufnehmen."

"Kannst du aufstehen?"

Viktor versuchte aufzustehen. Wie zu erwarten, schaffte er es nicht. Hildegard wendete sich den Polizisten zu, die abwartend daneben standen. "Und jetzt? Haben Sie sich bei Ihrer Wette auch überlegt, wie er aufstehen soll?"

Herr Dickmann wollte den Schaden wieder gutmachen. "Das machen wir schon." Er gab seinem Kollegen ein Zeichen. Jeder griff einen Arm und zog. Viktor bewegte sich, doch nicht nach oben, sondern zur Seite. Sein Kopf wurde mit Wucht an den Zaun geschleudert. Das brachte die Polizisten auf eine Idee. Statt ihm beim Aufstehen zu helfen, schoben und zogen sie solange an seiner Körpermasse herum, bis er ansatzweise aufrecht am Zaun anlehnte.

Dann wischten sich die Polizisten den Schweiß aus der Stirn. Viktor wischte sich nicht ab. Ihm ekelte immer noch vor dem Schweiß an seinen Händen, der mit dem Staub des Bodens und dem Blut seiner Schrammen verwischt war. Zur Erde vom Wegesrand mischten sich auf seinem Stirnschweiß noch die Holzbrösel des alten Gartenzauns. Es war widerlich und erniedrigend. Hätten die Nachbarn nicht wenigstens für einen anständigen, glatten Zaun sorgen können? Man merkte, dass diese Nachbarn mit Geld nicht umgehen konnten, wenn es nicht mal zu einem neuen Gartenzaun reichte.

Hildegard beobachtete die Aktion mit Wut und Sorge. Sie überspielte ihre Gefühle mit einem

spöttischen Blick, woraufhin sich die Polizisten
schämten.
"Sehen Sie, wo Sie meinen Vater mit ihrem
Schmarrn hingeführt haben. Sie können ihn
jetzt nicht verhaften. Er hat einen
Zusammenbruch. Er muss jetzt zum Arzt."
Hildegard nahm ihr Handy aus der Hosentasche
und tätigte einen Notruf. Die Polizisten standen
betreten daneben.

Eine Stunde später parkte der Rettungswagen
am Ende des Fußweges an der Straße. Aus dem
Fahrzeug holten die drei Sanitäter eine
kranartige Hebehilfe und eine fahrbare
extrabreite Trage.
Als sie mit den großen Geräten bei Viktor
ankamen, entschuldigten sie sich: "Es tut uns
leid, dass wir so lange gebraucht haben. Aber
wir brauchen die breite Trage so selten, dass wir
sie erst suchen mussten. Und dann mussten
wir den Akku vom Lifter aufladen. Herr Renner,
gell? Wir müssen jetzt schnell machen, sonst ist
der Akku vom Lifter wieder leer, bevor sie auf
der Trage liegen."
Das Wort "schnell" löste bei Viktor wieder einen
Schweißausbruch aus. Er dachte an das
unsanfte Gezerre der Polizisten, die ihn an den
Gartenzaun wuchteten.
Doch es war dann nur halb so schlimm. Mit
gekonnten Griffen und wenig Drehen, schoben
die Sanitäter ein großes Tuch unter ihn. Dann
befestigten sie die Seile vom Tuch am Lifter.
Erst jetzt begann die Phase, die schnell gehen
musste.
Hildegard stockte der Atem, als sie sah, wie sich
der Hebearm des Lifters nach unten bog. Viktor
schwebte frei in der Luft. Ob das Gerät Viktor

aushielt? Oder würde Viktor unter einem lauten
Knall zusammen mit dem Hebekran umfallen?
Der Lifter erwies sich als stabil. Außerdem
konnten die Sanitäter geschickt damit
umgehen. Doch als Viktor wenige Zentimeter
über der Trage schwebte, piepste der Akku und
gab den Geist auf. So musste Viktor doch leicht
fallend auf der Trage platziert werden.
Geschafft! Hildegard gab ihrem Vater die Hand
und streichelte seine Wange zum Abschied. Sie
erkundigte sich bei den Sanitätern in welches
Krankenhaus sie fuhren und winkte ihnen
nach. Viktor winkte zurück, bevor er in den
Rettungswagen geschoben wurde.
Die Polizisten standen immer noch wortlos
daneben. Sie schämten sich für die Situation,
die sie zu verantworten hatten, aber nicht lösen
konnten.
Hildegard warf ihnen zum Abschied einen bösen
Blick zu, ehe sie die beiden stehen ließ und das
Gartentor demonstrativ von innen zuschloss.
Die Polizisten waren gezwungen den langen Weg
um den ganzen Häuserblock zu ihrem Auto
zurückzugehen.
Dort angekommen, nahmen sie erleichtert die
Mützen runter.
"Bin ich froh, dass wir ihn nicht bei uns
mitnehmen mussten. Den hätten wir hier nie
und nimmer rein- und wieder rausgekriegt."
"Ja, da haben wir richtig Glück gehabt. Nur den
Bericht möchte ich nicht schreiben."

2. EINGANGSUNTERSUCHUNG

Hildegard schaute aus dem Küchenfenster, als der Polizeiwagen wegfuhr. Hätte sie das verhindern können, wenn sie nicht ausgezogen wäre? Er musste wohl schon sehr lange auf irgendwelche krummen Geschäfte zugesteuert haben, bevor es zu einem Haftbefehl kam. Was hatte ihr Vater bloß alles gemacht als sie weg war? Aber gerade deswegen war Hildegard ja ausgezogen. Sie hatte weder das tägliche Fressen noch das Gerede über das Geldverdienen ausgehalten. Nur aus der eigenen Wohnnung heraus konnte sie sich selbst verwirklichen und studieren, was ihr Spaß machte, auch wenn oder gerade weil es gegen den Willen ihres Vaters war.

Ihre Gedanken wurden jäh von Frau Süss unterbrochen, die gerade in die Küche hereinkam. Hildegard drehte sich um.

"Frau Süss, warum sollte mein Vater festgenommen werden?"

"Weiß nicht."

Frau Süss stellte sich sichtlich dumm.

"Wirklich nicht? Sie sind doch jeden Tag hier. Da müssen Sie doch was mitgekriegt haben."

"Nein."

Frau Süss drehte sich weg und nahm einen Lappen in die Hand, um zu spüren, dass die Küche ihr Reich war. Leise murmelte sie vor sich hin.

"Viktor weiß schon, warum er ihr nie was gesagt hat."

"Ich habe ihr Genuschel zwar nicht verstanden, aber ich sage Ihnen, was ich jetzt tun werde. Ich gehe jetzt in sein Arbeitszimmer und werde nach Hinweisen suchen, was die Polizei von ihm wollte."

Frau Süss schaute auf.

"Sie werden nichts finden. Das Finanzamt war schon da und hat alles mitgenommen."

"Oh! Sie wissen es ja doch."

Hildegard zeigte, dass sie durchaus zurück sticheln konnte.

"Und warum haben sie Sie mit ihrer besonderen Arbeitsform nicht gleich auch mitgenommen?"

"Weil ich die Freundin von Viktor bin."

"Das ist mir neu. Weiß mein Vater das auch?"

"Es war seine Idee. So, und jetzt muss ich weiterarbeiten. Stören Sie mich nicht."

Frau Süss hatte keine Lust auf dieses Gespräch. Da es ihr mit dem Lappen in der Hand nicht gelang, Hildegard aus der Küche herauszuwischen, begann sie die Spülmaschine auszuräumen. Wie eine Gewehrsalve drang das laute Geschirrklappern an Hildegards Ohr.

Es wirkte. Hildegard bedrängte sie nicht weiter und ging ins Arbeitszimmer.

Dort setzte sie sich an den Schreibtisch ihres Vaters und versuchte, sich einen Überblick zu verschaffen. Sie las Briefe, die sie in der Ablage und im Papierkorb gefunden hatte. Dabei entdeckte sie sowohl die Ladung vom nichtwahrgenommen Gerichtstermin vor drei Monaten als auch vom neuen nächste Woche. Sie schüttelte den Kopf. Was käme erst zum Vorschein, wenn sie hier weitersuchte?

Inzwischen kam Viktor im Krankenhaus an. Die Sanitäter schoben ihn mit ihrer extrabreiten Trage ins Untersuchungszimmer von Dr. Metzger. Schade, dass der Spezialrollstuhl noch immer im Arbeitszimmer stand. Damit hätte sich Viktor eine Spur wohler gefühlt als in dieser Liegehaltung, die ihn mehr zur Sache als zum selbständig denkenden Menschen machte. Zumindest aus der Sicht dieses Arztes, der sich die Geschichte von den Sanitätern anhörte, aber nichts zu Viktor sagte.

Dann verabschiedete er die Sanitäter und dachte immer noch nicht an einen Wortwechsel mit Viktor. Stattdessen telefonierte er. Immer wieder sagte er "Aha" und "ach, so".

Viktor kam sich richtig blöd vor. Ging es jetzt um ihn oder nicht? Langsam wuchs sein Ärger über Menschen, die sich alle dazu berufen fühlten, ihm auf die Nerven zu gehen. Dr. Metzger gehörte zu diesen Typen. Wenn er nicht so ein schreckliches Erlebnis hinter sich gehabt hätte, wäre er aufgestanden und gegangen. Aber er konnte nicht.

Endlich legte Dr. Metzger auf, schaute Viktor fasziniert an.

"Das ist ja ein Ding. Sie wollten sich einer Verhaftung entziehen."

"Jaa. Und?"

"Sie wissen, dass ich Sie nicht nach Hause entlassen darf, auch wenn Sie sich jetzt wieder erholt haben. Da würde ich mich strafbar machen."

"Aber ins Gefängnis gehen lassen, das können Sie. Da haben Sie wahrscheinlich nicht mal ein schlechtes Gewissen. Und mit dem hypokratischen Eid ist das wahrscheinlich auch vereinbar, dass ich in einer viel zu kleinen Zelle krepiere. Ist das so?"

"Nein, mit ruhigem Gewissen kann ich Sie auch nicht ins Gefängnis entlassen. Ich müsste erst überprüfen, ob die Haftbedingungen für ihre Gesundheit zumutbar sind."

"Gut, dann sind wir uns einig. Sie schreiben einen Befund, dass ich nicht haftfähig bin. Ich gehe nach Hause und Sie können mal auf meine Kosten im Sternelokal ihrer Wahl essen gehen."
"Sie haben mich nicht verstanden. Wenn Sie nicht haftfähig sind, dann kann ich Sie auch nicht nach Hause entlassen. Dann bleiben Sie hier im Krankenhaus. Wir haben letztes Jahr erst drei Betten gekauft, die bis zu 300 kg aushalten. Wir können Sie hier bestens versorgen. Und zunächst geht es auch nur um eine Woche bis zur Verhandlung. Dann entscheidet sich, wie es mit Ihnen weitergeht."
Viktor schaute Dr. Metzger entsetzt an. Wieder gab es kein Entrinnen. Er litt unter dem triumphalen Ton, mit dem Dr. Metzger sprach.
"Gut, dann hätten wir das geklärt. Dann können wir mit der Aufnahmeuntersuchung starten. Machen Sie mal den Arm frei, damit ich den Blutdruck messen kann."
Dr. Metzger versuchte Viktor, die Blutdruckmanschette um den Arm zu legen. Sie war zu klein.
"Naja, dann machen wir das auch in der Tierklinik. Wegen der Waage müssen Sie eh dorthin."
Es klopfte an der Tür. Es waren die Sanitäter, die beim Rettungswagen bemerkten, dass ihnen noch was fehlte.
"Herr Dr. Metzger, wir bräuchten die Trage wieder. Nicht dass wir sie heute nochmal brauchen. Das wäre unwahrscheinlich: zweimal am Tag so einen Transport." Er schaute dabei grinsend auf Viktor. "Aber der Ordnung halber wär's wichtig."
"Meine Herren, das freut mich, dass sie schon da sind. Da brauch ich Sie gar nicht mehr

rufen. Herr Renner müsste für die
Untersuchungen in die Tierklinik. Wissen Sie,
unsere Waage ist zu klein und unsere größte
Blutdruckmanschette auch. Ich schreib noch
schnell den Überweisungsschein, dann können
Sie gehen."

Viktor saß kopfschüttelnd im Rettungswagen.
"Was glauben die, wer die sind? Die können
mich doch nicht so behandeln. In die Tierklinik?
Ich bin doch kein Ochse."
Der Sanitäter schaute ihn schulterzuckend an,
sagte aber nichts.
Nach einiger Zeit bog der Rettungswagen in die
Tierklinik ein. Es war ein schrecklicher Anblick.
Viktor sah, wie gerade ein Ochse herausgeführt
wurde zu einem Wagen mit offenem
Tieranhänger. So wollten sie ihn behandeln.
Was für eine Demütigung!
Bei genauerer Betrachtung merkte Viktor, dass
er schon den ganzen Tag wie ein Ochse
behandelt wurde. Erst wurde er gejagt von den
naseweisen Tierpflegern im Staatsdienst, dann
sprachen der Arzt und seine Helfer ständig über
ihn, als ob man wie bei einem Ochsen nicht mit
ihm reden könnte. Ganz klar, das hier war nur
die Spitze der Demütigungen.

Im Untersuchungssaal der Tierklinik stieg
Viktor das erste Mal von seiner extrabreiten
Trage runter. Ein Tierarzt führte ihn auf eine
große Waage. Sie zeigte 250 kg an. Der Arzt
konnte sich einen Kommentar nicht verkneifen.
"Aha! Das Pferd, das gerade operiert wird, wiegt
drei Kilo weniger."
Es wurden weitere Untersuchungen
durchgeführt mit Geräten, die eigentlich für

Pferde und Rinder bestimmt waren. An den Wänden hingen Lehrtafeln der Tiermedizin über Pferde und Rinder. Aus dem Nachbarraum hörte man ein Pferd wiehern. Für Viktor war alles eine Erniedrigung.

Nach den Untersuchungen wurde Viktor durch den Flur zum Rettungswagen zurückgebracht. Er sah, wie ein junges Pferd vom OP-Saal zum Schlafstall gebracht wurde. Davor lagen zwei Strohballen. Er deutete darauf.

"Das steht mir jetzt aber nicht bevor?"

Doch anstatt Viktor seine Würde zurückzugeben, blieb der Tierarzt bei seinem erniedrigenden Humor.

"Nein. Das ist für den Patienten mit 247 Kilo bestimmt."

Viktor war froh, endlich wieder im Krankenhaus zu sein. Es war so demütigend mit Pferden und Rindern auf eine Ebene gestellt zu werden. Jetzt hatte er immerhin eine Chance, wieder wie ein Mensch behandelt zu werden.

Spontan dachte er, dass er es der Privatversicherung zu verdanken hätte, dass er allein im Zimmer lag. Doch der Anblick von Polizeimeister Zabel, der als erster den Wachdienst übernehmen musste, erinnerte ihn daran, dass er aus ganz anderen Gründen ein Einzelzimmer hatte. Vielleicht sollte man besser sagen: Einzelzelle. Jetzt musste er eine Woche lang einen Anstandswauwau in Uniform in seiner Nähe ertragen. Naja, mit Ignorieren sollte er wohl diese Situation aushalten können. Schlimmer war dieser Weißkittelträger, der ihm doch schon bei der ersten Begegnung von seinen Betten für übergewichtige Patienten bis 300 kg vorgeschwärmt hatte. Doch trotz der misslichen Lage musste Viktor gestehen, die Betten waren bequem. Man konnte mit einem Bedienelement die Rückenlehne hoch- und runterfahren und der Galgen war auch stabil genug für sein Gewicht. Also das musste er dem Krankenhaus lassen. Das Bett war bequem. Dann war die Zweisamkeit mit dem Anstandswauwau beendet. Dr. Metzger stand plötzlich im Zimmer und setzte sich an den Bettrand. Das konnte Viktor nicht leiden. Das war übergriffig. Wenigstens das Bett wollte er als seinen Privatbereich haben.

Schon wieder sprach Dr. Metzger triumphierend von oben herab.

"Na, Herr Renner, haben Sie sich im Zimmer gut eingefunden? Ich hoffe, Sie werden sich bei uns wohlfühlen. Ein Polizist wird immer vor der Tür sein."

Er deutete auf Herrn Zabel.

"Und wenn Sie etwas brauchen, können Sie klingeln. Bis zur Verhandlung nächste Woche stehen sicher alle Untersuchungsergebnisse fest. Dann sehen wir weiter."

Viktor ärgerte sich über Dr. Metzgers überheblichen Tonfall. Demonstrativ drückte er die Klingel.

"Brauchen Sie noch was?" fragte Dr. Metzger.

"Ja. Ich habe Hunger."

"Darüber wollte ich auch noch mit Ihnen reden."

Eine Krankenschwester betrat das Zimmer.

"Ja, bitte?"

Dr. Metzger stand auf, nahm die Krankenschwester am Arm und stellte sich mit ihr gegenüber von Viktor. Viktor hätte platzen können. Ging es dem Arzt wieder nur darum, seine Macht zu demonstrieren? Musste er sich mit der Schwester vor ihm so aufplustern?

Genoss er es, einmal einen Patienten zu haben, der mal was wiegt? Aber da muss man ihn doch nicht gleich wie einen dummen, störrischen Ochsen behandeln. Viktor war ein Mensch und er hatte ein Recht darauf, wie ein Mensch behandelt zu werden. Wann würde er das endlich einsehen?

"Unsere Schwestern sind weisungsgebunden. Sie werden Ihnen nur das zu essen bringen, was ich anordne."

Dr. Metzger drehte sich zur Schwester. "Bringen Sie ihm eine Scheibe Brot mit Butter und nicht mehr. Und eine Flasche Wasser. Davon kann er trinken soviel er will."

Die Schwester ging raus. Viktor rang nach Worten in seinem Zorn über das Essverbot. Essen war doch ein Menschenrecht. Durfte der Arzt ihm dieses Recht nehmen? Aber sein Schock über diese ärztliche Anweisung verschlug ihm die Sprache. Er bekam nichts raus.

Und wieder klangen Dr. Metzgers Worte wie ein Triumph über Viktors Niederlage.

"Gut, dann wäre vorläufig alles geklärt. Wir sehen uns später."

Dr. Metzger verließ das Zimmer. Konnte Viktor ein Grinsen in seinem Gesicht sehen? Nein, es war eine Erniedrigung. Viktor tastete in seinem Bett nach Gegenständen, an denen er seine Wut ablassen konnte. Er erwischte ein kleines Kissen, das er Herrn Zabel an den Kopf warf. Dieser zuckte zusammen. Aber darauf achtete Viktor nicht.

In seiner Verzweiflung schrie er.

"So kann der mit mir doch nicht umgehen. Der will mich verhungern lassen. Ich werde sterben. Helfen Sie mir."

Mit immer leiseren Worten flehte er den
Polizisten an.
"Bitte helfen Sie mir."
Aber dieser stand nur schulterzuckend da. Er
war doch auch weisungsgebunden. Viktors Rufe
verhallten an den Wänden des Zimmers.

3. GRÜNDE FÜR HAFTFÄHIGKEIT

Ein paar Tage später hatte sich Hildegard einen Überblick im Arbeitszimmer ihres Vaters verschafft. Wie Frau Süss ihr schon gesagt hatte, fand sie keine Unterlagen zu Viktors finanzieller Situation. Alles lag beim Staatsanwalt. Aber sie fand die Anschrift des Rechtsanwalts. Und das erweiterte ihren Einblick enorm.

Endlich kamen ihr die Vollmachten zugute, die ihr Vater vor vielen Jahren schrieb. Damals empfand sie die Vollmachten als Belastung. Die Vorstellungen über die richtige Lebensführung waren so unterschiedlich. Sie konnte sich nicht vorstellen, jemals seine Interessen zu vertreten. Aber vielleicht war das gar nicht der Sinn der Vollmachten. Man konnte diese Schriftstücke auch etwas freier auslegen. Eine freiere Auslegung könnte es Hildegard ermöglichen, ihre eigenen Interessen in die Tat umzusetzen. Mangels Anwesenheit war ihr Vater auch nicht in der Lage, zu überprüfen, was sie machte. Außerdem würde ihr jeder angesichts der schwierigen Lage des Vollmachtgebers glauben, dass sie in dessen Sinn handelte. Sie entzifferte nochmal jeden Buchstaben, den ihr Vater damals schrieb und sie kam zu folgendem Schluss.

"Ja, die Vollmachten erlauben mir, das zu tun, was ich will."

Ob es ihm recht war, dass sie sich so umfangreich über seine Finanzen erkundigte, war Hildegard egal. Schließlich hatte er in all den Jahren die Vollmachten nicht widerrufen. Ob er es vergessen hatte oder ob sein Vertrauen in seine Tochter weiterhin so groß war, blieb sowohl ihr als auch dem Rechtsanwalt ein Rätsel.

Immerhin beantwortete der Anwalt freimütig alle Fragen von Hildegard. Ihr fiel die Kinnlade herunter, als sie erfuhr, welche Summen ihr Vater legal mit Aktien verdiente, wie wenig Steuern er tatsächlich zahlte und wieviele Menschen er per Internet zu einer dubiosen Geldanlage überredete.

Gier und Raffsucht waren keine Beleidigung, sondern eine ehrliche Beschreibung ihres Vaters.

"Und was ist mit Frau Süss?"

"Sie meinen Susanne Süss. Was soll mit ihr sein?"

"Gibt es von ihr einen Arbeitsvertrag?"

"Ach so, ich hab es mir schon gedacht. Davon ist in der Anklage keine Rede. Wahrscheinlich haben die beiden so überzeugend das Liebespaar gespielt, dass in dieser Richtung nicht weiter ermittelt wurde. Kann es sein, dass Sie Frau Süss nicht mögen?"

"Nein, wenn es nach mir ginge, wäre sie nie bei meinem Vater eingezogen. Am liebsten würde ich sie rausschmeißen."

"Das geht nicht. Sie wissen ja, dass ich die Interessen ihres Vaters vertrete und er ließ durchblicken, dass ihm Frau Süss sehr am Herzen liegt. Wenn Sie aber auf geordnete Verhältnisse wertlegen, dann bieten Sie ihr doch einen Miet- und Arbeitsvertrag an."

"Das mach ich."

"Und Sie? Warum ist Ihnen das so wichtig? Wollen Sie etwa wieder in das Haus einziehen?"

"Ja, warum nicht. Wenn mein Vater jetzt fünf Jahre im Gefängnis sitzt, dann steht das Haus doch leer. Also, Frau Süss in ihrer Einliegerwohnung zählt ja nicht richtig. Und das wäre doch schade, wenn ich als Studentin teure Miete bezahle, während ich im Haus umsonst wohnen kann."

"Handeln Sie aber bitte im Sinne Ihres Vaters."

"Das ist im Sinne meines Vaters. Und wenn im Haus mal andere Sitten einkehren, schadet ihm das gar nicht. Sie sehen ja, wo ihn seine Lebenseinstellung hinführt. Also wegen mir droht ihm nicht das Gefängnis."

"Ich sag es ja nur. Denken Sie bitte an Ihren Vater."

Am späteren Nachmittag saß Hildegard am Schreibtisch ihres Vaters und schrieb einen Arbeitsvertrag für Frau Süss. Endlich hatte sie Gelegenheit, dieser Frau zu zeigen, wo der Hammer hängt. Und wenn ihr Vater jetzt wirklich verurteilt werden würde, dann würde dieser einfältigen Frau nichts anderes übrig bleiben, als endlich mal ehrlich zu werden, zumindest vor dem Gesetz. Alles andere würde wohl doch länger dauern.

Mit dem Vertrag in der Hand rief sie laut nach Frau Süss. Hildegard fühlte sich gleich wie eine Vorgesetzte, als die längjährige Haushaltshilfe nach einem Anklopfen das Zimmer betrat. Bei der Gelegenheit könnte sie ja gleich ein umfangreiches Personalgespräch führen.

"Frau Süss, ich habe mich die letzten Tage im ganzen Zimmer umgesehen. Ich habe mit Papas Steuerberater und mit seinem Rechtsanwalt gesprochen. Nach allem, was in den letzten Monaten herausgekommen ist, wird Papa wohl ins Gefängnis gehen müssen. Ich wundere mich nur, warum ihre Schwarzarbeit nicht entdeckt wurde."

"Hab ich doch schon gesagt, Ihr Vater hat mich als seine Freundin vorgestellt."

"So wie Sie das sagen, könnte man meinen, dass Sie das selber glauben. Aber Sie wohnen doch in der abgetrennten Einliegerwohnung und ich sehe Sie hier immer nur putzen."

Sie wartete auf eine Antwort.

"Jetzt sagen Sie doch was dazu."

Frau Süss druckste sichtlich herum, ehe sie damit rausrückte.

"Sie finden es ja doch raus. Ich wohne und esse hier umsonst. Und am Anfang des Monats hebe ich immer 500 Euro von seinem Konto bar ab. Ich weiß die Geheimnummer."

"Also das hört jetzt auf. Mein Vater ist sicher für lange Zeit weg. Da funktioniert das nicht mehr. Hier ist Ihr Arbeitsvertrag. Den werde ich melden, damit alles seine Ordnung hat. Sie arbeiten hier ab jetzt acht Stunden die Woche für 500 Euro im Monat. Die Miete für die Einliegerwohnung beträgt 300 Euro. Die restlichen 200 Euro überweise ich Ihnen auf das Konto, das Sie mir jetzt nennen werden."

"Aber, das können Sie nicht machen. Da wird mir die gesamte Witwenrente gestrichen. Und einen Zweitjob brauch ich dann auch."

"Sie haben die Wahl. Sie bleiben hier mit Vertrag oder gehen ohne."

"Das geht nicht. Ich kann nicht gehen. Was ist, wenn Viktor wiederkommt? Irgendjemand muss sich um ihn kümmern und sein Haus in Ordnung halten. Das kann ich ja wohl nicht Ihnen überlassen."

Hildegard hielt Frau Süss den Vertrag und einen Stift hin. Unter Protesttränen nahm sie den Stift und unterschrieb. Es war ihr zuwider, Hildegard als Arbeitgeberin zu haben. Sie war

eine ekelhafte Rechthaberin. Aber den Platz
räumen, wollte sie auch nicht. Und sie war sich
sicher. Eines Tages würde sie den Platz
bekommen, den sie verdient hätte und
Hildegard müsste gehen. Bis dahin müsste sie
durchhalten.
"Sie sind herzlos."
"Und Sie gehen jetzt in die Küche und leeren die
Speisekammer. Die Großpackungen werden
nicht mehr benötigt."

Eigentlich sollte Viktor nichts von dem
Zickenkrieg zu Hause mitkriegen, aber Frau
Süss fühlte sich in der Pflicht, ihrem geliebten
eigentlichen Arbeitgeber über die häuslichen
Verhältnisse aufzuklären. Sie besuchte ihn und
erzählte ihm alles. Er gab ihr Recht.
Hildegard war eine ekelhafte Rechthaberin. Aber
aus irgendwelchen Gründen traute er sich
nicht, ihr die Vollmacht zu entziehen. Ärzte,
Richter und der Rest der Welt haben eine
Verschwörung angezettelt, in der sie beide,
Viktor und Frau Süss, die Opfer waren.
Gemeinsam saßen sie im Krankenzimmer,
hielten sich an den Händen und schimpften
einträchtig über die anderen, bis es Abend
wurde.

Am nächsten Morgen saß Polizeimeister
Dickmann vor dem Krankenzimmer und
schlummerte. Die Nacht war lang, der Stuhl war
unbequem, der Wachdienst war langweilig. Da
konnte man schon morgens um halb sieben
noch müde sein.
Hildegard hingegen war ausgeschlafen. Sie hatte
sich extra für halb sechs den Wecker gestellt,
um ihrem Vater vor dem Gerichtstermin

nochmal Mut zuzusprechen.

Der Weg ins Krankenhaus hinein war einfach. Der Haupteingang war offiziell schon ab sechs Uhr offen. Aber wie sollte sie ins Zimmer kommen? Als sie den Polizisten mit überstrecktem Kopf und geschlossenen Augen an der Wand angelehnt sah, versuchte sie, unbemerkt vorbeizukommen. Doch als sie die Türklinke runterdrückte, knarzte diese. Herr Dickmann wachte auf.

"Hallo, was machen Sie? Sie dürfen da nicht rein."

Er stand auf.

"Ach, Sie sind es. Sie wollten wohl kurz vor der Verhandlung nochmal die Aussagen besprechen. Nix da. Sie bleiben schön draußen. Ihr Vater hat Kontaktsperre bis zur Verhandlung. Und ich bewache ihn auf das Strengste. Darum würde ich Sie jetzt bitten zu gehen."

"Soso."

Hildegard schaute ihn gehässig an.

"Sie bewachen also meinen Vater auf das Strengste. Weil Sie ja so korrekt sind und sich an alle Dienstvorschriften halten. Ich weiß. Und nachher wird Ihr Vorgesetzter in Ihrem Protokoll lesen, dass Sie das alles toll gemacht haben. Er wird lesen, dass Sie niemanden reingelassen haben, weil Sie sich so korrekt an Ihren Auftrag halten. Wetten wir, dass ich hineinkomme."

"Wetten, dass nicht."

"Wetten wir um eine Dienstaufsichtsbeschwerde in Sachen Wettrennen bei Festnahmen. Wollen wir wetten?"

Herr Dickmann schluckte.

"Also, wenn ich schlafe und nichts bemerke, dann schläft auch Ihr Wetteinsatz?"

"Ja. Dann schläft auch mein Wetteinsatz. Aber denken Sie daran, ich kann ihn jederzeit wieder hervorholen."

Herr Dickmann setzte sich wieder und stellte sich schlafend. Ihm war die Situation sichtlich unangenehm. Hildegard ging hinein.

Schon bevor Hildegard das Zimmer betrat, richtete sich Viktor mit Hilfe des Galgens auf. Die beiden waren draußen so laut, dass sie seine Aufmerksamkeit auf sich zogen. Viktor wollte ein wenig vorbereitet sein, wenn seine Tochter eintrat.

Er ahnte schon, dass es anstrengend werden könnte, schließlich waren alle Gespräche mit Hildegard anstrengend. Eigentlich wäre es ihm lieber gewesen, sie würde ihn so früh am morgen in Ruhe lassen. Aber gegen ihre bestimmerische Art konnte er auf die Schnelle nichts ausrichten. Also Augen zu und durch. Irgendwann würde sie auch wieder gehen.

Gerade als Hildegard eintrat, merkte Viktor, dass auf der Bettdecke einige Semmelbrösel lagen. Wehe, wenn Hildegard das sah, das gäbe ein Donnerwetter. Wie beiläufig strich er mit der Hand über die Bettdecke. Viktor hatte Glück. Hildegard bemerkte nichts. Auch die Träger des Stoffbeutels, die aus der Bettdecke rausschauten, sah sie nicht.

Was sie sah, war Viktors Rollstuhl. Den hatte sie ja selber ins Krankenhaus gebracht am Tag nach der Einlieferung. Sie wusste ja, dass er inzwischen das wichtigste Fortbewegungsmittel für ihren Vater war.

Um ganz intensiv zu spüren, was das Leben ihres Vaters ausmachte, zog Hildegard den Rollstuhl neben das Bett.

"Guten Morgen, Papa."

36

Sie küsste ihren Vater auf die Wange. Dann setzte sie sich hin. Sie kam sich vor wie ein kleines Kind auf einem Sessel für Erwachsene. Sie musste ihre Arme schon sehr weit vom Körper weghalten, um die Armlehnen zu berühren. So breit war Papa also.

"Guten Morgen, Hildegard."

"Na, hast du nochmal gut geschlafen vor deiner Verhandlung?"

"Was glaubst denn du? Wenn ich dran denke, was heute noch auf mich zukommt. Ich war die halbe Nacht wach. Aber schlimmer als hier kann es eh nicht kommen."

"Was glaubst du denn? Werden sie dich verurteilen?"

"Ach, ich hab inzwischen kapiert, dass diese Finanzheinis so kleinkariert sind. Und wenn dieser Blödmann, der von Geldanlagen keine Ahnung hat, nicht zur Polizei gegangen wäre, dann wären auch die Finanzheinis nicht auf die Idee gekommen, so akribisch in meinen Konten zu schnüffeln. Jetzt hab ich halt Pech gehabt und hoffe auf eine sogenannte Milde Strafe."

"Sag, Papa, wieso hast du eigentlich nie mit mir darüber geredet. Ich bin ja aus allen Wolken gefallen, als ich erfahren habe, was du alles angestellt hast. Ich dachte, zu viel Essen sei dein einziger Fehler."

"Ja, genau. Ich wusste wie du reagieren würdest. So wie du immer mit dem 'gesunden' Essen auf mich einredest, genauso hättest du auch wegen meinen Geschäften auf mich eingeredet. Du weißt genau wie nervig du bist. Du Überkorrekte, Fromme, Heilige. Du hast mich schon als vierzehnjährige genervt, weil ich nicht mit dir jeden Sonntag in die Kirche gegangen bin. Du hast von irgendwelchen

Volldeppen etwas über gesunde Lebensführung aufgeschnappt. Und weil niemand anderes da war, hast du mich ausgesucht für deine bescheuerten Bekehrungsversuche. Geh doch am Sonntag beten und am Montag zu deinen Kerndlfressern und lass mich damit in Ruhe. Ich bin glücklich so wie ich bin. Ich brauch nicht deine Belehrungen und Ratschläge. Deshalb hab ich dir nichts über mein Geld erzählt, weil du eine nervige Besserwisserin bist."

Je länger Viktor sprach, desto mehr regte er sich auf. Er wurde lauter und schneller, bis er am Ende immer kurzatmiger wurde und nach Luft rang. Hildegard wollte ihm helfen, aber er drängte sie mit den Armen weg. Der Schwung war so stark, dass Hildegard ein Stück mit dem Rollstuhl zurückrollte. Viktor half sich selber. Er schüttelte die Decke weg, um mehr Luft zu kriegen.

Aber das war ein großer Fehler. Denn gerade in diesem Moment purzelte der Stoffbeutel aus dem Bett, aus dem dann die übrigen zwei belegten Semmeln rauskullerten und vor der Krankenschwester zum Liegen kamen, die gerade reinkam zu ihrer Morgenrunde. Entsetzt schaute sie auf das Geschehen.

"Guten Morgen. Kann ich helfen?"

Sie war immer noch irritiert, als sie ihrer Aufgabe nachkam und Viktor half, sich im Bett besser aufzurichten. Sie rückte die Kissen stabiler und schlug die Decke über das Fußende. Viktor wurde ruhiger, seine Atmung normaler. Die Krankenschwester hob den Stoffbeutel und die zwei Semmeln auf.

"Wieviel haben Sie denn schon gegessen?"

"Das geht Sie nichts an."

"Das muss ich melden. Sie haben doch eine Diät."

"Hören Sie, wenn Sie genauso eine Besserwisserin sind wie meine Tochter, dann gehen Sie doch mit ihr zusammen ins Kloster. Dort können Sie gemeinsam Kräutersüppchen essen und fasten. Aber ich will nicht. Und mischen Sie sich nicht ein in Dinge, die Sie nichts angehen."

Viktor regte sich zwar auf, doch diesmal nicht so sehr wie vorhin. Er konnte sich schnell wieder beruhigen.

Die Krankenschwester wollte sich auf kein weiteres Gespräch einlassen und verließ mit dem Stoffbeutel samt Semmeln das Zimmer.

Hildegard wendete sich wieder ihrem Vater zu.

"Was schimpfst du so? Wir meinen es doch nur gut mit dir. Wir machen uns Sorgen um deine Gesundheit. Schau Papa, früher warst du schlank und gesund. Wir haben so schöne Ausflüge gemacht und ich durfte abends immer auf deinem Schoß sitzen."

"Na, dafür bist du aber jetzt zu schwer."

Es ärgerte sie, dass ihr Vater wieder die Schuld bei anderen fand. Hildegard schubste seinen Bauch. Sie staunte, wie weich sich diese Masse anfühlte. Sonst kannte sie ihren Vater ja mehr vom Anschauen.

"Aber der darf. Der darf sogar von deinen Knien runterrutschen. Das durfte ich nie."

"Werd nicht eifersüchtig."

Das Gespräch drohte absurd zu werden.

"In den letzten Jahren habe ich mir immer gewünscht, mit dir mal wieder eine Radtour zu machen, so wie früher mit Mama. Jetzt wünsche ich mir, meinen 30. Geburtstag mit einem gesunden Papa zu feiern. Verstehst du nicht, Papa. Ich hab dich lieb und ich will noch was von dir haben."

"Na, dann hoffen wir, dass sie mich heute schonen. Dann feiern wir deinen Geburtstag mit der schönsten Torte, die du dir vorstellen kannst."

Hildegard drehte sich mit Tränen in den Augen weg.

"Du hast nichts verstanden."

Als die Krankenschwester wieder reinkam, um Viktor zu waschen, verließ Hildegard das Zimmer. Von den Semmeln war nicht mehr die Rede.

Hildegard wollte auf keinen Fall dabei sein, wenn ihr Vater nackt war. Ihr fiel ein, dass es schon über zwanzig Jahre her war, seit sie ihren Vater das letzte Mal so sah, wie ihn Gott geschaffen hatte. Damals konnte man noch erkennen, dass er ein Mann war. Jetzt war ihr die Vorstellung unbehaglich, dass die Krankenschwester erst das weiche Gewebe von den Knien anheben musste. Was dahinter war, wollte sie nicht wissen. Zum Glück war das nicht ihre Aufgabe.

Hildegard ging in die Cafeteria des Krankenhauses, wo sie eine Schale Birchermüsli mit einer Tasse Kräutertee frühstückte.

Eine dreiviertel Stunde später ging sie zurück, um sich von ihrem Vater zu verabschieden und ihm viel Glück bei der Verhandlung zu wünschen. Viktor anwortete nur mit einem Raunzen.

Wenig später ging die Tür auf und es kamen ein Sanitäter und zwei Polizisten rein.

"Na, sind Sie bereit?"

Viktor schaute den freundlich fragenden Polizisten verärgert an. Aber bevor er irgendwas antworten konnte, gab ihm schon der Sanitäter Anweisungen beim Umsetzen in den Rollstuhl.

Schon wieder diese Befehle von oben herab, die ihn an den Ochsen erinnerten, der er nicht sein wollte.

Zügig schob der Sanitäter ihn zur Tür raus. Die Polizisten folgten.

Hildegard schaute der Gruppe nach bis sie die Station verließ. Dann ging sie zum Teeautomaten und machte sich einen Tee.

Herr Dickmann saß immer noch vor Viktors Tür. Er atmete erleichtert auf, da sein Dienst nun zu Ende war und er sich zu Hause erholen konnte. Aber noch bevor er aufstehen konnte, baute sich Hildegard mit ihrer Teetasse vor ihm auf.

"Was sollte das mit den Semmeln?"

"Er hat mir halt leid getan. Und seine Lebensgefährtin hat mich mit so herzzerreißenden Augen angeschaut. Ich konnte nicht anders."

In Hildegards Blick mischte sich Traurigkeit und Wut. Am liebsten hätte sie ihm den Teebeutel ins Gesicht geschleudert.

Vor zwei Stunden erzählte er ihr noch was von strengster Bewachung und jetzt erfuhr sie, dass er gestern abend vor den herzzerreißenden Augen von Frau Süss dahinschmolz. Außerdem glaubten wohl alle, dass diese Putze ein engeres Verhältnis mit ihrem Vater hatte. Ein Fressverhältnis war es und sonst nichts. Selbst jetzt, wo er im Krankenhaus war, konnte sie es nicht unterlassen, ihm wieder einen Sack voller Semmeln zu schmieren.

41

In ihrer traurigen Wut steuerte sie auf den
Mülleimer zu und schleuderte den Teebeutel mit
dem Schwung hinein, den der Polizeimeister in
Form einer Ohrfeige verdient hätte. Jedes
weitere Wort mit diesem Menschen wäre
Verschwendung. Er hatte sich ja schon bei der
Verhaftung als unfähig erwiesen.

Zum Glück blieb Hildegard nicht viel Zeit, Pläne
gegen den dämlichen Polizisten zu schmieden.
Wer weiß, was sie in ihrer Wut alles geplant
hätte? Denn gerade in diesem Moment öffnete
sich die Tür zum Arztzimmer und ein
intelligenter Mensch trat heraus.
Es war Dr. Metzger, der sich nur selten von
seinen Patienten etwas vormachen ließ. Er
wusste, wenn Viktor Renner von "Verhungern"
sprach, war noch lange keine lebensbedrohliche
Situation gemeint.
Er entdeckte Hildegard und winkte sie zu sich.
"Ach, Frau Renner, ich bin froh, dass Sie noch
da sind. Hätten Sie noch eine Minute Zeit für
mich?"
"Ja. Worum geht es denn?"
"Kommen Sie bitte rein."
Im Arztzimmer bat Dr. Metzger Hildegard mit
Handzeichen Platz zu nehmen. Sie stellte ihre
Teetasse auf den Tisch. Einen Teebeutel zum
schwungvollen Wegschmeißen gab es nicht
mehr. Wo sollte Hildegard jetzt mit ihrem
Unbehagen hin?
Sie hatte zwar von Dr. Metzger eine höhere
Meinung als von diesem uniformierten
Wachmann, der nicht einmal einen Patienten
beaufsichtigen konnte. Aber irgendwie klang die
Art, wie Dr. Metzger sie in sein Zimmer zitiert
hatte, bedrohlich.

Vorsichtshalber nahm Hildegard ihre Teetasse in beide Hände. So konnte sie nicht versehentlich seine Papiere zerwühlen oder wegschmeißen.

Als Dr. Metzger saß, begann er tatsächlich mit einer Strafrede.

"Frau Renner, ich habe mir gerade die Untersuchungswerte von Ihrem Vater angeschaut. Und wie Sie sich denken können, sind sie schlecht. Es ist sehr wichtig für Ihren Vater, dass er sich an meinen Diätplan hält. Was haben Sie sich bei den Semmeln eigentlich gedacht?"

Hildegard zuckte mit den Schultern und trank einen Schluck Tee. Das war also das Bedrohliche, das sie in seiner Stimme hörte. Er hatte sie wegen der Semmeln verdächtigt.

"Also, damit Ihnen das klar ist. Ihr Vater ist sehr krank und es ist nur eine Frage der Zeit, wann er einen Herzinfarkt oder Schlaganfall hat, wenn er nicht vorher mit Atemnot zusammenbricht. In seinen Arterien sind schon viele Ablagerungen und seine Organe können durch das hohe Gewicht nicht richtig arbeiten. Und eine Vorstufe von Diabetes hat er auch schon. Also ich bitte Sie nochmal darum: Keine Berge von Semmeln mehr. Das ist Gift für ihn."

"Ich versuche schon seit Jahren, meinen Vater zu einer gesunden Ernährung zu bewegen. Aber er lehnt alles ab, was ich sage. Seine Haushälterin kocht für ihn seit über zehn Jahren. Die Semmeln stammen auch von ihr, wie ich vor ein paar Minuten erfahren habe."

"Ach, dann sind das gar nicht Sie. Entschuldigung, dass ich Sie in Verdacht hatte."

Dr. Metzger schaute Hildegard genau an und

versuchte, sie so schnell wie möglich in eine andere Schublade von Patientenangehörigen zu stecken. Sie ist also keine unbelehrbare Verteidigerin des ungesunden Lebensstils, sondern ganz vernünftig. Vielleicht konnte er sie für seine Idee ins Boot holen. Eine Frage war es wert.

"Es geht jetzt aber nicht um die Semmeln von heute morgen, sondern darum, wie es weitergeht. Ich habe gestern mit dem Staatsanwalt telefoniert. Er sagte mir, dass er heute für fünf Jahre Haft plädieren wird. Wenn Ihr Vater im Gefängnis so weiteressen wird wie bisher, dann gleicht das einer lebenslangen Haftstrafe. Solang lebt er nicht mehr."

"Aber wenn er nicht ins Gefängnis geht, wird Frau Süss ihm weiterhin zuviel zu Essen geben. Dann stirbt er zu Hause."

"Und genau darüber wollte ich mit Ihnen reden. Ich muss ein Gutachten schreiben, ob er haftfähig ist oder nicht. Und es hängt an der Frage, wo er besser seine Diät einhalten kann: drinnen oder draußen?"

Hildegard drehte an ihrer Tasse und nippte ab und zu. Die Tasse gab ihr Halt, hinderte sie aber nicht daran, wegen ihrer Unsicherheit ihre Stirn in Falten zu legen. Nach einigen Umdrehungen der Teetasse fasste Hildegard einen Plan. Ob der mit Dr. Metzgers Idee zusammenpasste? Sie war gespannt auf die Antwort. Sie grinste, richtete sich auf dem Stuhl auf und stellte die Tasse ab.

"Wissen Sie, dass ich gerade Ernährungswissenschaften studiere. Wegen meinem Vater habe ich nach dem Abitur eine Banklehre gemacht. Aber dann habe ich erkannt, dass für meinen Vater etwas anderes wichtig ist. Ich wollte, wenn ich mit dem Studium fertig bin, meinem Vater zu einer wirkungsvollen Diät verhelfen. Ich denke, ich lerne jetzt im Studium auch vieles, was ich dafür brauchen kann. Und jetzt komme ich gerade auf die Idee, ob ich gar nicht warte bis ich fertig studiert habe, sondern dass ich meinen Vater gleich zu einer Diät bringe. Was denken Sie?"

„Genau das habe ich vor. Aber wenn ich dazu noch was sagen darf. Ich habe durch meinen Beruf mehr Erfahrung als Sie. Was halten Sie davon, wenn ich den Diätplan erstelle? Und Sie werden meine ganz spezielle Assistentin. Sie sorgen dafür, dass er den Diätplan einhält."

„Danke, genau das wollte ich. Ah, das wird richtig super."

„Dann wäre da noch die Frage mit der Haftfähigkeit. Was meinen Sie, wo wird er die Diät besser einhalten: hier oder im Gefängnis?"

"Also, ich denke Frau Süss ist überall wo keine festen Mauern sind, egal ob zuhause, im Krankenhaus oder einer entfernten Kurklinik. Es gibt nur einen Ort, wo ihre süßen Kochkünste nicht hinkommen. Mein Vater ist haftfähig."

"Also gut, haftfähig mit Diätplan."

"Mit Ihrem Diätplan und meiner Überwachung."

Hildegard war stolz, endlich einen Verbündeten gefunden zu haben und einer Idee, mit der man tatsächlich ihren Vater wieder schlank machen konnte. Sie würde gleich heute alles überprüfen und aus dieser Idee einen festen Plan machen.

4. MAUSELOCH UND HAFTVERSCHÄRFUNG

Viktor musste noch eine ganze Woche im Krankenhaus bleiben. Obwohl Dr. Metzger ihn für haftfähig erklärte, gab es noch keine Zelle, in die Viktor reingepasst hätte.

Erstmal waren Umbaumaßnahmen nötig. Schließlich ist ein Standardgefängnisbett nur für Insassen bis zu 150 kg geeignet. Und die Kloschüssel wäre ebenfalls unter Viktors Gesäß zusammengebrochen.

Ausgerechnet Dr. Metzger verhalf Viktor zu einem schnellen Haftantritt. Als die Bettenfirma von einer sechswöchigen Lieferzeit sprach, stellte er der Justizvollzugsanstalt sofort ein Krankenhausbett für schwere Patienten zur Verfügung. Bei der Sanitärfirma hatte Vater Staat Glück. Die hatten eine geeignete Kloschüssel auf Lager.

Während nun der schwerwiegende Umbau in der Haftanstalt stattfand, starrte Viktor voller Ärger die Krankenhauswände an. Vor einer Woche musste er seine Selbstbestimmung aufgeben. Er durfte nicht mehr essen, was und wieviel er wollte. Die Essensrationen für Magermodells, die er im Krankenhaus bekam, hatten nichts mit seiner gewohnten, sättigenden Hausmannskost von Frau Süss zu tun.

„Sie müssen sich daran gewöhnen", hatte Dr. Metzger gesagt. Aber wie kann man sich an eine Unterernährung mit nur drei Scheiben Brot zum Frühstück gewöhnen? Und die anderen Mahlzeiten waren genauso erbärmlich.

Der Haftantritt bedeutete eine Fortführung des Leidens, das im Krankenhaus begonnen hatte.

Dreieinhalb Jahre Anpassung standen Viktor bevor. Er war froh, dass sein Verteidiger immerhin eine kürzere Haftstrafe verhandelt hatte als der Staatsanwalt forderte. Fünf Jahre, das wäre ja endlos gewesen. Aber dreieinhalb Jahre waren auch schon eine sehr lange Zeit. Ob Viktor das durchhalten würde?

Er dürfte nur essen, was ihm die Gefängnisküche zuwies und er hätte keine Möglichkeit, das Angebot mit Pizzalieferservice aufzubessern. Ach, es würde schwer werden. Mit Blick auf die Krankenhauswände dachte Viktor nur an das Offensichtliche seines Leidensweges. Woran er noch gar nicht dachte, waren die Mithäftlinge, die erstens überhaupt da waren und allein durch ihre Anwesenheit das Freiheitsgefühl von Viktor einengen würden. Und zweitens hatten genau diese Mithäftlinge den ganzen Tag nichts besseres zu tun, als über einzelne Häftlinge zu reden.

Da Viktor nun schon seit zehn Jahren nur selten das Haus verlassen hatte, konnte er sich nicht vorstellen, wie sich diese Proleten verhalten würden. Um so mehr traf ihn der Schock, als er wahrnahm, dass er im Gefängnis nicht allein war und was diese Menschenmenge alles tat.

Noch nicht mal einen Fuß hatte Viktor im Gefängnis, da begann schon das Gerede über ihn, nämlich genau an dem Tag, als die Handwerker seine Zelle umbauten.

Es waren die Gastarbeiterkinder Toni und Mirco, die eine ähnliche Lebensgeschichte verband. Als sie sich vor einem Jahr in der Haftanstalt kennenlernten, stellten sie fest, dass sie beide schon Erfahrung mit dem

47

Jugendarrest hatten, weil sie zum Leidwesen ihrer Mütter Kontakt zu den falschen Freunden hatten. Beide waren in den Augen ihrer Mütter im Grunde genommen gute Kerle. Beide saßen jetzt im Gefängnis, weil sie noch geübt hatten und weit vom Status eines Meisterkriminellen entfernt waren.

Über ihre wahren beruflichen Zukunftspläne durften sie nicht sprechen. Das Resozialisierungsprogramm für Häftlinge unter dreißig Jahren sah vor, dass jeder, der mindestens drei Jahre blieb, mit einer abgeschlossenen Ausbildung aus der Haft entlassen werden sollte.

Für Mirco und Toni bedeutete das eine Ausbildung zum Konditor. Beide zeigten kein größeres Interesse an Teigmischungen und Backzeiten. Aber was soll's? Zum Haftabsitzen gehörte auch das dazu.

Gerade brachte sie der Justizvollzugsbeamte Welker aus der Gefängniskonditorei zurück in ihre Zellen, als sie auf dem Flur das Material für den Zellenumbau sahen.

Neugierig blieben Toni und Mirco stehen. Das Klappern der Handwerker beim Abmontieren der alten Kloschüssel zog die Blicke der jungen Häftlinge magisch an. Herr Welker versuchte, sie anzutreiben, aber die Neugier der beiden war stärker.

Zuerst schauten sie in die offene Zelle. Dann musterten die beiden Häftlinge die neue große Kloschüssel und das auseinandergebaute übergroße Krankenhausbett im Flur.

"Was ist denn das? Kriegen wir jetzt eine Luxusausstattung?"

Herr Welker wollte sich nicht auf ein Gespräch einlassen. Er konnte sich die unerwünschte

Reaktion der Häftlinge ja lebhaft vorstellen. Es wäre ihm recht, wenn er die hämischen Töne erst in paar Tagen hören würde.

"Komm, geht weiter. Das geht euch nichts an."

"Komm, sag schon. Sonst gehen wir nicht."

Toni und Mirco bauten sich vor Herrn Welker auf. Wie festgewachsene, starke Bäume standen sie vor ihm. Er erkannte, dass er um eine Antwort nicht herumkam.

"Das ist nur für diese Zelle. Es kommt ein etwas korpulenterer Herr. Den werdet ihr noch früh genug sehen."

Toni grinste, wobei er sich mit Handbewegungen den etwas korpulenteren Herren vorstellte und Mirco platzte mit Blick auf die Kloschüssel heraus.

"Boah. Stell dir den Arsch vor, der da draufpasst."

„Ey, ich weiß was. Er ist ein Schwerverbrecher, schau ein so schwerer Verbrecher."

Toni breitete die Arme aus und fiel schwerfällig auf den Boden. Dort kullerte er eine Weile mit abstehenden Armen hin und her. Herr Welker hasste diese übertriebene Schauspielerei. Es führte regelmäßig zu peinlichen Situationen.

„Stimmt das, Herr Welker? Ist er ein Schwerverbrecher?"

Toni verband mit dem Begriff „Schwerverbrecher" nichts schlimmes. In dieser Justizvollzugsanstalt waren nur Männer, die zu höchstens fünf Jahren Haft verurteilt wurden und in seiner gesamten kriminellen Karriere wurde er nur zu kleinen bis mittelgroßen Delikten angestiftet. Nie war er mit Leuten zusammen, die über Leichen gingen. Er kannte also niemanden, auf den im eigentlichen Sinne das Wort „Schwerverbrecher" zutraf.

Es machte ihm Spaß, das Wort mit Fantasie zu füllen. Mit seinen Bewegungen zeigte er, dass er auf das Gewicht des noch unbekannten Häftlings anspielte.

Herr Welker wusste nicht, was er antworten sollte. Als er vor zwei Tagen hörte, was für ein Häftling kommen sollte, gingen ihm die absurdesten Gedanken durch den Kopf. Vielleicht malte er sich dasselbe aus wie Toni. Aber zugeben durfte er das nicht. Seine Aufgabe als Justizvollzugsbeamter war es, Haltung zu zeigen und das Mobbing in der Haftanstalt zu unterbinden.

„Jetzt hören Sie auf damit. Es ist wurscht, wie der Neue aussieht. Sie benehmen sich, wenn er da ist, verstanden?"

„Ja, wenn er da ist!"

„Aber jetzt ist er noch nicht da."

Toni und Mirco wurden immer wilder in der Darstellung ihrer Fantasie. Toni breitete die Arme aus und wackelte behäbig von einem Bein aufs andere. Und je näher er seiner Zelle kam, umso lauter schnaufte er vor gespielter Erschöpfung. Mirco eiferte ihm nach. Lauthals lachten sie noch lange weiter, selbst als Herr Welker ihre Zellen wieder zusperrte.

„Na, das wird ja eine anstrengende Zeit." Herr Welker seufzte beim Weggehen.

Am nächsten Morgen war es soweit. Viktor wurde wieder einmal nicht nur von der Polizei, sondern auch von einem Sanitäter begleitet, aber nur bis zur Tür.

In der Justizvollzugsanstalt war Viktor der Unerfahrenheit der Vollzugsbeamten ausgeliefert.

Ob die sich bestechen ließen, schoß es Viktor

durch den Kopf. Dr. Metzger erzählte ihm von seinem Diätplan, den er direkt mit der Küche der Justizvollzugsanstalt absprach. Auch erzählte ihm Dr. Metzger von seinen sogenannten Freigängen, bei denen er persönlich vom Diätarzt untersucht werden durfte. Die Benutzung der Waage in der Tierklinik war inbegriffen.

Wovor graute es Viktor mehr: vor dem Gefängnis oder vor den Freigängen? Beides war schrecklich.

Viktor war irritiert davon, wie freundlich ihn der Vollzugsbeamte Breitner begrüßte. Bestimmt steckte eine Falle dahinter und im richtigen Moment würde er zuschnappen. Aber wann? Viktors Misstrauen wuchs.

Nur zehn Minuten später passierte es. Herr Breitner schob ihn in seinem extrabreiten Rollstuhl den Gefängnisflur entlang. Dabei erzählte er, wo die Flure hinführten, wieviele Häftlinge hier seien und weiteres Blabla. Viktor hielt sich verkrampft an den Armlehnen fest. Leider konnte er sich nicht gleichzeitig die Ohren zuhalten. Aber so wie Herr Breitner schob, war das Festhalten wichtiger. Vor der Tür von Viktors Zelle blieb Herr Breitner stehen, schloss die Tür auf und öffnete sie.

"So, Herr Renner, hier ist für die nächsten Jahre ihr Zuhause. Es wurden für Sie extra neue Möbel angeschafft. Ich hoffe, Sie werden sich wohl fühlen."

So ein Sarkasmus: Wohlfühlen? Was glaubt der, wo wir hier sind? Viktor sagte nicht, was er dachte. Wozu auch? Um noch eine weitere sarkastische Bemerkung zu hören.

Aber was jetzt kam, war zuviel. Herr Breitner ging hinter den Rollstuhl, nahm die

Schiebegriffe in die Hand und versuchte ihn in die Zelle zu schieben. Dabei stieß er zuerst mit der Fußstütze an die Zarge. Dann zog er den Rollstuhl zurück als wollte er Anlauf nehmen und schob nochmal nach vorne.

Fast hätte er es geschafft, wären da nicht Viktors Finger, die sich fest um die Armlehnen krallten. Das tat weh. Und das noch an beiden Händen gleichzeitig. Besser hätte Herr Breitner nicht zielen können. Mit einem einzigen Schub hatte er gleich beide Hände eingequetscht.

Viktor schrie laut auf. Das war die erste Verletzung der Genfer Menschenrechtskonventionen, die Viktor hier erlebte. Er wusste ja, es würde schlimmer kommen. Protest war sinnlos.

"Entschuldigung. Ich hab vergessen zu sagen, dass der Rollstuhl auf den Millimeter durch die Tür passt. Sie müssen die Hände einziehen."

Und dann diese geheuchelte Entschuldigung. Das war sicher ein Plan, um ihn fertig zu machen. Viktor antwortete nicht, sondern legte seine Hände vorsichtig auf den Schoß. Nun klappte es und Viktor gelangte ohne weitere Zwischenfälle in seine Zelle.

Dann blieb Herr Breitner im Türrahmen stehen. Viktor betrachtete sein neues Zimmer, in dem er sich "wohlfühlen" sollte.

"Hier muss ich ja überall die Hände einziehen, um nicht anzustoßen. Wollen Sie sich über mich lustig machen und mich demütigen und haben mir deshalb die kleinste Zelle gegeben?"

"Nein. Hier sind alle Zellen so groß. In manchen steht sogar ein Stockbett für zwei Personen. Und den zweiten Spint haben wir wegmachen lassen, damit der Nassbereich größer ist."

"Das ist ja unzumutbar. Hier kann sich ja kein

Mensch umdrehen. Ich werde mich beschweren. Das widerspricht doch den Menschenrechtskonventionen, so ein Mauseloch."

Viktor stand auf und beging seine Zelle. Er betastete die leeren Wände, den Tisch, das Bett. Er drehte sich zu Breitner.

"Und der Rollstuhl wird wohl mein einziger Stuhl sein?"

"Ja, so haben Sie doch mehr Platz. Außerdem sind unsere anderen Stühle eh zu klapprig für Sie. Übringens müssen Sie ihren Rollstuhl auch mitnehmen, wenn sie ins Besucherzimmer oder woanders hingehen. Anordnung von oben. Zum Schutz der staatseigenen Stühle."

"Und wie soll ich den Rollstuhl umdrehen? Haben Sie sich darüber auch schon Gedanken gemacht?"

"Ja, das können wir ja mal ausprobieren. Fahren Sie den Stuhl zum Tisch und dann zur Toilette."

Mit Tippelschritten rollte Viktor den Stuhl zum Tisch. Zum Glück wurde er nicht mehr geschoben. So waren seine Hände vor weiteren Quetschungen sicher.

Der Rollstuhl füllte in der Breite den Raum zwischen Bett und Wand fast vollständig aus. Ans Umdrehen war nicht zu denken. Vorsichtig rollte Viktor rückwärts bis er kurz vor der Tür Platz zum Drehen fand.

Hier war schon der Nassbereich. Viktor erkannte, dass es regelmäßig eine Tippeltortur werden würde, wenn er aufs Klo gehen wollte.

"Das ist alles ein großer Schwachsinn, immer vor- und zurücktippeln. Als ob ich sonst nichts zu tun hätte. Nicht nur, dass der Richter kleinkariert ist, auch dieser Arzt, dieser Dr.

Metzger ist völlig unfähig. Er hätte mich
haftunfähig schreiben müssen. Das ist alles
eine einzige Frechheit."
"Darüber kann ich nicht urteilen."
Da Viktor nichts erwiderte, machte sich Herr
Breitner bereit zu gehen.
"Ich lass Sie dann allein und schau später
wieder nach Ihnen."
Die Worte machten Viktor Angst. Allein in dieser
Zelle, wo er sich nicht auskannte, wollte er
nicht bleiben. Wenigstens etwas essen könnte
er, bevor er mit der Einsamkeit seiner Zelle
konfrontiert sein würde.
"Halt! Bleiben Sie da. Können Sie mir was zu
essen bringen? Die wollten mich ja im
Krankenhaus verhungern lassen."
"Da muss ich erst fragen. Bis dann."
Herr Breitner schloss die Tür und sperrte ab. Er
kam auch nicht mehr bis zu den regulären
Essenszeiten. Viktor saß alleine da. Ohne Brot,
ohne Wurst und ohne einen bestechlichen
Vollzugsbeamten, den er ansprechen konnte. So
sollte also seine Zukunft aussehen. Was für ein
Elend!

Normalerweise freut sich jeder Häftling, wenn er
Besuch bekommt. Endlich mal wieder Kontakt
zur Außenwelt.
Bei Viktor war das anders. Schließlich sollte er
jetzt der Person gegenüber sitzen, die ihm die
Suppe eingebrockt hatte, seiner Tochter
Hildegard.
Hildegard war schon ganz gespannt auf diesen
Besuch. Sie hatte in den letzten Tagen auch
soviel organisiert und geplant. Das alles wollte
sie ihm stolz mitteilen.
Es war für Hildegard der zweite Besuch im

Gefängnis. Das erste Mal war vor drei Tagen, als sie sich mit dem Anstaltsleiter Herrn Lobmann traf und über ihren Wunsch sprach, sich ehrenamtlich in der Haftanstalt zu betätigen.

Sie fand den ersten Besuch im Gefängnis sehr aufregend. Nach ihrer Antwort an der Gegensprechanlage, ging automatisch eine Tür auf. Hinter dieser Tür verbarg sich ein Vorhof. Dort stand sie wie bestellt und nicht abgeholt, bis sich die Tür automatisch hinter ihr schloss und eine zweite Tür vor ihr automatisch aufging. Erst hier traf sie den ersten Menschen. Ein Justizvollzugsbeamter schaute sich ihren Ausweis an, dann führte er sie durch mehrere Türen, die er alle einzeln aufschloss und zusperrte bis zum Büro von Herrn Lobmann.

Hildegard war beeindruckt von diesem aufwendigen Sicherheitssystem. Sie fand die Vorstellung, was für Kriminelle hier versammelt waren, spannend gruselig, irgendwie viel besser als jeder Thriller im Fernsehen.

Herr Lobmann passte so gar nicht ins Bild. Er wirkte wie ein Beamter, der genauso gut eine Behörde leiten könnte. Naja, so genau wusste Hildegard nicht, wie der Leiter einer Justizvollzugsanstalt aussehen sollte.

Er zeigte sich sehr erfreut über Hildegards Interesse, sich ehrenamtlich in seinem Haus zu betätigen und klärte mit ihr nur noch die Formalitäten.

Dann war der erste Besuch erledigt und sie wurde durch das beeindruckende Schließsystem wieder hinausgeschleust.

Heute bei ihrem zweiten Besuch kannte sie sich ja schon ein wenig aus und konnte sich auf das Wesentliche konzentrieren: die Begegnung mit ihrem Vater.

Genau wusste sie nicht, was sie erwarten sollte. Sicher würde er schimpfen über seine klägliche Situation. Wahrscheinlich würde er sich am meisten über das karge Essen beschweren. Hildegard fand das Essen eigentlich erstaunlich viel, das Dr. Metzger angeordnet hatte. Es war ungefähr doppelt so viel wie sie aß. Aber Dr. Metzger erklärte ihr dazu, wenn er zu schnell abnähme, könnten seine Muskeln abbauen und das Ziel sei nur der Fettabbau.

Ob ihrem Vater sonst noch etwas einfallen würde, worüber er sich beklagen könnte, fragte sie sich als sie ins Besuchszimmer eintrat und sie sich auf den Platz setzte, der ihr zugewiesen wurde.

Ein paar Minuten später wurde ihr Vater mit dem Rollstuhl an den Tisch ihr gegenüber geschoben. Sie schauten sich an, während ein Vollzugsbeamter von seinem Wandposten aus sie beide anschaute.

"Dass du dich überhaupt hertraust. Dir hab ich doch wahrscheinlich die Haftverschärfung zu verdanken."

Auch wenn sie mit Schimpfen gerechnet hatte, war Hildegard doch enttäuscht, dass er gleich die Begrüßung übergangen hatte.

"Hallo, Papa. Ich freu mich dich zu sehen. Danke der Nachfrage. Mir geht es auch gut."

"Jetzt spielst du die Beleidigte. Wer wird hier schlecht behandelt: ich oder du? "

"Papa, ich ..."

"Nicht nur, dass die mich im Krankenhaus verhungern lassen wollten. Jetzt geht das hier so weiter. Zum Frühstück ein halbes Stück Brot. Zum Mittagessen einen halben Knödel. Und abends wieder Fastenmahlzeit. Und dazwischen natürlich nichts. Ach, ich vergaß.

56

Natürlich gab es eine Zwischenmahlzeit. Das Kaninchenfutter, das du extra für mich besorgt hast. Damit ich was zum Kauen habe. Aber ich brauche was zum sattwerden."

"Pa..."

"Du und der feine Herr Doktor. Das habt ihr fein ausgeheckt. Darf ich dich daran erinnern, dass das Gerichtsurteil nur Freiheitsentzug ist und nicht Essensentzug? Lass dir mal das Urteil geben und lies nach. Du bist an meinem Elend schuld."

"Bist du fertig?"

"Du machst mich fertig."

"Jetzt hör mal zu, Papa. Wir meinen es doch nur gut mit dir."

"Wenn ich das schon höre. Du meinst es nur gut mit mir. Soll ich dir was sagen. Mein Verteidiger, der meinte es gut mit mir. Der hat dafür gesorgt, dass ich nur dreieinhalb Jahre fremdbestimmt essen muss. Und ich sag dir, was ich mache, wenn ich hier rauskomme. Ich gehe direkt in die nächste Konditorei und bestelle eine Torte für mich alleine. Und du kannst in den Hasenstall gehen und dort Kaninchenfutter knabbern."

"Merkst du eigentlich, dass es nur ums Essen geht? Du bist hier, um darüber nachzudenken, was du bisher in deiner Geldverwaltung falsch gemacht hast. Stattdessen lamentierst du übers Essen."

"Worüber wolltest du denn reden?"

"Ich wollte dir mitteilen, dass ich dir ein paar Fotos mitgebracht habe für deine Zelle und dass ich ab jetzt einmal wöchentlich zu euch reinkomme. Ich darf ehrenamtlich eine Ernährungsberatung bei euch im Gruppenraum machen. Du bist schon angemeldet dafür. Dann

kommst du auch mal aus deiner Zelle raus."
"Du verstehst wirklich, einem den Tag zu
verderben. Eine Ernährungsberatung von dir.
Das kann ich mir vorstellen. Da erzählst du mir
sicher, dass das Grünzeug deiner Karotten satt
macht. Aber das ist Quatsch, das stimmt nicht.
Und den Gruppenraum hast du ausgesucht,
damit du deine schwachsinnigen Schautafeln
von deiner Kerndlakademie vor mir ausbreiten
kannst. Aber die will ich nicht sehen, glaub mir
das."
„Papa, es wird dir gut tun. Du wirst es sehen.
Außerdem bist du nicht allein. Es dürfen noch
ein paar andere Häftlinge teilnehmen."
„Wenn das so Kerndlfresser sind wie du, will ich
nichts mit denen zu tun haben. Und wenn
nicht, kennen sie dich noch nicht."
„Aber Papa."
"Wenn du nichts Gutes für mich hast, würde
ich gerne die Besuchszeit beenden."
Hildegard holte aus ihrer Tasche zwei Äpfel raus
und schob sie ihm rüber mitsamt den Fotos,
teils kleine, teils große Ausdrucke.
"Kaninchenfutter."
Viktor stand auf, legte die zwei Äpfel und die
Fotos auf seinen Rollstuhl und schob ihn zur
Tür.
"Tschüss, Papa."
Viktor verzichtete wieder auf einen Gruß und
gab stattdessen dem Beamten ein Handzeichen,
damit er die Tür öffnete.
Hildegard sah ihrem Vater nach. Sie zweifelte
plötzlich an ihrem Vorhaben, ihren Vater zu
verändern. Er wollte ja gar nicht verändert
werden. Er schimpfte nur herum. Wie kann
man nur so verbohrt sein? Hildegard wollte ihm
doch nicht sein Lebensglück nehmen, sondern

verbessern.

Aber er dachte ja nur ans Essen, nein Fressen, und fasste jeden Eingriff in seinen Ernährungsstil als Angriff auf.

Was wäre, wenn ihr Vater zwar abnehmen würde, aber sein Charakter vielleicht noch verbissener werden würde?

Grüßen hatte er ja jetzt schon verlernt. Konnte es überhaupt noch schlimmer kommen?

Mal sehen. Wenn sie ab jetzt wöchentlich für den Ernährungskurs ihren Vater traf, könnte sie vielleicht doch langfristig einen positiven Einfluss auf ihn ausüben.

Hildegard stand auf und machte sich auf den Heimweg.

Was im Gefängnis Belohnung und was Strafe ist, wird ja bekanntlich unterschiedlich gewertet. So wie sich die einen über Besuch freuen, die anderen aber ihren Besuch gar nicht sehen wollen, so ist das auch mit dem Freigang im Hof.

Die einen freuen sich, ein paar Schritte laufen zu können, ohne sofort an der Wand anzustoßen. Manche wetteifern sogar mit sportlichen Übungen und beweisen ihre Angeberei mit der Vorführung ihrer Kräfte.

Die anderen wissen mit der Freiheit nichts anzufangen und bewegen sich als wären sie wie ein Fatschenkind gewickelt.

Zu diesem Personentyp gehörte Viktor. Er gab schon in der Zelle dem Vollzugsbeamten Breitner zu verstehen, dass dieser Zwang zum Hofspaziergang Folter sei und dass er lieber in seiner Zelle sitzenbleiben würde, wo er immerhin nicht die blöden Visagen der anderen anschauen müsste.

Aber der Protest half nichts. Und damit er noch rechtzeitig vor Ende des Freigangs im Hof ankam, schob ihn Herr Breitner im Rollstuhl nach draußen.

Freiwillig tat er das nicht. Es gehörte halt zu den vielen Vorschriften, die die armen Beamten umsetzen mussten. „Jeder Häftling hat das Recht auf Bewegung an der frischen Luft." So hieß es in den Grundsatzregeln. Aber sein Chef bestand darauf, aus gesundheitlichen Gründen dieses Recht zur Pflicht zu machen.

„Gerade der Renner hat es nötig. Er wird zwar nörgeln, aber wir müssen ihn zu seinem Glück zwingen. Selbst Herr Dr. Metzger hat mich auf diesen notwendigen Zusammenhang aufmerksam gemacht. Und Sie müssen ihn während des Hofgangs immer wieder zur Bewegung anhalten. Das ist ganz einfach."

Herr Breitner hatte die eindringlichen Worte seines Vorgesetzten Lobmanns noch genau im Ohr, während er die Anstrengung am ganzen Leib spürte.

Doch warum sollte er dieses unfreiwillige Krafttraining ausführen? Eigentlich könnte man diese Aufgabe auch den jungen Muskelprotzen geben. Die wussten eh nicht wohin mit ihrer Kraft. Das hätte Herr Lobmann besser in der Dienstbesprechung vorgeschlagen. Herr Breitner hätte da auch schon einen Favoriten, der bestens für diesen Job geeignet gewesen wäre. Aber auf all diese Ideen kam er natürlich erst jetzt, wo er im Schweiße seines Angesichts den Hof erreichte.

Doch im Hof drehte Herr Breitner den Spieß um. Er ließ den Rollstuhl stehen und befahl Viktor aufzustehen und seinen Rollstuhl selber eine große Runde zu schieben.

Es war eine Qual, dem dicken Mann zuzuschauen. Herr Breitner ärgerte sich, dass er sich so lange anstrengen musste und dass dann dieser Mensch zu faul war, sein selbstverschuldetes Gewicht vorwärts zu bewegen.

Jede Schildkröte hätte ihn überholt, so langsam ging er. Bereits nach zehn Metern schlich er um seinen Rollstuhl herum und setzte sich wieder hin.

"Herr Renner, bitte stehen sie auf und schieben noch ein bisschen." forderte Herr Breitner ihn wieder auf.

Fünf Schritte später saß Viktor erneut.

"So geht das nicht, Herr Renner, wenn sie jetzt nicht im Minutentakt meine Stimme hören wollen, müssen sie schon weiter gehen."

Die gereizte Stimme klang überzeugend. Weg von diesem ermahnenden Wärter. Oberlehrer hätte der werden können, so bescheuert, wie der daherredet. Viktor floh. Er schob seinen Rollstuhl ins hintere Eck des Hofes, wo er sich sicher war, dass er in Ruhe sitzen konnte, ohne alle paar Minuten gestört zu werden.

Das ging aber nur fünf Minuten gut.

Denn Toni und seine Clique haben ihn entdeckt. Viktor wollte zwar ein unauffälliges Leben im Verborgenen führen, aber bei seiner gewichtigen Erscheinung war Unauffälligkeit nicht möglich. Die Art wie er in den Hof gefahren wurde, war besonders. Die Schrittchen und sein baldiges Hinsetzen war ein Hingucker für alle Häftlinge. Selbst wenn ein Häftling bewusst wegschaute, so ragte noch immer ein Stück von Viktors Körper in sein Blickfeld.

Für Toni und seine Gang war dieses Stück im Blickfeld eine Provokation. Ein innerer Drang bestürmte sie, mit diesem etwas korpulenteren Herrn, wie ihn Herr Welker nannte, Kontakt aufzunehmen. Natürlich kann man sich denken, dass sie nicht höflich nachfragen wollten.

Toni und Mirco hatten ja noch die überdimensionierte Kloschüssel im Kopf, die ihre Fantasie anregte.

Außer dem Amüsieren über die einfachen Dinge des Lebens kennzeichnete Tonis Clique eine starke Betonung ihrer Muskelkraft. Alle sahen so aus, als kämen sie gerade aus dem Kraftsportzentrum.

Untereinander gaben sie gerne damit an, dass sie einhändig fünfzig bis hundert Liegestützen schafften. Toni prahlte damit, dass er täglich unter sein Bett krabbelte, um dieses wie Sportgewichte zu stemmen. So wie er aussah, stimmte das auch.

Tonis Haufen ließ es nicht bei der verbalen Prahlerei. Auch optisch pflegten sie ihr Muskelimage. Alle trugen, solange das Wetter es halbwegs zuließ, ein offenes Muskelshirt, das einen Großteil der stählernen Figur freilegte. Farblich war es ebenfalls interessant, was da zu sehen war. Einige der Muskelprotze waren ausgesprochen bunt tätowiert. Es war erstaunlich, dass ausgerechnet Toni zum Anführer dieser Gruppe wurde, denn er war der einzige, der aus Angst vor weiteren Schmerzen nur einen vier Zentimeter kleinen Bogen auf dem linken Oberarm tätowiert hatte.

Dafür erfand Toni ein neues Optik-Tuning. Seit die Mode vor einigen Jahren aufkam, rasierte Toni Muster in seinen Bart und da er eine starke Brustbehaarung hatte, rasierte er auch hier ein interessantes Muster hin. Gegenüber dem Spott einzelner seiner Gruppe war er erhaben. Er wusste, dass seine Muskelästhetik es mit jedem aufnehmen konnte.

In breiter Formation gingen die jungen Männer auf Viktor zu. Zum Glück saß er schon, sonst hätte ihn der Anblick glatt umgehauen.

Toni trat ein wenig hervor, hob die Arme und spielte mit den Bizeps.

"Na, kannst du das auch?"

Die Meute lachte. Viktor wollte seine Ruhe haben.

"Haha, was besseres fällt euch nicht ein."

„Sag mal, stimmt es, dass du ein Schwerverbrecher bist? Schau, wir sind alle Leichtverbrecher. Wir wiegen alle unter 100 Kilo. Du siehst schwerer aus, also bist du ein Schwerverbrecher."

Viktor verschlug es die Sprache und Tonis Anhänger brachen in schallendes Gelächter aus.

"Wie schwer war eigentlich dein Verbrechen? Lass mal raten. Du wolltest eine Bank überfallen. Und dann ist der Schalter zusammengebrochen und du hast mit deinem Gewicht selber den Notschalter ausgelöst."

Die Rotte wieherte.

"Oder es war so. Du wolltest eine Frau und hast sie versehentlich platt gemacht, weil du so schwer bist. Ja, genau. Du bist zu schwer, um alles ganz zu lassen. Stimmt es eigentlich, dass du nochmal verurteilt wirst, wenn du die Stühle vom Gefängnis kaputt machst? Ich meine, das kann dir doch ganz leicht passieren, also schwer."

Toni untermalte seine Worte mit Gesten. Das brachte die Gruppe zum Schenkelklopfen. Toni war in diesem Moment der Star und Viktor der

Depp. Aber das wollte er sich nicht gefallen lassen. Viktor hob die Hand, was sehr schwächlich aussah neben den Muskelpaketen von Toni.

"Na, wartet nur."

„Abgesehen davon stinkst du wie ein Schwein. Ist das normal für einen Schwerverbrecher so zu stinken? Übrigens, ich hab dein Klo gesehen. Das kannst du auch als Badewanne benutzen. Oder passt du da nicht rein?"

Ob Viktor alleine mit den jungen Muskelprotzen fertig geworden wäre, ist ungewiss. Sie wurden auf jeden Fall von Herrn Breitner entdeckt, der trotz seines Ärgers sehr besorgt um das Wohl von Viktor war.

"He, ihr da. Lasst den Herrn Renner in Ruhe. Und Sie stehen jetzt gefälligst auf und gehen wieder."

Die Gruppe drehte den Kopf. Sie spürten den Ärger ihres Schließers und dass es besser war, jetzt zu gehorchen. Doch einen lustigen Kommentar zum Abschied konnte sich Toni nicht verkneifen.

"Na, wie wärs mit Fangenspielen. Komm, wir sind auch ganz langsam."

Mit kleinen Schrittchen tippelte er weg. Seine Freunde machten es ihm nach. Dabei drehten sie sich immer wieder um und schauten Viktor mit provokanten Blicken an. Viktor schaute weg, diesen Augen konnte er ausweichen. Unter den fordernden, strengen Blicken Herrn Breitners, der nicht wegschauen wollte, stand er auf und schob langsam seinen Rollstuhl davon, weg von den Muskelprotzen und weg vom Oberlehrer.

Viktor war froh, als er endlich wieder in seiner Zelle saß. Die Konfrontation mit den anderen Häftlingen war purer Stress für ihn. Seit Jahren hatte er nicht mehr so viele Menschen auf einem Haufen gesehen. Andere Menschen leiden bei einer Gefängnisstrafe darunter, dass sie zu wenig Kontakt mit anderen Leuten hatten. Viktor konnte das nicht nachvollziehen. Gut, dass er wenigstens in seiner Zelle Ruhe hatte.

Viktor warf einen kurzen Blick auf die großen Fotos von Urlaubslandschaften, die Hildegard ihm mitgegeben hatte, und die er mit Tesafilm an gut erreichbare Stellen an der Wand geklebt hatte.

Die Fotos von Hildegard, seiner verstorbenen Frau und anderen Personen legte er allesamt in die Schublade. An die wollte er nicht täglich erinnert werden. Auch das wäre Stress. Stattdessen wollte er fernsehen. So wollte er sich von dem Riesenmenschenauflauf im Gefängnishof erholen. An der Wand hinter dem Tisch war ein kleiner Fernseher, passend zum Mauseloch. Er nahm die Fernbedienung in die Hand und schaltete an. Es lief gerade eine Kochsendung.

Ihm gefiel es, wie das panierte Schnitzel in der Pfanne brutzelte und die Fettbläschen knisterten. Er seufzte sehnsüchtig. Sein Magen knurrte. Er griff sich an den Bauch. Auf dem Tisch lagen noch ein paar Krümel vom Frühstück und Mittagessen. Er sammelte die letzten Krümel auf und steckte sie in den Mund.

Dann schaute er sich um, sah aber nur die leere Zelle, kein Schnitzel, keine Pfanne. Er seufzte wieder und schaltete um in der Hoffnung, ein entspannenderes Programm zu finden. Auf dem nächsten Fernsehsender lief wieder eine Kochsendung. Es ging um cremige Bratensoßen. "Schauen Sie, wie man mit nur ein bisschen Sahne die Soße verfeinern kann", erklärte der Fernsehkoch.

Und auf dem nächsten Kanal wurde gezeigt, wie man eine Schokosahnetorte bestrich. „Da muss ich an meine Oma denken", sprach der Moderator, „die machte so tolle Torten. Schokosahne hab ich besonders gern gegessen." Und der Fernsehkoch pflichtete ihm bei: „Schokosahne gehört auch zu meinen Lieblingstorten." Dann schwenkte die Kamera auf die Torte und man konnte jedes Gramm Fett erkennen, das liebevoll auf dem zweiten Tortenboden verstrichen wurde.

Viktor lief das Wasser im Mund zusammen. Er liebte ja auch Schokosahne. Was würde er darum geben, dass ihm jetzt eine so leckere Torte in die Zelle gebracht würde? Alles, er würde alles dafür geben. Aber er konnte es nicht. Ohne bestechlichen Schließer war das unmöglich.

"Ja, kann man denn nicht mal fernschauen, ohne dass einem gleich das eigene Elend vorgeführt wird."

Er hielt es nicht mehr aus, dass er keine Chance hatte, an all die Leckerbissen ranzukommen. Frustriert schmiss er die Fernbedienung weg. Dadurch verschaffte er sich ein wenig Luft.

Doch dann wurde der Frust erst richtig groß. Denn die Fernbedienung landete unter dem Tisch, während die Sahnetorte im Fernsehen dekoriert wurde.

In seinem Elend besann sich Viktor und versuchte die Fernbedienung aufzuheben. Er wollte den Fernseher ausschalten. Aber er kam nicht ran. Seine Beine waren zu kurz, bücken konnte er sich nicht und der Ausschaltknopf am Fernseher war hinter dem Bildschirm, der sehr dicht an der Wand befestigt war, sodass man sehr schlanke Finger brauchte, um den Knopf zu bedienen.

So lief der Fernseher weiter mit einem Vergleich zu anderen schön dekorierten Sahnetorten, die der Moderator ebenfalls wortreich anpries. Es war eine Qual für Viktor, all diese anregenden Beschreibungen der köstlichen dickmachenden Zutaten anzuhören, ohne sie je erreichen zu können oder durch ausschalten von dem Anblick verschont zu werden. Ihm war zum Heulen zumute.

"So ein Elend. So eine Gemeinheit. Alle sind gegen mich."

5. FRAUEN IM MÄNNERKNAST

Hildegard hatte sich viel Zeit genommen, um ihren Ernährungskurs vorzubereiten. Man könnte sogar sagen, sie hatte sich mehrere Jahre Zeit genommen. Denn seit sie ihr Studium vor über zwei Jahren begann, hatte sie alles, was sie gelernt hatte, in sich aufgesogen. Sie wusste schon jetzt sehr gut Bescheid über die verschiedenen Formen der Kohlenhydrate, wie der Körper sie umwandelte und als Energie verbrauchte oder sie in Fettpölsterchen im Unterbauch einlagerte.

Sie merkte sich genau, warum die Vitamine notwendig waren und wie man ihre Haltbarkeit im frischen Essen verlängerte.

Sie war so begeistert davon, dass sie darauf brannte, dieses Wissen mit anderen Menschen zu teilen. Alle sollten so fasziniert sein wie sie und sich nur noch mit Freude gesund ernähren.

Das war auch ihr Rettungsplan für ihren Vater. Er sollte sich gesund ernähren, dann würde er gesund und hoffentlich wieder menschenfreundlich werden.

Also war eine gute Vorbereitung wichtig. Sie erstellte einen Plan für circa drei Monate, welches Thema sie in welcher Stunde behandeln wollte.

Dann suchte sie für die ersten drei Unterrichtsstunden grafische Darstellungen in ihren Lehrbüchern, kopierte sie, notierte sich den Ablauf der Stunden.

Sie kniete sich in die Vorbereitung rein, als müsste sie ein benotetes Referat an der Uni halten oder als wäre sie bezahlte Lehrerin an der Schule.

Der Lohn für ihre Mühen war aber weder eine gute Note noch ein einträgliches Gehalt, sondern nur die Hoffnung, dass die Häftlinge und vor allem ihr Vater den Wert gesunder Ernährung erkennen würden.

Mit dieser Hoffnung und einem Korb voller Obst und Gemüse und Unterrichtsblättern machte sie sich auf den Weg ins Gefängnis.

Herr Welker holte Hildegard an der Gefängnistür ab und führte sie in die Gänge zu den Zellen. In diesem Bereich war sie das erste Mal. Sie schaute auf die stählernen Türen und es erfasste sie ein gruseliges Gefühl. Wer verbarg sich hinter den Türen, dass so eine Sicherung nötig war?

Sie war ganz in ihre Gedanken vertieft und rechnete nicht damit, dass noch andere Personen vorbeikommen könnten. Umsomehr erschrak sie, als Herr Breitner mit einer Gruppe lautsprechender Häftlinge entgegen kam.

Sobald die Männer sie entdeckten, fingen sie an, bewundernd zu pfeifen, riefen ihr zweifelhafte Komplimente nach und machten ihr erotische Angebote. Hildegard zuckte sichtlich zusammen und fast wäre ihr der Korb runtergefallen. Zum Glück konnte sie ihn noch halten. So musste sie sich nicht anhören, welche Assoziationen die Männer bei dem Anblick von am Boden rollenden Äpfeln und Karotten gehabt hatten.

Hildegard ging mit Herrn Welker unbeschadet an den Männern vorbei. Der einzige, der weder gepfiffen, noch etwas gesagt hatte, war Toni. Er blickte ihr nach, sah ihren Hüftschwung und ein Zucken durchströmte seinen Körper. Sobald er sich wieder gefasst hatte, wandte er sich an Herrn Breitner.

"Was macht die hier?"

"So? Gefällt sie dir?"

"Warum fragen Sie immer zurück, wenn man Sie fragt? Mann."

Toni fühlte sich in die Mangel genommen. Herr Breitner genoss es.

"Wenn Sie sie kennenlernen wollen, brauchen Sie sich nur für den Ernährungsberatungskurs eintragen. Der ist immer freitags nach der Ausbildungszeit."

"Was? Die sieht gar nicht wie eine Ernährungtante aus."

Toni strich sich mit der Hand übers Gesicht. Er dachte kurz nach. Eigentlich gab es nur eine Möglichkeit, seinem Bedürfnis nachzukommen. Mit seinem treuherzigen Bettelblick schaute er Herrn Breitner an.

"Ich glaub, ich interessiere mich für gesunde Ernährung. Können Sie mich sofort eintragen?"

"Das klang letzte Woche noch ganz anderes, als ich Ihnen das vorgeschlagen habe. Gerade Sie haben gesagt, Sie müssten sich nach einem anstrengenden Ausbildungstag in Ihrer Freizeit ausruhen."

"Das stimmt nicht. Ich bin topfit."

"Nächste Woche ja. Für heute ist es zu spät."

Von all den Gedanken, die dem jungen Muskelprotz in der darauffolgenden Woche durch den Kopf gingen, erfuhr Hildegard zum Glück nie etwas.

Jetzt ging es Hildegard um ihre erste Gruppenstunde im Gefängnis. Herr Welker öffnete auf dem Weg, drei Türen, aus denen Häftlinge heraustraten. Das heißt, aus der letzten Tür, trat so schnell keiner raus.

„Sag ihr, ich will nicht." rief Viktor noch bevor Herr Welker etwas sagen konnte. Er starrte, ohne den Kopf zu bewegen, auf den Fernseher und verdeutlichte seinen Protest, indem er den Ton lauter stellte.

„Was soll das, Herr Renner? Sie wissen doch genau, dass Ihre Tochter den Freizeitkurs nur Ihretwegen anbietet."

„Was heißt hier Freizeitkurs? Gehen Sie in Ihrer Freizeit etwa zu so einer Oberlehrerin und lassen sich sagen, dass Sie alles falsch machen."

„Aber Herr Renner."

„Kein Aber! Also, was ist? Ist das Freizeit, ja oder nein? Also! Dann lassen Sie mich in Ruhe und sagen ihr, dass ich meine Freizeit vor dem Fernseher verbringen will."

„Aber Papa!" Hildegard schob Herrn Welker zur Seite und stellte sich in den Türrahmen. „Du hast doch bestimmt schon den ganzen Tag ferngesehen. Und wenn ich weg bin, kannst du auch wieder fernsehen. Jetzt komm doch zu mir. Und schalt das Gerät aus."

„Da sehen Sie es, meine Tochter hat nichts besseres zu tun, als mich rumzukommandieren. Ich glaub wohl, in meiner Erziehung ist was schiefgelaufen."

„Papa! Was soll das?"

„Und außerdem bin ich vom Richter nicht dazu verurteilt. Ihr könnt nachlesen, bitte. Da steht nur drin „Haftstrafe" und nicht „Belehrung durch Tochter"."

„Also, Herr Renner, jetzt reicht es. Außer Ihrer Haft haben wir auch den Auftrag, dafür zu sorgen, dass Sie Ihre Diät einhalten. Und dazu gehört auch der Ernährungskurs von Ihrer Tochter. Das ist auch mit Dr. Metzger abgesprochen. Also los, kommen Sie endlich. Sonst werde ich vor Ihren Augen von Ihrem

Abendbrotteller etwas wegessen."

„Nein, das können Sie mir nicht antun! Mein Essen steht mir zu. Wenn Sie das tun, dann werde ich mich über Sie beschweren."

„Also, wenn Sie jetzt nicht ausprobieren wollen, was ich alles kann, dann kommen Sie. Und denken Sie daran, Ihre Beschwerde würde frühstens morgen beim Chef sein. Aber ich halte heute Ihren Abendbrotteller in der Hand."

„Nein!"

Das Risiko wollte Viktor nicht eingehen. Dann musste er halt Hildegards Kurs aushalten. Vielleicht würde er es schaffen in diesen anderthalb Stunden die Ohren zuzumachen. So müsste es gehen.

Missmutig schaltete er den Fernseher aus. Dann schob er den Rollstuhl mit Tippelschritten zur Tür heraus. Viktor verbat es sich, jemals wieder von einer anderen Person durch die Tür geschoben zu werden. Die Finger schmerzten jetzt noch, wenn er an die grobe Behandlung durch Herrn Breitner an seinem ersten Tag dachte.

Draußen im Flur war das anders.

„Jetzt sind Sie dran." Provozierend schaute er Herrn Welker an. „Wenn Sie unbedingt wollen, dass ich mir meine Tochter anhöre, dann können Sie mich auch dahinschieben. Ich rühr mich keinen Millimeter mehr."

So hatte sich Herr Welker seinen Beruf nicht vorgestellt. Von täglichem Krafttraining durch Rollstuhlschieben war in seinem Arbeitsvertrag nicht die Rede. Da seither keine Dienstbesprechung war, gab es auch noch keine geregelte Umsetzung von Herrn Breitners Idee.

„Will einer von Ihnen beiden vielleicht schieben?" Er schaute erwartungsfroh auf die beiden wartenden Häftlinge Karl und Josef.

„Nein, danke." Beide winkten ab. In ihrem Alter war man bequem.

„Ach, Papa, dann geb ich halt mein Bestes. Können Sie bitte den Korb nehmen."

Hildegard drückte Herrn Welker den Korb in die Hand und trat dann hinter den Rollstuhl. Mit viel Schwung und unter Einsatz all ihrer Kräfte brachte sie den Rollstuhl in Bewegung.

Was für eine Frau? dachte sich Karl.

„Warte, ich helfe dir."

Karl griff an die Schiebestange des Rollstuhls und gemeinsam schoben sie Schulter an Schulter zum Gruppenraum. Es war eine schöne Berührung. Dafür war Karl auch mal bereit, fünf Zentner zu stemmen. Dabei schaute er immer wieder lächelnd zu Hildegard rüber, die eisern nach vorne starrte. Für das erste Mal war das in Ordnung.

Viktor freute sich, dass es ihm wieder mal gelang, andere zur Arbeit zu bewegen und selber sitzen zu bleiben. Doch wie immer verbarg er seine Freude hinter einem grimmigen Gesicht. So erreichten sie ohne große Worte den Gruppenraum. Herr Welker sperrte auf und ließ Hildegard und die drei Kursteilnehmer eintreten. Viktor tippelte wieder selber durch die Tür. Das war sicherer.

Dann verabschiedete sich Herr Welker, wobei er versprach in einer Stunde wiederzukommen und schloss die Tür von außen. Der Kurs dauerte zwar anderthalb Stunden, aber eine halbe Stunde war ja schon vergangen durch das langwierige Abholen der Häftlinge, naja, langwierig war ja nur das Abholen des einen Häftlings. Aber der hatte es in sich.

Hildegard schaute sich um und stellte dann ihren Korb in der Nähe der Wandtafel auf den Tisch. So sah also der Gruppenraum aus. Um die aneinandergeschobenen Tische standen acht Stühle. An der hinteren Wand standen noch ein paar Stapel Stühle, aber mehr als zwanzig Leute hätten hier bestimmt nicht Platz. Durch die kleinen Fenster, die oben knapp unter der Zimmerdecke waren, kam nur wenig Tageslicht in den dunklen Raum. Hildegard würde sich anstrengen müssen, um in dieser unfreundlichen Atmosphäre die Freude an gesunder Ernährung zu vermitteln.

Josef und Karl setzten sich weit voneinander entfernt hin. Abstand schadet nicht, gerade wenn man sich gut kennt. Viktor blieb am Eingang stehen und brummte.

Dieses Signal verstand Hildegard. Sie stellte zwei der acht Stühle auf die Stapel an der Wand. So hatte ihr Vater Platz und konnte sich an den Tisch ranziehen. Leider hatte er Hildegard direkt im Blickfeld. Das war typisch. Sie musste ihm ja zeigen, dass sie die Oberlehrerin war.

So sehr Viktor die Anwesenheit der Mithäftlinge verabscheute, jetzt würde es ihm gefallen, wenn möglichst viele da wären, die Hildegards Aufmerksamkeit auf sich lenkten. Nur so hätte er Chancen, in Ruhe die Zeit abzusitzen. Ob die zwei irgendwas ausrichten könnten, um ihm Ruhe zu gewähren?

Aus ihrem Korb holte Hildegard einen Teller mit Karotten-, Gurken- und Paprikastreifen, den sie in die Mitte des Tisches stellte. Dann holte sie noch ein paar Unterrichtsblätter aus dem Korb, die sie vor sich hinlegte. Danach stellte sie den Korb weg. Jetzt konnte ihr Unterricht beginnen.

Karl schaute ihr interessiert bei den Vorbereitungen zu. Er fühlte sich wie ein kleiner Prinz, der sich heimlich in die Küche schlich, um der Köchin bei der Arbeit zuzuschauen. Und es war eine sehr schöne Köchin. Der Anblick lohnte sich.

"Als erstes gibt es immer unsere gesunden Naschsachen. Sie bedienen sich einfach."

"Kannst du mal aufhören von Naschsachen zu sprechen, wenn du Kaninchenfutter meinst? Du nimmst uns alle auf den Arm. Schau uns an, wir sind alle erwachsene Männer. Bring uns was Gscheites mit."

"Papa, ich mach das alles wegen dir. Dr. Metzger hat gesagt, dass du nicht mehr lange leben wirst, wenn du nicht deine Ernährung umstellst."

"Was interessiert dich das? Das ist mein Leben."

"Ich will, dass du lebst, wenn du hier rauskommst. Das hab ich dir schon oft gesagt."

„Na und?"

"So, und jetzt mach mit. Sonst sag ich nachher dem Herrn Welker wegen dem Abendbrot Bescheid."

„Petzen. Das kannst du." Viktor nuschelte nur noch leise vor sich hin. Er hatte Angst, dass Herr Welker die Drohung wahr machen würde. Zeit absitzen, das ging ja noch; aber Verhungern, das wäre zuviel Strafe.

Hildegard war froh, dass ihr Vater verstummte. Sie wandte sich den anderen zu. Vielleicht waren die ja ernsthaft interessiert und würden ihren Vater langfristig mitreißen. Das wäre schön.

"Warum besuchen Sie meinen Kurs?"

Josef fühlte sich als erster angesprochen.

"Ach, nur so. Immer in der Zelle hocken, ist auf

die Dauer langweilig."

Das war nicht die Antwort, auf die Hildegard hoffte. Aber sie war ehrlich und Viktor fand die Antwort prima. Ein erster Schritt in die richtige Richtung. Würde Hildegard das verstehen? Dann war Karl dran, der seine eigentlichen Absichten nicht verbergen konnte.

"Hildegard, eine Bitte hätte ich, sag du. Das sorgt für eine Atmosphäre, die deiner Schönheit entspricht. Ich will natürlich was bei dir lernen. Ich habe mich schon immer für gesunde Ernährung interessiert."

"Soso, der Karl hat sich schon immer für gesunde Ernährung interessiert. Soweit ich weiß, interessierst du dich nur für schöne Weiber. Bei deinem letzten Aufenthalt in diesen schönen Hallen hast du sogar einen Seidenmalkurs mitgemacht wegen der Kursleiterin. Oder hat dich da auch das Seidenmalen schon immer interessiert?"

"Hör nicht auf ihn. Zeig uns lieber, was du mitgebracht hast."

Darauf war Hildegard nicht gefasst. Sie war doch erfolgreich den Anmachpfiffen der jungen Testosteronträger im Flur entkommen. Bei Männern des älteren Semesters überraschten sie die Anspielungen. Um nicht darauf einzugehen, tat sie, was Karl gesagt hatte. Ihre Enttäuschung darüber, dass keiner der beiden Interesse am Thema hatte, war überlagert von ihrem Überraschtsein über die wahren Interessen Karls.

Sie teilte die Unterrichtsblätter aus, die sie mitgebracht hatte. Karl, Josef und sogar Viktor überflogen scheinbar interessiert die Nährstofftabellen.

"Also, ich hab heute einen Vergleich der

Nährstoffe bei verschiedenen Gemüsesorten mitgebracht. Die Tabelle fängt an mit den Frühlingsgemüsesorten wie Spargel und ..."

"Apropos Spargel. Ich sehe, du trägst keinen Ring am Finger. Ich nehme an, du bist noch nicht verheiratet."

Auf Karls Worte wurde Hildegard verlegen.

Dafür platzte Josef besserwisserisch heraus.

"Ich hab's gewusst. Du kannst es einfach nicht lassen."

Viktor ärgerte sich immer noch über seine Tochter, die große Oberlehrerin. Daher kam es ihm ganz gelegen, dass Josef und Karl ganz offen zeigten, dass sie an der Gesundheitslehre ebenfalls kein Interesse hatten. Vielleicht würde sie aufgeben, wenn sie ihr zu dritt zeigen würden, was für einen Schwachsinn sie da tat.

"Sie kann gar nicht heiraten. Sie hat keine Zeit für sowas. Sie studiert ja immer noch diese Gesundheitslehre."

"Papa!?"

Wie immer waren Viktors Worte keine Hilfe für Hildegard.

"Ja, es ist doch so. Hättest du dich mit deiner Banklehre zufrieden gegeben, hättest du Zeit, dich nach einem Mann umzusehen. Stattdessen versaust du mir das Leben. Hildegard, was du da machst, ist reine Zeitverschwendung."

Das konnte Karl nicht so stehen lassen. Er wollte sich ja bei der jungen Frau beliebt machen.

"Ach, ich finde es gar nicht so verkehrt, wenn du dir Zeit lässt. Das macht dich noch viel attraktiver."

"Was redest du für einen Schmarrn? Du hälst dich da raus."

Kaum hörbar brummelte Josef dazu:

"Jaja, nur auf das Diridari aussein und dann abhauen."

"Papa!?"

Hildegard konnte ihren Vater nicht richtig einschätzen. Hat er sie jetzt gerade vor Karl verteidigt? Diesen Verdacht räumte Viktor aber gleich mit dem nächsten Satz aus der Welt.

"Hildegard, willst du vielleicht nicht doch was Sinnvolleres in deiner Freizeit tun als hier im Gefängnis deine Lehren zu verbreiten? Ihr wollt den Quatsch doch auch nicht hören."

Man musste es ihr in aller Deutlichkeit sagen. Und man musste es oft wiederholen, denn Hildegard war sturrköpfig und hielt lange an ihren Ideen fest. Karl und Josef mussten ihm helfen, Hildegard vom Pfad der Besserwisserei abzubringen.

Dabei wäre es gut, wenn Karl andere Methoden anwenden würde. Denn die Schwiegersohnmasche behagte ihm gar nicht. Noch nie im Leben ist er auf die Idee gekommen, dass Hildegard je an sowas denken würde. War nicht schon die Frage nach dem Essensentzug schwer genug. Weiteren Problemen war Viktor nicht gewachsen. Ob Josef ihn jetzt unterstützen könnte?

Josef hatte schon viele Jahre Gefängniserfahrung und er wusste wie wertvoll die Freizeitangebote waren. Er hatte schon mehrere Kursleiter erlebt, die ihre ehrenamtliche Tätigkeit an den Nagel gehängt haben. Das bedeutete immer für die Häftlinge, dass sie noch mehr Zeit in ihrer Zelle verbringen mussten. Denn die Sozialarbeiter hatten meist keine Zeit, ihre verschiedenen Ideen langfristig am Laufen zu halten.

"Auf keinen Fall. Hildegard, lass dich nicht von

deinem Vater und Karl verschrecken. Dein Kurs ist eine wichtige Abwechslung im Gefängnis. Bitte mach weiter."

"Aber du könntest dich mal waschen, Viktor," ergänzte Karl, "das würde den Kurs geruchlich so attraktiv machen wie deine Tochter aussiehrt."

"Ich kann doch auch nichts dafür. Die haben mir nur so eine kleine Zelle gegeben. Die ist ohne Dusche."

"Die haben wir doch auch nicht. Gehst du nicht einmal pro Woche in den Duschraum."

"Ja, wie denn?"

"Na, reingehen und duschen."

"Der Nachtwächter hat mich gestern dahin gefahren. Aber da sind ja nirgends Sitzplätze, nicht mal Griffe zum Festhalten."

"Ach so, brauchst du sowas? Naja, du bist auf jeden Fall deiner Tochter nicht zumutbar. Aber Hildegard, schau mich an, ich bin sogar sehr zumutbar. Komm her, du kannst mal riechen. Ich habe heute morgen nämlich ein sehr edles After shave genommen, so achzig Euro pro Fläschchen. Das hat mir ..., äh, ich meine, das konnte ich mitnehmen als ich hier reinkam. Gell, das riecht gut."

Hildegard schaute völlig verwirrt die drei Männer an. Sie war sichtlich verlegen und wußte nicht, was sie machen sollte.

Viktor wusste auch nicht, was er tun sollte. Der eine unterstützte ihn zwar mit Ablenkung, aber in die völlig falsche Richtung. Und der andere, bestärkte die Oberlehrerin weiterzumachen, obwohl es ihn überhaupt nicht interessierte. Wie sollte das bloß weitergehen?

Die restliche Stunde war durchmischt von der Grundsatzdiskussion, ob der Ernährungskurs weiterlaufen oder eingestellt werden sollte.

Zwischendurch versuchte Hildegard mehrmals über den Nährstoffgehalt von Gemüse zu sprechen. Aber Viktor und Karl wetteiferten im Stören. Josef hatte die ersehnte Abwechslung im Gefängnisalltag, aber das war auch alles.

Nach einer Stunde war Hildegard froh, als Herr Welker die Tür öffnete und damit ihre erste Kursstunde beendete.

Nichts lief so, wie sie es sich vorgestellt hatte.

Wie könnte es weitergehen?

Aufgeben kam nicht in Frage, und das nicht nur wegen Josefs Bitte. Sie wollte doch ihren Vater auf den rechten Weg bringen. Sie musste weitermachen.

Aber wie würden die Kursstunden in Zukunft verlaufen? Könnte sie das, was sie schon vorbereitet hatte, jemals lehren? Müsste sie vielleicht bestimmter auftreten und reden wie ein strenger Lehrer? Sie müsste es ausprobieren. Hauptsache nicht aufgeben.

Seit Viktor im Gefängnis saß, wohnten wieder zwei Frauen unter seinem Dach. An ihrem Verhältnis hatte sich nichts verändert.

Hildegard machte sich zur neuen Herrin des Hauses. Sie war davon überzeugt, dass zur Veränderung ihres Vaters auch die Veränderung seines Hauses gehörte. Leben ohne Dickmacher - Haus ohne Dickmacher.

Genau die gegenteilige Ansicht vertrat Frau Süss. Sie setzte alles daran, um weiterhin im Hause ihres geliebten Arbeitgebers zu bleiben. Sie unterschrieb dafür den leidigen Vertrag, den ihr Hildegard unter die Nase hielt.

Darüberhinaus versuchte sie, das Haus so zu halten, wie Viktor es verlassen hatte. Er sollte sich sofort wohlfühlen, wenn er wieder heimkam, selbst wenn das erst in dreieinhalb Jahren sein sollte.

Frau Süss blickte mit Missmut auf das Kräuterbeet, das Hildegard am letzten Wochenende angelegt hatte. Sie sprach auch davon, dass das nur der Anfang war und das Kräuterbeet drei- bis viermal so groß werden sollte. Na, das kann ja heiter werden. Viktor würde seinen Garten nicht wiedererkennen. Aber hier griff Frau Süss nicht ein. Der Garten war schon früher nicht ihr Zuständigkeitsbereich. Dazu kam einmal im Monat ein Gärtner. Ob das junge Fräulein Renner ihn auch schon vertrieben hatte wegen angeblicher Schwarzarbeit, konnte sie noch nicht erkennen. Denn planmäßig sollte der erst nächste Woche wiederkommen.

Außerdem war Viktor sowieso selten im Garten. Im Haus fühlte er sich wohl. Also richtete Frau Süss alle Anstrengungen daran, das Haus schön zu halten. Hier wollte sie nicht, dass ihr jemand reinredete, schon gar nicht das Fräulein Renner. Aber das war ihr wohl nicht abzugewöhnen.

Gerade wischte Frau Süss den Küchenfußboden, als diese neue Superhausfrau die Küche betrat. Nicht mal in Ruhe putzen war möglich.

"Frau Süss, ich habe Sie doch darum gebeten, die Speisekammer zu leeren und die Sachen zu dieser Tafel zu bringen, wo Bedürftige was umsonst zu essen kriegen. Sie haben das immer noch nicht geschafft."

Wie sie schon wieder sprach.

"Ach, wissen Sie, als Ihr Vater noch hier war, hat es mir besser gefallen. Da hatte ich ja nur

die eine Stelle gebraucht. Und er hat sich immer
so gefreut über kleine Extras."
"Und Sie haben sich über die Extrabezahlung
gefreut. Aber die Zeiten haben sich geändert.
Keine Bezahlung ohne Steuer und kein
Naschwerk für Zwischendurch. Nach drei
Monaten wird es endlich Zeit, dass Normalität
einkehrt. Und deshalb hätte ich gerne wieder
eine normal gefüllte Speisekammer."
Da die beiden direkt vor der Speisekammer
standen, brauchte Hildegard nur die Hand
auszustrecken, um die Tür zu öffnen. Der
Anblick erinnerte an eine Großküche. Eine
Großpackung stand neben der anderen, als
müsste täglich eine Gruppe von zwanzig
Personen bekocht werden.
Hildegard musste jetzt streng sein, sonst würde
Frau Süss nie ihren Willen erfüllen und eine
gesundheitsbewusste Speisekammer führen.
Energisch griff sie nach einer 5 kg-Packung
Nudeln und einer 5 kg-Packung Puddingpulver
und drückte beide Frau Süss in die Hand. Vor
Schreck ließ diese den Wischmop fallen, den sie
bis eben noch festhielt.
"Schaffen Sie das weg."
"Aber das hat Herr Renner doch immer so gern
gegessen. Das war sein Lieblingspudding."
„Und es hat ihn immer schön dick gemacht und
dahin gebracht, wo er heute ist."
„Es kommt doch nicht immer nur auf immer-
gesund-essen an. Manchmal muss man sich
auch eine kleine Freude gönnen."
„Haben Sie sich etwa auch damit eine Freude
gegönnt?"
„Nein, der Pudding war nur für Herrn Renner.
Er hat ihn doch so geliebt. Und ich muss auf
meine Figur achten."

82

„Sehen Sie, ich werde Sie nie verstehen. Sie sind schlank und achten auf Ihre Figur. Aber Sie haben keine Hemmungen davor, meinen Vater vollzustopfen bis er platzt."

„Sie wissen nicht, was Lebensfreude ist. Herr Renner hatte Freude am Pudding und ich hatte Freude an seiner Freude. Ihnen fehlt das alles. Sie sind eine freudlose Person."

„Und Sie sind eine unverschämte Person. Sie haben Zeit bis nächste Woche. Und denken Sie daran, ich bin Ihre Arbeitgeberin."

Hildegard verließ die Küche, wohlwissend, dass sie noch mehrfach kontrollieren und ermahnen müsste.

Es war eigentlich schade. Frau Süss besaß nicht einen Hauch von Einsicht, dass ihr bisheriges Handeln an Viktor falsch war. Aber Hildegard hatte keine Lust, sie auch in ihre Ernährungsberatung mit einzubeziehen. Dafür war ihr die Frau zu egal und sie hoffte darauf, dass sie irgendwann freiwillig kündigen würde. Zum Glück sah Hildegard beim Weggehen nicht, wie Frau Süss ihr mit einer Grimasse nachschaute, als ob sie keifen würde.

Zwei Tage später saß Viktor auf der Bettkante, als es an der Tür klopfte und Herr Breitner öffnete.

"Besuch für Sie."

"Wer ist es? Die Nette oder die Besserwisserin?"

"Geh, Herr Renner. Sie sind doch beide nett in ihrer Art. Und Ihre Tochter meint es gut mit Ihnen."

„Nett in ihrer Art. Das sagen Sie nur über meine Tochter, weil man das nämlich nicht immer erkennen kann. Von Frau Süss sind auch Sie überzeugt, dass sie nett ist, ohne sich das extra einzureden."

„Ach, Herr Renner, jetzt drehen Sie mir nicht die Worte im Mund um. Also, es ist Frau Süss."

„Ja, dann komme ich. Das ist ein schöner Besuch. Meine Tochter habe ich vor drei Tagen schon lang genug gesehen. Da wäre ich heute hier geblieben."

Viktor freute sich auf die Begegnung mit Frau Süss. Mit ihr war alles so unkompliziert. Sie verstand ihn, seine Freuden und sein Leiden. Bei ihr musste er sich nie gegen eine andere Lebenseinstellung wehren. Sie sagte nie, dass er etwas falsch tat. Jede Minute mit ihr war eine Wohltat.

Er erinnerte sich an ihren Besuch im Krankenhaus vor der Verurteilung. Das war schön, sie brachte ihm sogar Semmeln mit, damit er endlich was zu essen hatte. Ob sie heute auch was mitbrachte? Sein Magen knurrte vor Freude bei diesem Gedanken.

Aber dann überschattete ihn wieder Misstrauen. Was ist, wenn Frau Süss wieder einen Beutel voller leckerer Semmeln dabei hatte und die Wachleute nahmen ihr wieder alles ab. Dann würde sie mit leeren Händen kommen. Das wäre bedauerlich. Aber Hildegard und Dr. Metzger haben ja alle Wachleute in ihre Verschwörung einbezogen. Es war schlimm.

Schwerfällig machte sich Viktor auf den Weg. Schade, dass es so schwierig war, aus der Zelle hinauszumanövrieren. Heute wäre er gerne schneller draußen. Anders als sonst fiel er auf dem Flur nicht gleich in seinen Rollstuhl, sondern er stellte sich dahinter und schob seinen Rollstuhl selber bis zum Besucherzimmer. Er keuchte zwar, aber es war ihm egal.

Ein kurzes Lächeln huschte über sein Gesicht, als er Frau Süss sah. Sie saß bereits am Tisch und wartete gespannt.

Viktor schob seinen Rollstuhl an den Tisch und gab Frau Süss noch im Stehen die Hand. Ihr Anblick war eine Wohltat. Da störten auch nicht die beobachtenden Augen von Herrn Welker.

"Ach, es ist so schön, Sie zu sehen. Sie glauben ja nicht, wie es hier ist. Jetzt hat Hildegard auch noch dafür gesorgt, dass sie eine Ernährungsberatung als sogenannten Freizeitkurs hier machen darf. Und ich muss da mitmachen."

"Ja, können Sie nichts dagegen tun?"

„Naja, ich wollte mich schon beschweren, aber die Nachtwächter haben mir zu verstehen gegeben, dass alle bei dem Plan von Dr. Metzger und Hildegard mitmachen. Der eine hat mir sogar gedroht, mir alles wegzuessen. Stellen Sie sich das mal vor."

„Nein, das gibt es doch nicht."

„Das hab ich auch gesagt. Aber glauben Sie mir, alle gehören zu der Verschwörung. Wir haben da einen ganz schweren Stand."

"Mich schikaniert Ihre Tochter ja auch die ganze Zeit. Sie glauben gar nicht, wie sehr ich Sie vermisse."

"Das habe ich befürchtet. Aber es hilft nichts. Da müssen wir beide durch. Schauen Sie, drei Monate sind schon geschafft. Die letzten neununddreißig schaffen wir auch noch."

"Hildegard hat mich gezwungen, die Speisekammer zu leeren. Da wollte ich Ihnen noch was mitbringen. Aber die sind so streng hier. Ich musste meine Tasche draußen abgegen."

"Das meine ich. Es ist eine Verschwörung gegen

uns. Bei Hildegard sind sie überhaupt nicht streng. Die darf tonnenweise Kaninchenfutter reinbringen. Das hat sie bei ihrem Ernährungskurs gemacht und wir erwachsenen Männer sollten das alles essen."

"Ja, schmeckt Ihnen das denn überhaupt?"

"Nein, aber was soll ich machen? Bevor ich gar nichts kriege."

"Passen Sie mal auf."

Frau Süss griff nach Viktors Hand auf dem Tisch. Es fühlte sich gut und liebevoll an. Frau Süss zeigte, dass sie Viktor nahe stand in dieser schweren Zeit.

Dabei wackelte Frau Süss so mit dem Arm und half mit der anderen Hand nach, dass ein Schokoriegel aus dem Ärmel rutschte. Erst jetzt beachtete Viktor, dass sie ein Jacket trug. Das war ungewöhnlich. Denn meistens war ihr so warm, dass sie die Unterarme frei hatte.

Schnell griff Viktor mit der freien Hand nach dem Schokoriegel und steckte ihn in die Hosentasche. Der Wachmann hatte nichts bemerkt.

Dann wackelte Frau Süss wieder mit ihren Armen. Jetzt sollte der zweite Schokoriegel aus dem Ärmel rutschen. Doch so war es nicht. Der Riegel klemmte am Ellenbogen und die Bewegungen von Frau Süss wurden auffälliger. Herr Welker schaute das Gewackel eine Weile an. Doch als der Schokoriegel rausrutschte und vor Viktors Fingern landete, schritt er ein.

"Herr Renner, was machen Sie da? Heben Sie sofort die Arme hoch."

Erwischt. Jetzt galt es nur noch zu retten, was zu retten ist. Viktor riss in Windeseile die Verpackung auf und stopfte den Schokoriegel als ganzes in den Mund. Die Verpackung ließ er fallen. Dann hob er die Arme hoch, als würde Herr Welker eine Waffe gegen ihn richten.

Noch schmatzend brachte Viktor seine Verteidigung hervor.

„Da ist nichts. Glauben Sie mir, es ist alles in Ordnung."

Die Verpackung glänzte in dem schmalen Lichtstreifen, der zum Boden durchdrang und zeigte neben den Schokospuren am Mundwinkel deutlich, was Viktor mit „nichts" meinte.

Das kann nicht alles gewesen sein. Herr Welker vermutete, dass Frau Süss noch mehr Schokoriegel dabei hatte. So erlebte er es schon öfter, wenn Besucher versuchten, ihre Angehörigen mit Haschisch und anderen Drogen zu versorgen. Selbst aus den stinkenden Socken hatte er schon kleine Päckchen Schmuggelware rausgefischt.

Er konnte das nicht durchgehen lassen. Viktors gieriges Verhalten und sein ständiges Gerede über das Essen verstärkten in Herrn Welker die Überzeugung, dass es richtig sei, hart zu sein gegen diesen Insassen. Und obwohl er es nie zugeben würde, empfand er den Spottnamen, den ihm die anderen Häftlinge verpasst haben, treffend. Viktor Renner war ein Schwerverbrecher.

Ihm ging das erbärmliche Gejammer der beiden auf die Nerven, die die ganze Zeit so taten, als ob sie die Leidtragenden seien. Wer hier leidtragend war, das war Herr Welker, der Justizvollzugsbeamte, der sich schon seit Jahren das Gejammer über angebliche Ungerechtigkeit anhören musste. Die waren doch alle selber Schuld an ihrem Schicksal und der Schwerverbrecher war erst recht so ein Beispiel dafür.

In Herrn Welker hatte sich genug Wut
angestaut, bevor er sich vor Frau Süss
aufbaute. "Also jetzt reichts. Stehen Sie auf und
ziehen Sie Ihre Jacke aus, Frau Süss."
Frau Süss zuckte zusammen. Der Ton des
Wachmanns war schon sehr scharf. Sie stand
auf. Dabei knickte sie die Arme nach oben ab.
Herr Welker fasste ihr ans Jacket.
"Das dürfen Sie nicht."
"Na gut. Dann sofort durchstrecken."
"Das geht nicht."
"Sofort hab ich gesagt. Das geht."
Sie wollte eigentlich noch eine Ausrede
vorbringen. Aber wegen einer kleinen
Unachtsamkeit streckte sie doch einen Arm
durch und zwei weitere Schokoriegel fielen aus
dem Ärmel auf den Boden.
Er ahnte es doch. Herr Welker hob schnell die
Schokoriegel auf und steckte sie in die eigene
Tasche. Frau Süss war starr vor Schreck. Sie
konnte sich einfach nicht schnell genug bücken.
Es tat ihr leid, dass sie Viktor diese Freude
nicht machen konnte.
Für Viktor war der Boden schon seit Jahren
unerreichbar. Was dort lag, konnte er selber
nicht hochheben. Es war ein ungleicher Kampf,
wenn der dünne Herr Welker nach dem Objekt
der Begierde auf dem Boden griff.
Was für eine Qual? Sehnsüchtig schaute Viktor
auf die Schokoriegel, die vor seinen Augen
wieder in unerreichbare Ferne rückten.
"Die Besuchszeit ist zu Ende." donnerte Herr
Welker.
"Aber, das waren doch erst ..."
Frau Süss schaute auf die Uhr. Doch Herr
Welker blieb hart.
"Kein Aber. Unter solchen Umständen brechen

wir immer die Besuchszeit ab. Lesen Sie die Belehrung durch, wenn Sie Ihre Tasche abholen."

Allein mit Blicken zwang Herr Welker Frau Süss zur Tür. Zu zweit gingen sie raus. Mit lauten Geräuschen drehte Herr Welker von außen den Schlüssel rum.

Das war der letzte Eindruck, der Viktor von seinem Besuch blieb. Da saß er nun, allein gelassen ohne Frau Süss und ohne Schokoriegel. Also fast ohne Schokoriegel. Ein winziges Trostbonbon war ja noch in seiner Hosentasche.

Armer Viktor!

6. FREIGANG MIT WAAGE

Es war ein grauenhafter Morgen. Am Vortag noch erheiterte der Lichtblick Susanne Süss eine halbe Stunde lang Viktors Gemüt. Jetzt war seine Gemütslage schlimmer als zuvor. Viktor wusste, was heute auf ihn zukam und dass es kein Entrinnen gab. Widerwillig zog er sich an, nachdem er sein Zwerghamsterfrühstück, das nur aus drei Scheiben Wurstbrot bestand, verschlang. Dann schnaufte er tief durch. Hauptsache, der Tag ging schnell vorbei.

Seufzend setzte er sich in seinen Rollstuhl und tippelte zur Tür. Dort harrte er aus bis Herr Breitner mit seinem Aufsperren Viktors Schicksal besiegelte.

"Einen wunderschönen guten Morgen wünsch ich."

"Morgen. Das wunderschön und gut können Sie weglassen."

"Sie wissen ja, heute haben Sie Ausgang."

"Wollen Sie tauschen. Sie können sich gerne als Rindvieh behandeln lassen. Hier ist es zwar nicht schön, aber nur halb so schlimm. Oder wollen Sie mich zu meinem Ausgang begleiten und wir machen einen echten Ausgang. Ich kenne eine gute Konditorei. Dort würde ich gerne hingehen. Oder auch zu jeder x-beliebigen Metzgerei. Aber nicht zu Dr. Metzger. Der hat diesen schönen Namen nicht verdient, dieser Tyrann mit seiner Helferin Hildegard, die hier wöchentlich ein und aus geht."

"Jetzt seien Sie halt nicht gar so garstig. Es geht doch um Ihr Bestes."

"Stehen Sie etwa auch auf Seiten von denen?

Eigentlich weiß ich es ja."
Der kurze hoffnungsfrohe Blick in Viktors
Augen trübte gleich wieder ein.
"Also, auf in mein Schicksal."
Viktor machte eine wegwischende
Handbewegung. Herr Breitner machte Platz und
ließ Viktor hinaustippeln.

Im Flur schüttelte Viktor seufzend den Kopf.
Heute würde er nicht mithelfen, den Rollstuhl in
Gang zu setzen, nicht für diesen Weg. Es lohnte
sich nicht, für die folgenden Quälereien und
Demütigungen auch nur eine Muskelfaser zu
bewegen. Sollten sich doch die anderen
anstrengen, die das alles für richtig hielten.
Diesmal traf es Herrn Breitner, der mit lautem
Stöhnen den Rollstuhl in Gang setzte.
Im Vorhof der Justizvollzugsanstalt wartete
schon der Krankenwagen. Viktor hasste dieses
Fahrzeug und er hasste den Zielort.
Die ganze Fahrt über ärgerte sich Viktor über
sein Schicksal, sein Ausgeliefertsein an den
Willen der anderen, die sich gemeinsam gegen
ihn verschworen hatten.
Es ekelte ihn an, als er die Tierklinik vom
Fahrzeuginneren aus schon an dem
Pferdewiehern erkannte. An den lauten
Trampelschritten, die das Pferd auf der Rampe
zum Pferdeanhänger erzeugte, erkannte er, dass
selbst das Tier diesen Ort nicht mochte.

Nun war es soweit. Viktor sollte aussteigen.
Schon wieder eine Demütigung. Der Sanitäter
schob ihn einfach aus dem Wagen heraus ohne
ihn zu fragen. Gerne hätte Viktor ihm ins
Gesicht gesagt, dass er nicht laufen wollte. Aber
diese Chance hatte er nicht. So

selbstverständlich ging der Sanitäter davon aus, dass der Dicke sowiewo nicht läuft. Nein, es war eine Schmach für Viktor.

Der Sanitäter blieb die ganze Untersuchung über bei Viktor. Als ob Viktor nicht fähig wäre, irgendwas zu tun, zog der Sanitäter ihn aus, während er mit dem Tierarzt sprach. Nur der Satz „ich helf Ihnen jetzt beim Aufstehen" war an Viktor gerichtet.

Der Tierarzt, der heute Dienst hatte, war es auch nicht gewohnt, mit seinen Patienten zu sprechen. Er führte Viktor auf die große Waage, maß den Blutdruck, hörte die Lunge ab, nahm Blut ab. Als er die Werte in den Patientenbogen eintrug, sagte er zum Sanitäter:

„Schauen Sie mal. Der wiegt jetzt nur noch 226 kg. Da wird sich mein Kollege über seine Fortschritte freuen."

Dann wandte er sich doch mal an Viktor:

„So, das war's für heute. Den Rest besprechen Sie mit Dr. Metzger. Ach, und wenn Sie daheim sind, dann gehen Sie doch mal duschen. Das ist ja mehr, als ich von meinen Zuchthammeln gewohnt bin."

Das war das Signal für den Sanitäter, Viktor wieder wortlos anzuziehen. Wortlos wurde Viktor in den Krankenwagen geschoben und von dort wieder ins Krankenhaus zu Dr. Metzger gefahren.

Es war für Viktor aber keine echte Erleichterung als der Sanitäter wegging, denn nun saß Viktor gegenüber von Dr. Metzger, der ihm ja die ganze Misere eingebrockt hatte.

Dr. Metzger schaute sich den Patientenbogen in Ruhe an. Langsam hob er seinen Kopf und strahlte Viktor herzlich an:

„Das sind ja hervorragende Werte. Sie haben

schon 24 kg abgenommen in drei Monaten. Sehr gut!"

Das strahlende Gesicht von Dr. Metzger färbte auf Viktor ab.

"Könnte ich für dieses Ergebnis eine kleine Belohnung kriegen? Immerhin hab ich die 24 kg geschafft."

„Ich schreib Ihnen eine kleine Urkunde. Die können Sie sich ins Zimmer hängen und immer stolz sein, wenn Sie sie sehen."

„Ich dachte mehr an etwas anderes."

„Tut mir leid. Ich versteh Sie nicht."

Viktor setzte zu einer Erklärung an, aber Dr. Metzger unterbrach ihn jäh:

„... auch wenn Sie deutlicher werden. Also, ich wünsch Ihnen weiterhin viel Erfolg. Aber etwas ganz anderes. Sie sollten mehr auf Ihre Hygiene achten. Auch wenn Sie im Gefängnis sind, müssen Sie nicht so stinken. Wann haben Sie sich zuletzt gewaschen?"

„Ja, heute morgen. Ich bin kein Dreckschwein, so wie alle behaupten."

„Das sag ich auch nicht. Ich meine, wann haben Sie das letzte Mal geduscht oder gebadet?"

„Ja, wollen Sie sich über mich lustig machen? Die haben mich im Knast in einen Raum geschoben mit Duschen an der Decke und kleinen Knöpfen an der Wand. Da kann ich doch nicht duschen. Das sieht aus wie in so einem Schwimmbad von der Stadt."

„Also, ein Wellnessbad kann man Ihnen nicht einrichten. Aber ich werde Herrn Lobmann sagen, die Dusche für Sie umbauen zu lassen. Ihr Geruch ist ja für niemanden zumutbar. Legen Sie eigentlich auf eine Einzeldusche wert oder reicht es, wenn wir einen Sitzplatz im großen Duschraum einrichten lassen?"

„Auf was für Ideen kommen Sie? Im Knast sind lauter Deppen, die nur darauf warten, mich zu verspotten. Bitte eine Einzeldusche, aber nicht zu eng, mit Platz zum Umziehen, der darf nicht nass werden, und Griffen zum Festhalten, damit ich nicht auf dem nassen Boden ausrutsche und eine Brause zum in die Hand nehmen, sonst komm ich nicht zu meinen Füßen. Und bitte, ich will zu einer Uhrzeit duschen, wenn sonst keiner da ist. Ich will wenigstens hier niemanden sehen. Bitte, helfen Sie mir."
„Ja, ich helfe Ihnen."
„Und hätten Sie vielleicht noch ein paar Kekse da?"
„Herr Renner, Sie sind unverbesserlich. Sie wissen doch, ich habe nur das, was gut für Sie ist."
So endete ein niederschmetternder Tag für Viktor, der wie ein Ochse vor dem Schlachttag behandelt wurde. Die letzte Hoffnung auf eine nahrhafte Wohltat wurde zunichte gemacht. Und wieder eingesperrt in den Gefängnismauern konnte Viktor nichts machen, um sein Wohlbefinden zu steigern. Einzig die Aussicht auf anständiges Duschen war ein kleiner Lichtblick, einen Hauch weniger Spott erleiden zu müssen.

Es war erstaunlich, wie schnell die Gefängnisleitung Dr. Metzgers Baumaßnahmen umsetzte.
Schon zwei Tage später verwandelte sich der Duschraum in eine Baustelle und bereits nach einer Woche stand das erste Mal Iwan vor Viktors Tür.
„Das ist Iwan Mi…, den Namen kann ich nicht ausprechen, Ihr neuer Pfleger," stellte Herr

Welker den zwei Meter großen Hünen vor, „er kommt ab jetzt einmal pro Woche zum Duschen. Und nicht widersprechen. Iwan geht in seiner Freizeit boxen."

Viktor wollte gar nicht widersprechen. Er freute sich sogar auf das erfrischende Nass, das schon seit vielen Wochen nicht mehr seine Haut berührt hatte. Aber seltsam war das schon. Ob der überhaupt Deutsch sprach? Und was, wenn er genauso unflätig war wie der Spaghettifresser mit seinen Deppen? Irgendwie sah er denen ja ähnlich.

Bis zur Tür hinaus tippelte Viktor selber mit seinem Rollstuhl. Soviel Feinfühligkeit, um stoßfrei aus der Zelle zu kommen, traute er dem Boxerpfleger nicht zu. Erst im Flur ließ er sich schieben.

Herr Welker begleitete die beiden bis zum Duschraum. Nach dem Absperren ließ er sie allein. Es war sonst kein Häftling da. Anscheinend hatte Dr. Metzger ihm diesen Wunsch erfüllt.

„Siehst du, hier kommt zuerst Sportlerumkleide und hinter Tür ist deine Privatbereich."

Iwan grinste, als er die Tür öffnete und Viktor durchschob.

„Schau, kann man auch von innen zusperren."

„Kommen jetzt doch die anderen?"

„Ich weiß nicht. Hast du Angst?"

„Die gehen mir auf die Nerven, wenn ich sie sehe. Ich wäre froh, wenn die in ihren Zellen bleiben."

„Brauchst du keine Angst haben. Wenn einer kommt, ich kann boxen."

Das Duzen kam Viktor befremdlich vor. Aber vielleicht war das ganz wichtig, damit ihn dieser Muskelprotz gut behandelte. Er musste ja vorsichtig sein.

„Bist du wirklich Krankenpfleger? Weißt du denn überhaupt, was zu tun ist.?"

Für Iwan war das Duzen ganz normal. Er duzte einfach alle und dachte sich nichts dabei, wenn er von seinen Patienten zurückgeduzt wurde.

„Nicht Krankenpfleger, Altenpfleger bin ich. Meine Chefin schickt immer mich zu schwere Patienten. Muss viele Patienten von Bett in Badewanne tragen und zurück. Oft sind Wohnungen sehr klein. Da muss ich aufpassen, dass Patienten nicht anstoßen an Türrahmen. Aber hier ist sehr gut. Viel Platz. Du bist auch meine erste Patient im Gefängnis. Aber keine Angst, ich kenne mich gut aus. Zwei Jahre."

„Warum das?"

„Hab ich Schulterkugel ausgerenkt. Wollte ich gar nicht. Ich glaub, ich bin zu stark."

Viktor glaubte ihm sofort. Sollte er vielleicht doch besser Angst haben? Was ist, wenn er auch ihm die Schulter auskugelte ohne es zu wollen oder die Beine ausriss? Diesem muskelbepackten Riesen war das zuzutrauen.

„Das Bild auf deinem Arm ist aber keine Jagdtrophäe."

Viktor deutete auf den kleinen Totenkopf mit rosa Schleife."

„Nein. Ich mag Kinder. Denen würde ich nie was antun. Aber jetzt müssen wir anfangen. Ich werde nur für waschen bezahlt."

Schon bückte sich Iwan und zog Viktor ungefragt Schuhe und Strümpfe aus. Dann knöpfte er ihm das Hemd auf, zog erst einen Arm, dann den anderen Arm aus den Ärmeln. Er arbeitete schnell, aber es bestand zu keiner Zeit Verletzungsgefahr.

„Jetzt musst du aufstehen und dich an diese

Griff halten."

Langsam räkelte sich Viktor, um in eine bessere
Aufstehposition zu kommen. Schon spürte er
zwei Pranken in seiner Seite und plötzlich stand
er vor dem Griff. Hoppla, das ging aber schnell.
Zügig rutschte Iwan Hose und Unterhose
runter. Dann umarmte er Viktor wie einen
Sumoringer und pflanzte ihn auf den Duschsitz.
Sofort fing er mit dem Duschen an.

„Geht das auch ein bisschen langsamer?"

„Bin ich zu schnell? Weißt du, du bist besser als
Gewichtheben in Studio."

„Aber ich bin ein Mensch, kein Gewicht."

„Macht nichts. Ich passe auf. Tut weh?"

„Nein, aber ich hätte es gerne langsamer."

"Keine Angst. Ich bin ganz vorsichtig. So, du
musst jetzt Bauch heben. Da unten muss auch
Wasser hin."

Brav hob Viktor seinen Bauch hoch. Iwan half,
wo Viktor nicht mehr konnte.

„Du hast ganz rote Falten."

„Ja, das tut auch weh, wenn du mich anfasst."

„Nach Duschen, musst du eincremen. Du musst
jeden Tag eincremen. Ich gebe dir Creme und
schreibe auf."

Es tat gut, mal wieder rundherum gewaschen
zu werden, auch an den schwer erreichbaren
Stellen. Die Vorstellung, sich eincremen zu
müssen, missfiel Viktor aber, denn dazu müsste
er die Arme viel weiter strecken als er
normalerweise Lust hatte. Es hatten sich
nämlich ziemlich viele Falten entzündet.

„Das kommt alles nur vom Abnehmen. Früher
hatte ich nicht so tiefe Falten."

„So, du musst jetzt aufstehen."

Wieder packte Iwan schneller zu, als Viktor sich
zurechtfinden konnte. Kaum hatte Iwan es

angekündigt, schon stand Viktor vor dem Griff und hielt sich fest. Irgendwann würde er ihm auch noch die Schulter auskugeln. Viktor konnte sich nicht sicher sein, ob er auch wirklich immer so vorsichtig sein würde, wie er behauptete.

Aber wirklich weh tat ihm heute nur die entzündete Haut, als Iwan ihn schwungvoll eincremte.

Erschöpft sackte Viktor im Rollstuhl zusammen, als die gesamte Duschprozedur zu Ende war. Sein Magen knurrte. Jetzt könnte er eine kleine Belohnung vertragen.

„Hast du was zu essen dabei?"

„Nein, tut mir leid."

Viktor dachte an die Zukunft. Er malte sich aus, wie er nach jedem Duschen Hunger haben würde.

„Kannst du mir dann das nächste Mal was mitbringen?"

„Schwierig. Ich habe noch einen Monat Bewährung. Ich kann nicht schmuggeln."

„Aber danach?"

„Ich weiß nicht. Schaun wir mal."

War Iwan eine Perspektive aus dem Elend des Zuchthauses herauszukommen? Viktor stellte sich vor, wie Iwan beim Metzger ein paar fertig gebratene Schnitzel kaufte und sie einfach hier reintrug. Und wenn er dann erwischt worden wäre, würde er die Sklaventreiber und die anderen Zuchthäusler nur so zur Seite schieben und sagen: „Die sind nur für Viktor Renner." Ach, das wäre schön.

7. NEUE VEREHRER FÜR HILDEGARD

Die erste Gruppenstunde hatte Hildegard nicht vergessen. Wie denn auch. Wochenlang arbeitete sie daraufhin, im Gefängnis einen Ernährungskurs machen zu können. Und schon in der ersten Stunde waren alle Schüler gegen sie. Aber sie würde nicht aufgeben. Selbst wenn sie wegen einem wichtigen Termin an der Uni schon in der zweiten Woche den Kurs ausfallen lassen musste.

Sie wollte ihren Vater zu einer besseren Lebensführung bekehren. Und dazu war sie bereit, so manche Hürden in Kauf zu nehmen. Hildegard hatte wieder in ihrem Korb Rohkost und einige informative Lehrblätter dabei, als sie Herrn Breitner im Flur des Gefängnises traf. Er strahlte sie bei der Begrüßung über das ganze Gesicht an und teilte ihr mit, dass sich in der vorletzten Woche fünfzehn Leute für ihren Kurs angemeldet hatten.

"Aber keine Sorge. Es passen nur sechs in den Raum. Ich schlage vor, wir nehmen die nächsten drei der Liste zum Kurs dazu. Und bitte halten Sie durch. Die Freizeitkurse sind so wichtig in unseren Mauern. Unsere Männer kriegen so selten Frauen zu Gesicht. Die spinnen manchmal, aber sie sind harmlos."

Hildegard nickte einfach. Sie wusste nicht, ob es ein Geschenk oder ein Fluch war, was er ihr hier sagte. Es war gut, dass ab heute mehr Kursteilnehmer dabei waren. Aber sind Männer, die spinnen, auch gut? Wie spinnen solche Männer eigentlich? Wortlos schaute sie zu, wie Herr Breitner verschiedene Türen aufsperrte und zu den ihr bekannten Schülern Karl, Josef und Viktor noch drei junge Männer dazustießen.

Gemeinsam machten sie sich auf den Weg zum Gruppenraum. Das heißt, alle bis auf Viktor. Dieser krümmte wieder mal keinen Finger, sobald er vor seiner Zelle im Rollstuhl saß.

Herr Breitner umfasste die Rollstuhlgriffe. Doch als er den hohen Gewichtswiderstand spürte, hielt er inne. In der letzten Dienstbesprechung hatte er vergessen, es anzusprechen, aber er konnte ja auch auf eigene Faust seine Ideen umsetzen.

„Halt. Bleibt stehen. Das könnt doch ihr machen. Wieso soll ich mich hier abrackern. Ihr seid doch viel stärker als ich. Komm, Toni, das kannst du machen.“

„Wieso ich? Und warum den da? Kann der nicht selber laufen?“

„Doch, aber dann ist die Stunde rum, bevor wir im Gruppenraum sind. Also, komm.“

Toni drückte sein Missfallen mit einem lauten Stöhnen aus. Auf Schwerverbrecherschieben hatte er eigentlich grad keine Lust.

Widerwillig nahm er die Rollstuhlgriffe in die Hand. Vor dem Losfahren schaute er nach vorne auf den Weg. Sein Blick kreuzte Hildegards Blick, die Tonis nackte Bizepse musterte.

Ein erotisches Gefühl durchströmte Tonis Körper. Jetzt durfte er nichts vermasseln. Er musste ihr zeigen, was für Kräfte er zu bieten hatte.

Zügig setzte er den Rollstuhl in Bewegung und schob los.

Die anderen staunten über das Tempo, das Toni an den Tag legte. So schnell ist bisher noch niemand mit Viktors Gewicht zurecht gekommen. Alle beeilten sich, mit Toni Schritt zu halten.

Viktor war wohl am meisten überrascht. Er spürte, wie ihn die hohe Geschwindigkeit noch tiefer in den Rollstuhl presste. Seine Hände krallten sich an den Griffen fest. Es bestand ernsthaft Gefahr, rauszufallen.

Zwei Herzen klopften höher in ungleichem Takt. Das eine Herz wurde vom Anblick einer schönen Frau in Schwingung versetzt. Das andere hatte Angst aus dem Rollstuhl geschleudert zu werden. Welches Herz schlug lauter?

Vor der Tür zum Gruppenraum blieb Toni abrupt stehen. Viktor neigte sich beim Bremsen leicht nach vorne. Er war erleichtert, dass die rasante Fahrt zu Ende war. Bis die anderen kamen, atmete er nochmal tief durch.

Kaum öffnete Herr Breitner die Tür, schon spürte Viktor wieder Tonis Hände an den Rollstuhlgriffen.

„Halt!" schrie er laut auf. „Durch die Tür fahr ich selber."

Viktor hatte Angst, dass Toni ihm in seinem rasanten Tempo die Finger einquetschen würde, so wie es damals Nachtwächter Breitner tat. Er schaute Toni eindringlich in die Augen. Toni hob die Hände, um zu zeigen, dass er nichts tun würde.

Toni wartete ab, bis Viktor alleine in den Gruppenraum tippelte. Sein Blick schwankte zwischen dem Objekt seiner Begierde, das schon im Gruppenraum war, und der langsamen Masse, die ihm den Weg versperrte. Als letzter konnte er endlich hinein.

Aber anstatt sich wie alle anderen an den Tisch zu setzen, blieb er an der Tür stehen. Auch das laute Klacken, mit dem Herr Breitner von außen den Schlüssel im Schloss herumdrehte, konnte Toni nicht zum Hinsetzen auffordern.

Mit Genuss beobachtete er, wie Hildegard ihren Korb an dem Platz vor der Tafel abstellte. Mit dem Blick nach unten, breitete sie den Rohkostteller und das Unterrichtsmaterial vor sich aus.

Die Musterung durch Toni war ihr peinlich. Sie wollte doch nur einen Kurs über gesunde Ernährung machen und nicht angestarrt werden.

Sie erinnerte sich an Herrn Breitners Worte. Die spinnen, aber sie sind harmlos, hatte er gesagt. Ob das stimmte?

Ohne aufzuschauen, versuchte sie ihre Gedanken zu sortieren. Wahrscheinlich hatten die neuen Schüler an Ernährung so viel Interesse wie Josef und suchten hier nur Abwechslung. Aber sie musste sie dazu bringen, sich dafür zu interessiern, damit ihr Vater endlich das lernte, was sie wollte. Alles andere müsste sie ignorieren.

Doch obwohl sie Toni sehr auffällig ignorierte, schöpfte Viktor keinen Verdacht.

Wie denn auch? Schon seit Jahren ignorierte Viktor seine Tochter. Obwohl sie immer wieder davon sprach, hatte er nicht den Gesinnungswandel bemerkt, weshalb sie urplötzlich bei der Bank kündigte und Ernährungswissenschaften studierte.

Er spürte zwar, dass etwas nicht in Ordnung war. Aber er bezog wieder mal alles auf sich.

Toni schob ihn zu schnell, weil er ihn ärgern wollte. Hildegard plante mit dem Blick nach unten, was sie ihm antun sollte? Wie konnte er bloß aus dem Kurs fliehen?

Ihm fiel nichts ein. Also machte er nichts. Er

saß da und wartete ab.

Sein Lebensglück verdankte Viktor der Tatsache, dass er ein Meister der Verdrängung war. Er konnte so schön alles ignorieren, was um ihn herum geschah. Er ahnte zwar, dass die anderen Kursteilnehmer nicht aus normalen Gründen hier waren. Aber die Idee, dass die anderen eigene Gedanken haben könnten, war ihm so fremd, dass er keine Sekunde darüber nachdachte.

Die Welt drehte sich nur um ihn, um die Verschwörung der anderen, die in dem lächerlichen Ernährungskurs ihren Höhepunkt fand.

Karl bestätigte schnell die Lächerlichkeit der Situation, indem er plötzlich laut zu dem Idioten an der Tür rief:

„Hey, setz dich. Oder willst du hier eine Extrawurst?"

Die zwei jungen Männer, die schon am Tisch saßen, kicherten. Toni schreckte ein wenig zusammen. Er war noch mit Träumen beschäftigt. Doch dann setzte er sich schnell auf den freien Platz neben Hildegard. Sie sollte doch einen guten Eindruck haben.

So, jetzt war alles vorbereitet. Hildegard packte ihren ganzen Mut zusammen, setzte sich hin und schaute in die Runde der Männer.

„Hallo zusammen, ich dachte mir für heute, wir analysieren mal das Lieblingsessen von jemanden. Wer meldet sich freiwillig?"

Viktor schüttelte den Kopf. Seine Tochter würde es nicht schaffen, die heutige Stunde zu überleben. Das Thema und die Frage waren einfach blöd. Dann würde sie aufgeben und Viktor hätte endlich wieder Ruhe.

Aber der Preis dafür war hoch. Viktor hasste so

viele Menschen auf einmal. Umso schlimmer war es, dass es ausgerechnet diese Menschen waren. Josef und Karl waren zwar Deppen, aber verglichen mit diesen jungen Trotteln waren die beiden ja noch richtig normal.

Richtige Deppen, das waren diese Volltrottel von Muskelprotzen, die sich immer bei den Hofrundgängen über ihn lustig machten. Und ausgerechnet der Anführer dieser hirnverhungerten Rotte saß mit seinen zwei treuesten Brotzeitbrettlhaltern im Gruppenraum.

Natürlich wäre es prächtig, wenn diese Idioten Hildegard überreden würden, den Kurs aufzugeben. Genug Rüpelhaftigkeit hatten sie ja.

Würden sie sich aber mit ihren nervigen Deppensprüchen auf Hildegard beschränken oder würden sie auch hier im Gruppenraum wieder ihn belästigen? Viktors Misstrauen war groß. Er wollte sich still verhalten und beobachten, was geschah.

„Halt!" meldete sich Toni als erster. Wer sonst? Im Hof war er auch immer der erste, der die Klappe aufmachte.

„Du hast dich noch gar nicht vorgestellt. Wenn man so einen Kurs macht, ist es doch üblich, dass man sich zuerst vorstellt, oder nicht?"

Viktor schaute auf Hildegard. Hildegard schaute erschrocken und verwirrt auf Toni. Toni schaute erwartungsvoll auf Hildegard. Natürlich! Er freute sich darüber, dass er sie aus dem Konzept gebracht hatte. Das passte zu seiner Art. Schadenfreude war eine seiner größten Eigenschaften.

Es passte zu Viktor, dass er bei Toni Schadenfreude vermutete. In seiner Welt war er der Mittelpunkt. Da Toni ihm schon mehrfach Schadenfreude entgegenbrachte, konnte er auch nur dies entdecken. Für die wahren Gefühle anderer Leute war er schon seit Jahren blind. So sah Viktor jetzt nur die Verwirrung in Hildegards Gesicht, die vielleicht das Ende des Kurses einleiten konnte.

Er sah nicht, wie Hildegard sich bemühte, den jungen Mann nicht zu beachten; wie sie trotzdem sofort von seinem Äußerem fasziniert war: das leicht gelockte tiefschwarze Haar, sein ebenfalls tiefschwarzer Bart, der zu einem kunstvollen Muster rasiert war, seine gut durchtrainierte Brust-, Schulter- und Oberarmmuskulatur, die kleine Tätowierung in Form eines Bogens mit der wulstigen Narbe am Oberarm, seine Brustbehaarung, die das Bartmuster fortführte, zumindest soweit sie aus dem Hemd rausschaute.

Es kam Viktor nicht in den Sinn, dass seine Tochter sowas sehen könnte.

Hildegard schaute Toni erschrocken an.

Eigentlich hatte er Recht.

„Ähm, ja. Also, ich heiße Hildegard Renner. Ich studiere gerade Ernährungswissenschaften und mache in circa einem Jahr meinen Abschluss. Ich mache hier den Kurs, weil es mir sehr wichtig ist, dass möglichst viele Menschen, etwas über gesunde Ernährung lernen. Ach ja, und ich bin die Tochter von Viktor Renner."

Sie zeigte auf ihren Vater. Weil die erwartungsvollen Blicke immer noch auf ihr lagen, fragte sie: „Noch was?"

„Ja. Bist du verheiratet? Hast du Kinder? Hast du einen Freund? Wir können keinen Kurs machen, wenn wir dich nur oberflächlich kennen."

„Na gut, äh, ich bin nicht verheiratet, habe
keine Kinder. Ich studier doch noch."
„Und keinen Freund?"
„Ja, äh, nein, keinen Freund. Ja, dann würd ich
vorschlagen, wir schauen uns das Essen an."
Hildegard war die Situatuion sichtlich peinlich,
aber ihr neuer Schüler ließ nicht locker.
„Nein. Jetzt sind wir dran. Du willst doch auch
wissen, wer wir sind. Sonst geht das nicht. Also
ich bin Toni. Ich bin neunundzwanzig Jahre alt.
Und ich interessier mich total für gesunde
Ernährung. Deshalb mach ich jetzt eine
Ausbildung zum Konditor. Da geht es auch um
was zu essen."
„Ich bin Mirco. Ich mache auch die
Konditorausbildung und ich finde gesunde
Ernährung auch toll."
„Ich auch. Ich mein, ich finde auch gesunde
Ernährung super und mache auch die
Konditorausbildung, weil das mit Essen zu tun
hat."
„Dein Name! Du hast ihr nicht gesagt wie du
heißt." Mirco wies seinen Kollegen
besserwisserisch auf sein Versäumnis hin.
„Ach so, ich heiße Pavel."
„Und uns kennst du ja schon." Karl sah seine
Rolle als Charmeur vor Hildegard bedroht. „Darf
ich dir was raten? Nimm dich vor den jungen
Männern in Acht! Du weißt nie, was sie
vorhaben."
„Darf ich vorstellen: Josef, neben deinem Vater
der einzige nichthormongesteuerte
Kursteilnehmer."
Reihum richteten sich die Blicke während dieser
Vorstellungsrunde auf die Kursteilnehmer.
Automatisch blickten alle, nachdem Josef dran
war, auf Viktor. Seine Vorstellung fehlte noch.

Viktor verspürte Unbehagen, als alle Blicke auf ihm lasteten.

Die wussten doch alle, wer er war. Was wollten die von ihm? Die Blicke bohrten sich tiefer in Viktor hinein. Es gab kein Entrinnen. Er musste etwas sagen, um wieder seine Ruhe zurückzuerlangen.

„So, um die Neugier von allen zu befriedigen, stelle ich mich auch vor. Ich bin Viktor und wiege exakt 226 kg. Und ich empfehle keinem, es mit meiner Tochter zu verscherzen. Sonst sorgt sie für Haftverschärfung wie man in meinem Fall sieht. Und ich bin nicht freiwillig in diesem Kurs."

Hildegard versuchte, ihr Gekränktsein zu verbergen. Obwohl sie seine gemeinen Bemerkungen schon kannte, traf es sie immer noch. Um die Haltung vor der Gruppe zu wahren, ging sie sofort auf die positive Nachricht in seiner Personenvorstellung ein.

„Aber Papa, das ist ja toll! Dann hast du schon 24 kg abgenommen. Wenn du rauskommst, können wir ja dann zusammen eine Radtour machen."

Viktor dachte nicht daran, zu antworten. Er hatte genug gesagt. Jetzt sollten sich wieder die anderen darum bemühen, den Kurs zu einem schnellen Ende zu führen.

Viktor wartete auf die Reaktion der anderen, die sogleich von Toni kam, von wem sonst?

„Echt, du fährst gerne Fahrrad. Ich mach auch total gerne Sport. Wir können auch mal zusammen radfahren."

Vor Hildegards inneren Augen wiegten Tonis Muskeln im Rhythmus der Pedale vor einer traumhaften Berglandschaft. In Gedanken setzte sie ihren Vater auf ein Fahrrad daneben.

Doch seine bereits von viel Fett bedeckten Muskeln, bedeckte Hildegard nochmals mit weiter Kleidung. Komisch, so sehr sie sich bemühte, sie konnte sich Viktors Beine nicht in Bewegung vorstellen. Gut, dass sie sich wenigstens vorstellte, dass die Radtour bergab ging, sonst wäre Viktor nicht mal in ihrem Traum mitgekommen.

Sobald sie wieder erkannte, dass sie im Gruppenraum des Gefängnisses saß, schob Hildegard ihre Vorstellungen beiseite. Niemand sollte wissen, was sie dachte. Verlegen schaute sie auf ihre Armbanduhr.

„Sollten wir nicht mal mit dem Kurs anfangen?" Auf dieses Stichwort reagierte Karl.

„Ach Hildegard, sei doch nicht so verklemmt. Es ist doch nett, wenn wir uns näher kennenlernen. Du kannst mich ja mal alleine besuchen. Da kann ich dir Sachen erzählen, die nicht für alle Ohren bestimmt sind."

Bei diesen Worten verspürte Toni den Drang, den alten Draufgänger in die Schranken zu weisen.

„Hey, was willst du eigentlich? Weißt du, wie alt du bist?"

„Falsch. Ich bin erfahrener als du, nicht alt." Hildegard hatte trotz aller innerer Verwirrung die Nase voll. Doppelt so viel Männer, doppelt so chaotisch. Wenn sie jetzt nicht eingreifen würde und der Unterricht wieder misslingen würde, dann würde sie nie mehr über diesen Weg ihren Vater auf den rechten Weg bringen können.

Aber sie hatte ein Ass. Sie erinnerte sich an Herrn Breitners Worte und das bisherige Verhalten ihrer Kursteilnehmer. Sie war eine Frau und bis auf ihren Vater hatten alle das Bedürfnis, sie regelmäßig zu sehen. Dieses Ass spielte sie jetzt aus.

„Schluss jetzt! Jetzt machen wir Unterricht. Sonst komme ich nie wieder. Also wer meldet sich freiwillig mit seiner Lieblingsspeise."

Sie hatte recht, ihr Ass auszuspielen. Plötzlich war auf den meisten Gesichtern die Angst zu lesen, sie könnte ihre Drohung wahrmachen. Bis auf Viktor meldeten sich alle brav und der Unterricht gelang auf niedrigem Niveau. Der Anfang war geschafft.

Nach einer Stunde öffnete Herr Breitner wie vereinbart die Tür. Hildegard packte ihre Sachen zusammen und verließ den Gruppenraum.

Viktor tippelte als letzter raus. Er war verwundert, dass seine Idee nicht funktionierte. Es haben sich doch alle schlecht benommen und alle haben nur Blödsinn von sich gegeben. Aber Hildegard beendete die Stunde trotzdem mit den Worten:

„Ich freue mich auf nächste Woche."

Das hieß, sie würde weitermachen mit dem Schmarrn. Die Trottel waren nicht fähig, Hildegard in die Flucht zu schlagen. Wozu waren die überhaupt gut, wenn sie nicht mal das konnten? Viktor sah schweren Zeiten entgegen.

Anders als auf dem Hinweg half Viktor auf dem Rückweg. Er wollte schnell wieder in seine Zelle, wo er allein sein konnte.

Während Herr Breitner schob, schob er zeitgleich an den Greifreifen mit. So war es für Herrn Breitner gar nicht anstrengend. Aber darum ging es nicht, sondern darum, über die Stunde nachzudenken und zu beobachten, was jetzt im Flur geschah.

Hildegard versuchte, schnell vorweg zu gehen,

aber schon nach wenigen Sekunden wurde sie von Toni, Mirco und Pavel umringt. Stur schaute sie nach vorne, um den Blicken zu entgehen. Doch es half nichts. Herr Breitner, Josef, Karl und Viktor beobachteten aus ein paar Metern Entfernung das Geschehen. Hildegard war den drei jungen Männern ausgeliefert.

Toni begann wieder ganz offen mit einem Annäherungsversuch.

„Du, Hildegard, ich wollte dich mal was fragen. Aber das soll der Alte nicht hören."

So schnell konnte Hildegard nicht fliehen, wie Toni sich zu ihr beugte und ihr was ins Ohr flüsterte. Es war sehr viel Nähe, seinen Atem so dicht an ihrer Haut zu spüren. Aber mehr als diese unvermittelte Nähe entsetzten Hildegard seine Worte. Sie blieb stehen und drehte sich zu Toni um. So brachte sie die ganze Gruppe zum Anhalten.

„Was denkst du von mir? Das einzige, was ich in dieses Haus reinschmuggel, ist das hier."

Hildegard griff in ihren Korb und holte eine Karotte heraus, die sie Toni in die Hand drückte. Sie war so wütend, dass sie seinen überraschten Blick völlig übersah. Er sollte besser gleich wissen, wo er bei ihr dran war.

„Was glaubst du eigentlich? Ich mach hier Kurse über gesunde Ernährung, um euch dann mit Zigaretten zu versorgen. Mit mir nicht!"

Toni blieb der Mund offen stehen. Mit dieser Reaktion hatte er nicht gerechnet. Noch nie hatte er eine Frau erlebt, die so empört war wegen ein paar Zigaretten. Die meisten rauchten doch selber.

Hildegard war froh, dass er nicht antwortete. Nach dieser ausgesprochen anstrengenden

Unterichtsstunde hatte dieser Typ nichts Besseres zu tun, als sie mit Zigaretten zu ärgern.

Erregt stürmte sie davon bis zu ihrer Ausgangstür. Dort wartete sie eine halbe Ewigkeit bis Herr Breitner endlich die Kursteilnehmer in ihre Zellen gebracht hatte und nun ihr die Tür in die Freiheit öffnete.

Für Viktor wurde nur die Tür in eine andere Enge geöffnet. Er war zwar befreit von den vielen Menschen, die sich so seltsam verhielten, die sich völlig verlogen über gesundes Essen unterhielten, obwohl sie in Wahrheit auch lieber einfach nur satt wurden.

Aber die Freiheit von diesen Typen war nicht genug, wenn man bedenkt, dass doch jetzt im Fernsehen die Zeit der Kochsendungen war. Das war eine Fortsetzung der Qualen aus dem Kurs, vor allem weil danach nur ein mickriges Abendessen wartete. Armer Viktor!

In den Wochen danach versuchte Hildegard ihre Rolle als Lehrerin zu behaupten. Mit ihrer Drohung den Kurs alternativlos zu streichen, zwang sie ihre Schüler mitzumachen. Denn bis auf Viktor fanden alle einen Kurs über gesunde Ernährung besser als eine Stunde länger allein in der Zelle zu hocken.

Vielleicht erreichte sie ja etwas bei ihrem wichtigsten Schüler. Vielleicht hatte ihr Vater doch mal die ein oder andere Sekunde zugehört und erfahren, dass es die Möglichkeit einer gesunden Ernährung gibt. Wenn das passiert, war es jede Mühe wert. Wenn ihr Vater auch nur eine Ahnung davon bekäme, dass er sich etwas Gutes tun könnte, dann war Hildegard bereit, auch weiterhin die teilweise anstößigen

111

Zwischenrufe ihrer Schüler zu ertragen.

Nur mit einem Schüler wusste sie nicht so recht umzugehen. Toni schien von ihr mehr zu wollen als eine einfache Abwechslung zum Gefängnisalltag. Öfters hatte sie das Gefühl, er stünde kurz davor, sie auf sein Zimmer einzuladen.

Ihr gefiel es, einen Verehrer zu haben. Gelegentlich ertappte sie sich bei dem Wunsch, mit den eigenen Händen zu überprüfen, ob seine Muskeln tatsächlich so fest waren wie sie aussahen.

Insgeheim beeindruckte sie der Handstand, den er in dem kleinen Gruppenraum vorführte, um ihr seine Kräfte zu zeigen. Er blieb etwa eine halbe Minute oben, ehe er mit einem lauten Schrei Pavels auf dessen Knie fiel.

Dann fiel ihr Blick aber wieder auf ihren missmutigen Vater. Sie erinnerte sich an Sinn und Zweck des Gefängnisses und warum sie überhaupt diese Räume betreten durfte.

Außerdem wollte sie abgesehen von ihrem Vater keinen Schüler bevorzugen.

Aber was sollte sie mit den Zetteln machen, die Toni ihr fast jede Stunde zuschob? Wenn es doch wenigstens schöne Gedichte wären? Doch es waren nur fade Bilder mit Herzchen und Blümchen und die Texte waren nicht mehr als "ich liebe dich", "Liebe" oder "für die allerschönste Frau der Welt". Wöchentlich landeten in Hildegards Papiertonne Stöße von bildungsfernen Liebeserklärungen.

Inständiglich hoffte sie darauf, er würde ahnen, was mit den vielen Papierchen passierte und vielleicht würde er ja bald das Interesse verlieren und sie könnte endlich normale Knast-Lehrerin sein und einfach nur ihren ganz persönlichen Bildungsauftrag an ihrem Vater erfüllen.

Toni war gar nicht so gefülllos wie Hildegard dachte. Er spürte genau, dass er mit Kraftdemonstration und Briefchen keinen Erfolg hatte und ging nun einen Schritt weiter. Wenn sich diese Frau so sehr für Obst und Gemüse interessierte, dann doch sicher auch für Blumen. Seine Mutter vergaß früher auch immer zu schimpfen, wenn er ihr einen selbstgepflückten Blumenstrauß in die Hand drückte.

Das war im Übrigen seine erste Straftat. Damals wusste er noch nicht, dass man die Blumen in Privatgärten nicht pflücken durfte. Nach den wüsten Beschimpfungen des Eigentümers folgte die erste ausführliche Belehrung durch einen Polizisten. Danach wusste er es. Seine Mutter war trotzdem gerührt von der Idee, dass er ihr Blumen schenken wollte.

Was würde passieren, wenn er es heute wieder probierte? Sicher würden seine Mithäftlinge oder die Schließer etwas sagen. Aber darum ging es nicht. Wenn Hildegard etwas dazu sagen würde, dann wären allen anderen Worte egal. Beim Hofgang nach dem Mittagessen verbrachte Toni viel Zeit auf dem Boden. Jedes Gänseblümchen, das er in den kleinen Rasenabschnitten entdeckte, pflückte er.Trotz sorgsamen Suchens war sein Sträußlein am Ende doch recht klein. Aber es war schön. Es war der schönste Strauß, den Toni in den letzten Jahren gepflückt hatte. Es war ja der einzige.

Voller Stolz und Vorfreude hielt Toni sein

Sträußlein in der Hand, als er den Gruppenraum zur Ernährungsstunde betrat. Sehnsüchtig erwartete er Hildegards freudige Reaktion. Doch der erste, der seine Gänseblümchen kommentierte war Josef, der sich schon an der Tür seine Worte nicht verkneifen konnte.

„Na, versprichst du dir mit echten Blumen mehr Erfolg als mit den Kindergarten-Kunstwerken der letzten Wochen."

Toni ignorierte ihn. Es kam ja auf Hildegard an. Er wartete bis sich alle hingesetzt hatten. Dann kniete er sich vor Hildegard nieder und streckte ihr den Blümchenstrauß entgegen.

„Hier. Die sind für dich. Die hab ich vorhin extra für dich gepflückt. Eigentlich wollte ich dir rote Rosen bringen. Aber hier wachsen halt nur die da."

Hildegard war überrumpelt. Anders als bei den Zettelchen legte Toni die Blümchen nicht auf den Tisch, sondern drückte ihr das Sträußchen so in die Hand, dass sie nicht anders konnte, als zuzugreifen. Sie spürte die warme Männerhand und die starke Bitte, ihn nicht wieder zu verstoßen. Ein kurzes Lächeln huschte über ihr überraschtes Gesicht.

Aber sie war doch jetzt Lehrerin. Sie sollte doch Unterricht machen. Sie sollte am Besten allen sagen, was es mit den Blümchen auf sich hatte. Ohne ein Wort drehte sie Toni den Rücken zu, um die Gruppe vor sich zu haben.

„Wusstet ihr, dass Gänseblümchen essbar sind? Sie sind sogar sehr gesund und gut geeignet als Dekoration im Salat."

War der bildungsferne Toni also doch zu etwas gut? Hildegard war erstaunt, dass ausgerechnet er ein sinnvolles Anschauungsmaterial für den

Unterricht mitbringen würde. Sie hätte eher mit Zigarettenstummeln gerechnet.

Viktor war entsetzt. Statt dass sie sich von seiner grenzenlosen Blödheit aus dem Gefängnis treiben ließ, machte seine Tochter daraus auch noch Belehrungen. Nur weil der Depp Gänseblümchen anschleppte, erzählte sie was von Gesundheit.

„Was glaubst du, wer wir sind. Wir sind Menschen und keine Rindviecher, zumindest ich nicht. Von den anderen weiß ich es nicht. Ich werde doch wegen dir kein Gras fressen."

„Doch, Papa. Gänseblümchen sind echt gesund. Außerdem sind sie ganz lecker. Schau!"

Hildegard steckte eine Blüte in den Mund und kaute genüsslich darauf herum.

„Hier, ihr könnt es auch probieren."

Sie gab jedem ein Blümlein. Die Männer schauten ihr Gänseblümchen skeptisch an, bevor sie es langsam mit der Zunge ertasteten.

Toni kniete immer noch hinter Hildegard. Er war fassungslos, wie Hildegard mit seinem Geschenk umging. Wortlos schaute er den anderen Kursteilnehmern zu, wie sie vorsichtig an seiner Liebesgabe knabberten. Sein Blümchen hielt er wie erstarrt mit beiden Händen fest.

Anders als die anderen verschlang Viktor sein Gänseblümchen in einer Sekunde und zeigte dann demonstrativ den geöffneten Mund.

„Ah! Das soll zum Sattmachen reichen. Außerdem schmeckt es nach gar nichts. Das ist lächerlich."

„Also, ich finde, es schmeckt interessant. Hildegard, du steckst voller Überraschungen. Mach weiter so."

Karl verströmte wieder seinen Charme, wobei er

mit Schadenfreude auf den armen Toni blickte, der seine Enttäuschung nicht verbergen konnte. Die Worte ärgerten Viktor.

„Das kannst du wohl nicht ernst meinen. Oder isst du neuerdings auch so einen Rinderfraß, du Rindvieh."

„Vorsicht!"

„Ist doch wahr! Das ist doch noch viel schlimmer als das Kaninchenfutter, das sie sonst immer mitbringt. Wann sagst du uns endlich, dass Schweinsbraten mit Knödel gesund ist? Oder willst du uns erst aushungern und verspotten?"

„Papa, ich meine es ernst. Man kann Wildkräuter essen. Ich verspotte euch nicht. Da gibt es ganz viele Bücher dazu. Nächstes Mal bringe ich euch einfach mal ein oder zwei mit. Dann seht ihr, dass ich recht habe. Man kann auch ohne Schweinsbraten und Knödel leben. Glaub es mir. Ich weiß es."

„Ach, du weißt gar nichts, auf den Arm nehmen willst du mich, sonst nichts."

Die Kursstunde nahm ihren üblichen Lauf. Viktor war gegen alles, was Hildegard sagte. Josef, Karl, Mirco und Pavel genossen die Abwechslung zum Zellenalltag und versuchten einen interessierten Eindruck zu erwecken. Nur Toni war anders. Er setzte sich zwar auf seinen Stammplatz neben Hildegard. Aber ansonsten beteiligte er sich nicht. Er war fassungslos und entsetzt, wie Hildegard mit seinem Geschenk umging.

Am Ende des Kurses drehte sich Hildegard beim Packen ihres Korbes zu Toni.

„Ach, nochmal vielen Dank für die Gänseblümchen. Sie waren ein echt tolles Unterrichtsmaterial."

„Und wenn ich dir Rosen gebracht hätte?"
„Das wäre auch super. Die kann man nämlich auch essen."
„Dir kann man auch nichts recht machen."
„Wieso? Versteh ich nicht."
„Die waren für dich. Nicht damit die anderen sie fressen."
„Ach Toni, ..."
Toni winkte ab. Er wollte keine weitere Kränkung hören. Ohne ihr einen weiteren Blick zu schenken, ging er zur Tür.
„Soll ich dich schieben," fragte er Viktor, „deine Tochter frisst Blumen. Echt verrückt."
„Ja, das sag ich schon seit langem. Komm."

An diesem Abend machte Toni das, was sonst nur Viktor tat. Er ärgerte sich über Hildegard. Sie war so selbstsüchtig und hatte so wenig Respekt vor dem, was andere Leute tun. Beim Grübeln im Bett fiel ihm eine Situation nach der anderen ein, bei der Hildegard ihre Respektlosigkeit voll entfaltete.
Irgendwann schlief er doch ein, träumte von Blumen, denen der Kopf abgerissen wurde und einer spottenden Hildegard.
Am Morgen erwachte er mit einer gehörigen Portion Wut. Auf keinen Fall wollte er es sich bieten lassen, von einer Frau abgelehnt zu werden. Sein Ehrgeiz, diese Frau doch noch rumzukriegen, verfestigte sich. Ab heute würde er andere Seiten aufziehen.

Nach dem Mittagessen war Hofgang. Das war die einzige Gelegenheit, Viktor zu sehen.
Sobald er draußen frische Luft schnupperte, gesellte sich schon sein ganzer Fankreis um ihn. Alle spürten, dass etwas in der Luft lag. So

schaute Toni normalerweise, wenn er Krach suchte. Da Toni kräftemäßig den anderen überlegen war, gaben sie meistens schnell klein bei. Einige wussten auch, dass eine leichte Ohrfeige durchaus noch über eine Stunde spürbar war.

Aber Zuschauen war immer interessant.

Gespannt warteten alle ab, auf wen es Toni abgesehen hatte.

Mirco, der ihm am nächsten stand, wagte es zu fragen:

„Was ist?"

Toni schnaubte laut durch die Nase.

„Ich krieg sie. Ich sag dir, ich werd es schaffen. Eines Tages wird sie nur noch mich wollen und weinen, wenn ich 'nein' sage."

„Ich versteh nicht, warum du soviel an der arbeiten willst. So schön ist sie auch wieder nicht. In einem Jahr bist du doch draußen. Da laufen genug herum, die du schneller flach kriegst."

„Ich will aber die. Von denen, die sich sofort ausziehen, hab ich genug. Das brauch ich nicht mehr. Ich will die. Und ich wette mit dir, ich schaff es. Die wird sich noch nach mir sehnen."

„Ich wusste nicht, dass du so wild auf Schwierigkeiten bist."

„Schau, da ist er. Dem sag ich es jetzt."

Mirco kam nicht mehr zum Antworten. So schnell stürmte Toni auf den armen Viktor zu, der sich gerade nach einem fünf-Schritte-Spaziergang auf seinen Rollstuhl setzte.

Zeit zum Ausruhen blieb nicht. Schon spürte Viktor Tonis schnaubenden Atem in seinem Gesicht. Wie immer war er begleitet von seinen fünfzehn Trotteln, die sich selber nicht beschäftigen konnten. Was wollte er nun schon wieder?

„He du, ich will mal mit dir reden."

Toni war erregt. Seine Stimme bebte. Viktor war genervt. Er wollte seine Ruhe haben.

„Also erstens heiß ich nicht he du. Und zweitens will ich nicht mit dir reden."

„Du musst mit Hildegard reden."

„Nein, muss ich nicht."

„Doch. Sie denkt sonst was falsches über mich."

„Das bezweifle ich. Sie hat schon ganz richtig erkannt, dass du ein Depp bist, auch wenn sie selber spinnt, wie du gestern festgestellt hast. Außerdem finde ich, du solltest deine Freiheit nutzen. Du darfst dich von diesem bescheuerten Kurs abmelden. Ey, schau doch mal, wenn du dich abmeldest, brauchst du nicht mehr Gras und Gänseblümchen futtern. Das war die bescheuertste Idee, die sie hatte. Und du Depp hast sie auch noch angestiftet mit deinem dämlichen Mitbringsel. Selber schuld, wenn du unbedingt wie eine Kuh fressen willst. Hättest du wenigstens eine Torte aus deiner Konditorei mitgenommen, dann hätten wir was Gescheites gehabt. Aber so? Dir ist nicht zu helfen."

Viktor genoss es, wie sich Toni auf die Zunge biss, um nichts falsches zu sagen und fuhr fort.

„Schau dich doch mal an. Über dich kann man nichts schlechtes denken, was falsch ist. Du siehst aus wie ein Depp und du bist es auch. Oder ist das etwa Absicht in deinem Gesicht da? Sieht eher so aus, als ob dein Rasierapparat kaputtgegangen ist."

„Ey, das ist total viel Arbeit."

Er strich über seinen gemusterten Bart. An jeder Grenze zwischen Haut und Haaren fuhren seine Finger entlang, hin und her und wieder her und hin. Langsam beruhigte er sich. Die

Aggression in seiner Stimme wich und er bat in relativ ruhigem Ton:

„Also, was ist, legst du ein gutes Wort für mich ein? Sag ihr, dass ich supersportlich bin und total nett. Ach ja, und dass ich mit dem Rauchen aufgehört habe."

„Jetzt hör mal mir zu. Meine Tochter spinnt. Von daher passt ihr gut zusammen. Aber ich werde sie sicher nicht in deine Arme treiben. Was geht mich dein Verlangen nach meiner Tochter an? Und jetzt geh mir aus der Sonne." Viktor machte eine wegwischende Handbewegung.

Da war also auch nichts zu machen. Viktor war ein fauler Sack, der sich nur zum Fressen freiwillig bewegte. Toni war entsetzt, wie wenig er sich für seine Tochter interessierte.

Wenigstens für die Familie sollte man doch was empfinden. Aber bei Viktor war Hopfen und Malz verloren. Enttäuscht, aber ruhig, drehte sich Toni um und zog mit seiner Gruppe ab.

8. ALLES IST SINNLOS

Die Wochen vergingen. Jeder Tag verlief nach demselben ungewollten Trott. Gegen acht Uhr klopfte jemand an seiner Tür. Dann wurde die Klappe geöffnet. Viktor musste sein leeres Tablett vom Abendessen rausreichen. Dafür erhielt er ein Frühstückstablett.

Anfangs träumte Viktor davon, dass das Tablett reichhaltig beladen wäre. Doch mit der Zeit verschwand dieser Traum. Es war immer das gleiche. Eine kleine Schüssel Gesundheitsmüsli ohne schmackhafte Extras. Zwei Scheiben Vollkornbrot mit Wurst oder Schinken, dazu ein viel zu kleines Stück Butter und immer ein Stück Obst. Nie gab es Abwechslung wie damals bei Frau Süss, die ihm ab und zu ein Stück Kuchen oder ein süßes Gebäckstück dazulegte. Mittags geschah dasselbe wieder. Es wurde geklopft, die Klappe geöffnet und Viktor musste sein Frühstückstablett abgeben und erhielt dafür das magere Mittagessen.

Auf der anderen Seite der Klappe stand meistens Josef, der ihm das Tablett reichte. Josef hatte sich freiwillig zum Mittagsdienst gemeldet. Mit dem Geld, das er dabei verdiente, kaufte er sich meistens Zigaretten.

Das Geld hätte Viktor auch gerne. Davon würde er sich Schokolade kaufen. Aber für ihn war das ja verboten.

Ansonsten war Viktor froh, dass er nicht Essen austeilen musste. Da müsste er jeden Tag die blöden Gesichter der Anstaltsinsassen anschauen. Diesen Anblick konnte er sich sparen. Und ein Extraessen hätte er auch nicht bekommen.

Nach dem Frühstück hatte Viktor Zeit zum Fernsehen, Zeitung lesen oder Wand anstarren. Anfangs war ihm die Börsenzeitung noch sehr wichtig. Aber welchen Sinn hatte das Studieren der Börsenkurse, wenn er eh keine Möglichkeit hatte zu handeln.

Er hatte auch schon Hildegard gefragt, ob sie für ihn nach seinen Anweisung kaufen könnte. Aber sie hatte natürlich abgelehnt. Für so etwas hatte die Gesundheitsstudentin keine Zeit.

Immer häufiger entschied sich Viktor in seiner freien Zeit dazu, die Wand anzustarren.

Nach einem halben Jahr Haft erreichte Viktor seinen ersten Tiefpunkt.

Mittags saß er immer noch im Schlafanzug auf seinem Bett. Der Schlafanzug wurde wie auch seine Hosen von einem dünnen Gummiband gehalten, das er von Tag zu Tag enger schnüren musste. Bei seiner Untersuchung letzte Woche in der Tierklinik wog er nur noch zweihundertsiebzehn Kilo.

Er starrte das Frühstück an, das immer noch unberührt auf dem Tisch stand.

Es war sinnlos. Alles war sinnlos. Warum sollte er überhaupt noch essen? So könnte er schneller sterben. Das war vielleicht besser. Es waren eh alle gegen ihn. Die große Verschwörung hatte gesiegt. Heute gab er auf.

Ein Klopfen unterbrach seine trübsinnigen Gedanken. Viktor drehte den Kopf zur Tür, hörte, wie der Schlüssel umgedreht wurde, sah wie die Klappe aufging und erblickte Josefs Gesicht.

Josef war erstaunt. Normalerweise stand Viktor mit dem leeren Tablett direkt vor der Tür, weil er sein Mittagessen nicht erwarten konnte. Heute kam ihm kein Tablett entgegen. Noch

überraschter war Josef, als er das volle
Frühstückstablett auf dem Tisch entdeckte.
So gut er konnte, steckte Josef seinen Kopf
durch die Klappenöffnung.

„Hey, Viktor, warum isst du nicht? Bist du
krank?"

Viktor starrte ihn an. Ohne einen Muskel zu
bewegen, antwortete er:

„Nein."

„Und warum isst du nicht?"

„Geht dich nichts an."

„Soll ich jetzt dein Tablett mitnehmen?"

„Ist mir egal."

„Dann bring es mir bitte."

„Nein."

„Ist heute noch was mit dir anzufangen?"

Mit einem lauten Seufzen wandte sich Josef von
Viktor ab. Vor ihm stand Herr Breitner mit dem
großen Zellenschlüssel in der Hand.

„Gibt's Probleme?"

„Ja. Der Viktor hat nicht gegessen. Und das
Tablett bringt er mir auch nicht."

„Ist er krank?"

„Er sagt 'nein'."

„Das glaub ich nicht. Sonst springt der doch
immer ganz begierig auf das Essen."

„Genau. Ich versteh ihn auch nicht."

„Ich geh da mal rein. Da muss doch was los
sein. Du wartest hier."

„Ja."

Nachdem Herr Breitner die Klappe wieder
zusperrte, sperrte er die Tür auf. Josef schob
den Tablettwagen zur Seite und wartete. Von
der Tür aus beobachtete er das Geschehen so
gut er konnte.

„Guten Morgen!"

Viktor beantwortete den Gruß des

Vollzugsbeamten nicht. Stattdessen starrte er weiter an die Wand. Um sich etwas Platz zu schaffen, schob Herr Breitner den Rollstuhl zum Nassbereich. Dann setzte er sich auf die Bettkante.

Das war sonst nicht seine Art. Aber da es in dieser Zelle aus Platzmangel keinen Stuhl gab, blieb ihm nichts anderes übrig. Schließlich wollte er nicht stehend auf Viktor herabschauen.

„Was ist los? Herr Renner, was ist?"

„Egal."

„Egal ist achtundachtzig. Was haben Sie?"

„Ach, es ist so sinnlos. Ihr wollt ja auch, dass ich verhunger. So geht es schneller."

„Herr Renner, wir wollen nicht, dass Sie verhungern. Sie sollen doch bei bester Gesundheit das Gefängnis eines Tages verlassen."

Viktor schaute ihn stumpf an. Die Situation war Herrn Breitner unangenehm. Das Schimpfen und Schreien mancher Häftlinge war zwar unangenehm, aber damit konnte er umgehen. Dafür hatte er so viele Schulungen gemacht und so viel Erfahrung gesammelt. Da konnte ihn nichts schocken.

Für diese Situation hatte er keine Schulung. Er konnte Viktor überhaupt nicht einschätzen. Würde er sich wieder fangen und morgen normal sein? Oder war die Essensverweigerung ein Vorbote für einen Selbstmordversuch? Vor ein paar Jahren hatte Herr Breitner schon einmal einen Toten in seiner Zelle entdeckt. Das wollte er nicht nochmal erleben.

Schnell erkannte Herr Breitner seine Grenzen. Bevor er etwas falsches sagte, gab er den Fall doch lieber gleich an den Gefängnispsychologen ab. Der wusste besser wie man mit so Depri-Leuten umgehen sollte.

„Herr Renner, ich schlag vor, Sie reden mal mit unserem Psychologen."

Viktor blieb regungslos. Herr Breitner rechnete auch gar nicht mit einer Antwort. Ihm war es wichtig, den Fall abgeben zu können. Mit diesem festen Entschluss verließ er die Zelle.

Schon am nächsten Tag lernte Viktor den Gefängnispsychologen kennen. Doch dieses Kennenlernen war sinnlos. Viktor spürte das schon, als Herr Breitner ihn aus seiner Zelle abholte.

Genau wie an den monatlichen Wiegetagen in der Tierklinik verabschiedete sich Viktor von seiner eigenen Meinung und tat mechanisch, was die anderen von ihm forderten. Die anderen wollten ihn als Marionette haben, also war er in dieser Zeit eine, auch für diesen Psychoonkel, den er heute kennenlernen sollte. Einen Sinn sah er darin nicht.

Die Flure im Gefängnis waren so trist wie Viktors Innenleben. Das Klappern der Schlüssel beim Auf- und Zuschließen der vielen Türen klang wie die schweren Eisenketten, die Viktor in seiner Vorstellung an den Felsen kettete, von dem aus er die Thantalusquallen erleiden sollte. Nicht mal die bunte Blume an der Tür zum Psychologenzimmer sorgte für Heiterkeit.

Ganz anders sah das Herr Fröhlich, der Psychologe. Bisher hatte er schon so viel über Viktor gehört und dabei immer gedacht, das müsste doch ein ganz interesanter Fall sein, zumindest optisch eine Abwechslung zu seinen sonstigen Klienten.

Heute ergab sich endlich die Gelegenheit, sich

selber ein Bild von diesem besonderen Häftling zu machen. Er war sehr neugierig.

Sobald er hörte, dass Herr Breitner die Tür aufschloss, sprang er auf, um Viktor entgegen zu gehen.

Das war ein Anblick. Der Rollstuhl passte tatsächlich auf den Zentimeter genau durch die Tür und der beleibte Häftling füllte tatsächlich den ganzen Rollstuhl aus.

Wie schon viele vor ihm, schaute auch Herr Fröhlich Viktor fasziniert an. Viktor war es egal. Für ihn war der Besuch sinnlos. Also starrte er ins Leere.

„Herr Viktor Renner?"

Ohne ihn anzuschauen, sprach Viktor ins Leere: „Ja, der bin ich."

„Guten Morgen."

„Was kann an diesem Morgen gut sein?"

Herrn Breitner war die Situation unangenehm. Schon am Vortag wollte er weg von Viktors depressiver Stimmung.

„Wenn ich nicht mehr gebraucht werde, würde ich gerne gehen."

„Danke. Wir kommen allein zurecht. Auf Wiedersehen."

„Bis später."

Herr Fröhlich war zuversichtlich, heute seine erste Neugierde befriedigen zu können.

Gespannt schaute er auf Viktor, als Herr Breitner den Raum verließ und von außen absperrte.

„So, dann kommen Sie mal hier rüber. Wollen Sie vielleicht ein Wasser?"

Herr Fröhlich stellte einen Stuhl zur Seite und schob Viktor zum Sofatisch. Er schenkte ein Glas voll Wasser ein ohne auf die Antwort zu warten. Dann setzte er sich dazu mit einem

Schreibblock.

„So, Herr Renner. Mein Name ist Herbert Fröhlich."

„So schauen Sie aus." zischte Viktor kopfschüttelnd, ohne ihn wirklich anzuschauen. Aber das irritierte Herrn Fröhlich nicht.

„Und ich bin der Psychologe hier im Haus. Ich habe schon mit Dr. Metzger und Herrn Lobmann über Sie gesprochen und da haben wir besprochen, wir warten auf ein Signal von Ihnen bis Sie das erste Mal hierher kommen."

„Das hätte ich mir denken können. Alle entscheiden über mich und ich bin der Letzte, der das erfährt. Ich habe im übrigen kein Signal gegeben, dass ich Sie sehen will. Ich nehme an, Hildegard weiß auch über alles Bescheid. Die steckt ja mit euch im Bunde."

„Sie meinen Ihre Tochter? Nein. Da muss ich Sie enttäuschen. Mit ihr haben wir nicht über eine psychologische Behandlung gesprochen. Aber ich weiß, dass sie so nett ist und ehrenamtlich einen Kurs über gesunde Ernährung anbietet."

„Ja, das ist ein schweres Schicksal für mich."

„Herr Renner, hören Sie sich zu wie Sie reden? Der Kurs Ihrer Tochter gehört genau wie meine Arbeit zu den Resozialisierungsmaßnahmen. Sie sollen in drei Jahren gestärkt in die Freiheit entlassen werden. Nehmen Sie das doch als Chance."

Kopfschüttelnd schaute Viktor hoch. Bis vor zwei Tagen hatte er sich darüber aufgeregt, wenn alle es wieder nur gut mit ihm meinten. Aber was hatte ihm das Aufregen gebracht. Es war sinnlos. Keiner von denen hatte sein Verhalten geändert. Keiner tat wirklich etwas Gutes für ihn. Alle redeten ihm weiter ein, dass ihre Gemeinheiten nur zu seinem Besten seien.

„Wollten Sie was sagen?" Herr Fröhlich hatte den Eindruck, dass Viktor zum Reden ansetzte.
„Wozu? Sie wissen doch schon alles. Sie wissen doch, was alles gut für mich ist. Genau wie alle anderen."
„Was ist denn gut für Sie?"
„Nicht hier sein. Einfach nicht hier sein."
„Und sonst?"
„Das ist doch egal. Es geht doch eh nur um das, was die anderen wollen. Sie werden auch nichts für mich machen."
„Wollen Sie mir nicht mal eine Chance geben? Wir können uns ja zu erst einmal kennenlernen."
„Wozu?"
„Damit ich mir selber ein Bild von ihnen machen kann. Dann können wir gemeinsam heraus finden, was gut für Sie ist und wie Sie das bekommen können."
„Ich weiß es und Sie wissen es auch. Aber es tut keiner. Auch Sie geben mir einfach nur Wasser. Glauben Sie ernsthaft, das reicht mir? Nahrung gehört wohl nicht zum Leben, oder? Was machen Sie da eigentlich mit dem Schreibblock auf Ihrem Schoß?"
„Ach, das ist der Anamnesebogen und der Behandlungsvertrag. Der ist wichtig für die Krankenkasse."
„Muss ich da unterschreiben?"
„Ja."
„Das ist ja genau wie beim Metzger. Das Schaf wird zur Schlachtbank geführt und muss dafür selber unterschreiben."
„So habe ich das noch nie gesehen."
„Aber beim Metzger bleibt mir auch nichts anderes übrig. Der schlachtet mich wöchentlich um ein Kilo und dafür musste ich auch

unterschreiben. Also beuge ich mich auch hier meinem Schicksal."

Herr Fröhlich zog die Stirn kraus, als er Viktor zuhörte. Das war schon ein sehr hartes Bild. Auf einen weiteren Kommentar verzichtete er. Viktor versprach ohne es zu sagen, nur von seinem Verhalten her, ein interessanter Fall zu werden. Darauf wartete Herr Fröhlich seit längerer Zeit. Würde die Therapie dem besonderen Klienten helfen, eine andere Lebenseinstellung zu finden oder würde es in jedem wöchentlichen Gespräch um das Fehlen der Keksschüssel gehen?

Unter Kopfschütteln füllte er mit Viktors Hilfe die Anamnesebögen aus. Der Anfang einer spannenden Zeit begann.

Während Viktor die Sinnlosigkeit seiner aktuellen Lebenssituation betrachtete, suchten die beiden Frauen, die sein Haus bewohnten, in ganz unterschiedlicher Weise den Sinn, der jeweils ihr Leben erfüllen sollte.

Hildegard saß auf dem Sofa und lernte für ihre Prüfungen in Ernährungswissenschaften. Sie war davon überzeugt, dass sie mit diesem Abschluss befähigt wäre, anderen Menschen Gutes zu tun.

Frau Süss hingegen bemühte sich darum, eine perfekte Hausfrau zu sein. Es sollte glänzen, wenn Viktor heimkäme. Auch wenn erst ein halbes von dreieinhalb Jahren Haft geschafft war, so konnte sie nicht früh genug damit anfangen, auf Sauberkeit zu achten.

Jeder Schmutz musste raus. Alles, was nicht in diesen wunderbaren Haushalt gehörte, musste weggeputzt werden.

Gerade das Wohnzimmer litt besonders unter

Staub seit das Fräulein Renner hier ihre
angeblich so wichtigen Zettel verteilte. Soviel
Unordnung war für Viktor nicht zumutbar. Frau
Süss erkannte genau jetzt die dringende
Notwendigkeit, diesen Raum zu reinigen.
Sie holte den Staubsauger ins Wohnzimmer, zog
das Kabel aus der Halterung, steckte den
Stecker in die Steckdose, schaltete an und
schon ging es los. Unter lautem Surren, schob
sie den Staubsauger hin und her, um die Tür,
an der Wand entlang, am Regal. Das Geräusch
war eine richtige Genugtuung. Besonders
wichtig war der Bereich um das Sofa herum, wo
all die Zettel auf dem Tisch den Staub am
Boden aufwirbelten. Da musste sie besonders
intensiv saugen. Auf die Füße von Hildegard
konnte sie dabei keine Rücksicht nehmen.
Genervt schaute Hildegard auf. Bei dem Lärm
konnte sie nicht lernen. Außerdem störten sie
die Stöße des Staubsaugers an ihren Füßen.
„Können Sie bitte woanders saugen?"
Frau Süss ignorierte sie und saugte weiter.
Hildegard wurde lauter.
„Können Sie bitte aufhören. Ich muss lernen."
Doch auch auf das Schreien von Hildegard
reagierte Frau Süss nicht. Es war sinnlos. Dabei
war der Staubsauer nicht so laut. Sie hätte es
hören müssen. Hildegard spürte, dass Frau
Süss den Staubsauger als Waffe benutzte.
Immer wieder saugte sie direkt neben ihren
Füßen. Hier lag schon seit zwei Minuten kein
einziges Staubkorn mehr. Aber sie hörte nicht
auf.
Nun reichte es Hildegard. Sie nahm die
Kampfansage an. Mit einer energischen
Handbewegung legte sie ihr Heft auf den
Sofatisch und stand auf. Ohne Frau Süss

anzuschauen, ging sie direkt auf die Steckdose zu und zog den Stecker heraus, den sie demonstrativ in der Hand hielt.

„Ich habe Sie darum gebeten, auf mich Rücksicht zu nehmen. Nächste Woche habe ich eine Prüfung."

Die Augen von Frau Süss weiteten sich, als sie ein verächtliches Zischen von sich gab.

„Rücksicht!? Sie sind doch die rücksichtslose Person. Glauben Sie, ich putz hier wegen Ihnen. Nein, wegen Viktor. Es soll schön sein, wenn er wiederkommt. Er ist ein so netter Mann. Er hat es nicht verdient von Ihnen so behandelt zu werden."

„Warum nennen Sie meinen Vater immer noch Viktor?"

Mit einem patzigen Blick gab Frau Süss Hildegard zu verstehen, dass sie ihr keine Antwort geben wollte.

„Wissen Sie, wie schlecht es ihm geht? Aber das interessiert Sie ja nicht. Sie hacken nur weiter auf ihm rum. Ich habe ihn gestern besucht und hab ihm gute Worte gesagt. Es ist schlimm, wie Sie ihm das Leben in seiner schweren Lage noch schwerer machen. Sie sollten sich mal überlegen, ob man sich als Tochter so gegenüber seinem Vater verhält. Aber wahrscheinlich ist es eh sinnlos, mit Ihnen zu reden."

„Aha. Und weil Sie glauben, dass ich so böse bin und es sinnlos ist, mit mir zu reden, fahren Sie mit dem Staubsauger über meine Füße."

„Sie …, Sie haben es ja nicht anders verdient."

„Wissen Sie was, Sie können die nächsten drei Jahre meinem Vater ein schönes Heim einrichten, wenn Sie glauben, dass das sinnvoll ist. Ich geh nach oben und lerne dort. Das ist

für mich sinnvoll."
Hildegard gab ihr Kampfgerät ab, indem sie
Frau Süss den Stecker in die Hand drückte.
Frau Süss war überrascht. Hatte sie ihr etwa
gezeigt, wer hier mehr zu sagen hatte?
Ohne der Haushälterin die Chance zu geben,
noch was zu sagen, drehte ihr Hildegard den
Rücken zu, nahm ihre Lernsachen und ging in
ihr Zimmer.

9. SCHLECHTE MUSIK

Es ist nichts Neues, dass viele Verbrecher auch einen verbrecherisch schlechten Musikgeschmack haben. Selbst im Gefängnis hören sie nicht auf damit, ihre Mitmenschen mit Kakofonie zu terrorisieren.

Jedes Mal, wenn Viktor das Fenster öffnete, hörte er aus irgendeiner Zelle den Missklang schrecklicher Musik. Oft verstärkten die Verantwortlichen den Terror, indem sie zur Konservenmusik grölten. Zurückbrüllen half in der Regel nicht. Meistens wurde das Grölen nur noch lauter.

Doch was sollte Viktor tun? Irgendwann musste er auch mal lüften. Also drangen täglich schräge Töne an seine Ohren. Und seinem Ärger wollte er auch Luft machen.

Eines Tages brüllte Viktor mal wieder nach draußen:

„Stell dein Ding leise. Oder glaubst du, das will irgendjemand hören."

Aber die Antwort war diesmal anders als sonst. Er erkannte zwar nicht die Stimme. Dafür waren da zuviele Nebengeräusche, aber die Worte waren deutlich.

„Hörst du Viktor? Das ist extra für dich. Hat mir mein Bruder gebracht. Hör mal. Dicke, Dicke, Dicke, Dicke. Hörst du, das ist doch für dich. Super, gell."

Der Verantwortliche drehte seine Musikanlage so laut wie er konnte und gleichzeitig sang er dazu. Es war schrecklich. Was sollte das mit dem Dicksein? Was ging den das an? Warum hatte er dieses Lied?

Es blieb Viktor nichts anderes übrig, als das

Fenster zu schließen. Länger wollte er sich dieser akkustischen Folter nicht aussetzen.

In den nächsten Tagen vergaß Viktor dieses Lied, zumal die anderen Musiker des Hauses genug andere Lieder zum Besten gaben.

Aber dann gab sich der Liebhaber seltsamer Musik beim Hofgang zu erkennen.

Viktor setzte sich in einer ruhigen Ecke in seinen Rollstuhl, um die Sonne zu genießen. Da trat plötzlich ein Schatten vor sein Gesicht.

„Hallo, ich habe heute meinen MP3-Player mitgenommen. Ich wollte, dass du mal dein Schwerverbrecherlied besser anhören kannst."

Mit einem Ruck schaute Viktor auf. Also das war der Depp mit dem dämlichen Lied. Doch bevor Viktor etwas sagen konnte, holte Pavel den kleinen MP3-Player aus seiner Hosentasche und schaltete an.

Einige Mitglieder aus Tonis Clique standen neugierig daneben. Gespannt warteten sie auf Viktors Reaktion.

Blechern schepperten die Töne aus dem kleinen Gerät. Man hörte, dass die Musiker von Musik keine Ahnung hatten, aber leider konnte Viktor den Text nur allzugut verstehen. Es war ein Spottlied über dicke Menschen.

Beim Refrain trällerte Pawel mit: „Stopfen, fressen in sich rin, Ich froh, dass ich kein Dicker bin."

Er lachte und steckte die anderen mit seinem Lachen an. Viktor wollte sich das nicht länger bieten lassen.

„Hör auf. Leg das Ding weg. Du bist wohl total bescheuert."

Mit ausgestrecktem Arm versuchte Viktor, den MP3-Player zu greifen. Doch Pawel hob das Gerät lachend höher. Viktor hatte keine Chance, es zu erreichen.

Die Situation erinnerte Viktor an die erste Begegnung mit dieser Trottelbande. Damals standen sie auch alle da und lachten auf seine Kosten. Aber diesmal fehlte der Anführer. Wo war er? Hatte er seinen Deppen schon so viel beigebracht, dass sie sich alleine wie die Axt im Wald aufführen konnten?

Es wurde Zeit, dass einer der Nachtwächter käme, um ihm zu helfen, aber die pennten ja irgendwo anders.

„Was ist?"

Plötzlich tauchte doch noch der Anführer auf, begleitet von seinem treusten Anhänger Mirco.

Jetzt erwartete Viktor das Schlimmste.

So oft hatte Toni schon auf seine Kosten gespottet. Er brachte seine ganze Bande dazu, ihn mit „Schwerverbrecher" zu beschimpfen und zu verspotten. Sicher würde er jetzt die Gruppe nicht nur zum Lachen, sondern auch zum Mitsingen bringen.

„Nein," schrie Viktor, „ich will das nicht hören. Schluss! Aus! Es reicht!"

Aber es nützte nicht. Pawel grinste über beide Ohren.

„Geiles Lied, oder? Es passt doch super."

Als würde er Lob von seinem Herrchen erwarten, schaute Pawel Toni gespannt an.

Doch das Lob blieb aus.

„Lass das! Mach das Ding aus! Du siehst doch, dass er das nicht hören will."

„Aber. Ich dachte, du magst das. Das ist doch lustig."

„Das ist nicht lustig."

„Hä, was ist los mit dir? Sonst findest du sowas doch auch gut?"

„Ich hab gesagt, mach es aus."

Da Pawel nicht schnell genug auf seinen drohenden Blick und seine strengen Worte reagierte, nahm ihm Toni den MP3-Player aus der Hand, schaltete ihn aus und schleuderte ihn auf den Boden.

Der gesamten Clique blieb das Lachen im Hals stecken. Alle waren überrascht. So kannten sie Toni gar nicht. Er hatte doch sonst immer einen flotten Spruch drauf. Warum war er jetzt so empfindlich?

10. ENDLICH WIEDER TORTE

Endlich wieder Waschtag. Die Aufregung der letzten Tage schlug Viktor aufs Gemüt.

Der Psychoheini stellte komische Fragen und wich immer aus, wenn Viktor über seinen Hunger sprach. Das war vielleicht ein seltsamer Typ.

Die Trottelbande übertraf sich selbst mit ihrer Kakofonie, wenn auch der Anführer komisch reagierte. War das nur die Vorbereitung auf eine ganz große Gemeinheit oder würde der Depp sich tatsächlich ändern?

Es klopfte an der Tür. Iwan war da, um Viktor zum Waschen abzuholen. Es war schön, von Iwan geschoben zu werden. Er hatte ein echt gutes Gefühl für den Rollstuhl, nicht so ruckend wie die Nachtwächter das manchmal machten. Wohlbefinden stellte sich ein, als das warme Wasser über Viktors Rücken lief.

„Kannst du noch etwas das Wasser laufen lassen?" bat Viktor als Iwan schon ausdrehen wollte.

„Wieso? Bist du doch sauber?"

„Schon, aber es beruhigt so."

„War anstrengende Woche?"

„Ja, du weißt doch, jede Woche ist anstrengend. Jetzt muss ich noch zu so einem Psychologenfuzzi. Es ist schon eine harte Strafe, die ich absitzen muss."

„Ach, ist nicht so schlimm. Du hörst Psychologe, dann gehst du wieder. Ist doch egal, was er sagt."

„Ja, wenn das alles wäre. Aber da sind doch noch die ganzen Trottel, die mich im Hof belästigen und bei meinem Bestrafungskurs bei

Hildegard sitzen auch ein paar von denen."

„Was machen sie?"

„Sie ärgern mich. Ständig machen sie Witze über mich, immer stehen sie vor mir. Ich will sie doch nicht sehen."

„Das Problem kenn ich nicht. Als ich im Knast saß, habe ich mich hingestellt und gesagt: Was willst du? Dann sind sie meistens weggegangen."

„Aber bei mir funktioniert das nicht."

„Ich kann dir nicht helfen. Ich bin nicht dabei im Hof."

„Schade."

„Hast du wenigstens was dabei?"

„Ja, für dich hab ich doch immer was?"

Iwan machte die Dusche aus. Bevor er mit dem Abtrocknen begann, holte er zwei Karamellbonbons aus seiner Hosentasche. Gierig wickelte sie Viktor aus und stopfte sie in den Mund.

„Gib mir die Papiere. Oder willst du, dass wir erwischt werden?"

„Du bist ein guter Mensch," sagte Viktor, als er die Bonbonpapiere zurückgab, „aber sag, kannst du mir nicht mal etwas größeres mitbringen?"

„Wie stellst du dir vor? Wenn ich mehr als Shampoo trage, sie fragen mich, was ist. Und dann nehmen sie weg, was ich für dich schmuggel."

Viktor seufzte.

„Na gut, weil du es bist. Ich suche Idee. Und wenn ich gefunden habe, ich bringe dir Torte, Hochzeitstorte mit fünf Stockwerken, so groß."

Mit einem weiteren sehnsüchtigen Seufzen verfolgte Viktor Iwans ausladende Gesten. Das wäre so schön. Endlich wieder Torte essen.

Davon wagte Viktor doch gar nicht mehr zu träumen und jetzt sprach er es aus.

Zum dritten Mal seufzte Viktor. Aus dieser Idee würde wahrscheinlich eh nichts werden. Es würde doch wieder alles an dem Sicherheitspersonal scheitern, die außer Hildegard alle so akribisch auf geschmuggeltes Essen durchsuchen. Naja, ein kleiner Traum für zwischendurch, mehr kann man in diesen Zeiten nicht erwarten.

Am nächsten Tag ging es wieder zu Hildegard in die Diskutierstube.

Da hockten sie wieder, die scheinheiligen Schüler und heuchelten Interesse an essbaren Grashalmen vor. In Wahrheit aßen sie alle doch lieber das, was schmeckte.

Selbst Toni war kein Gesundheitsfanatiker, obwohl er seit Monaten versuchte, vor Hildegard so zu wirken. Auf recht primitive Art versuchte er, Hildegard anzumachen. Es war so offensichtlich, dass er sich für Gesundheit so wenig interessierte wie alle anderen auch.

Aber irgendwie war er Viktor immer unheimlich. Er war so kräftig wie Iwan, wenn auch nicht ganz so groß. Als Anführer stachelte er seine Meute oft zum Spotten an und irgendwie wartete Viktor darauf, dass er ihn eines Tages aus dem Rollstuhl schmeißen würde, nur um sich wieder den Lacher seiner Meute einzuheimsen.

Das Verhalten vorgestern im Hof war entweder ein Ausrutscher oder der Plan für eine größere Gemeinheit. Viktor überlegte, was Toni wohl vorhatte.

Noch immer bezog Viktor jedes Verhalten der anderen als Gemeinheit gegen ihn. Es kam ihm nicht im Geringsten in den Sinn, dass jemand aus anderen Gründen etwas tun könnte.

Obwohl er genau wusste, dass Toni schon seit einem halben Jahr versuchte, jede Woche Hildegard zu beeindrucken, kam ihm nicht in den Sinn, dass der nachdenkliche Blick des jungen Mannes ihr galt.

Toni nahm lustlos eines der Kräuter, die Hildegard auf den Tisch gelegt hatte, und zupfte daran herum. Dabei schaute er sich um. Sein Blick blieb bei Viktor stehen, der ihn kritisch beäugte. Fast beiläufig richtete er einen abgezupften Kräuterstängel auf ihn.

Das war es. Jetzt hatte Toni seine Idee. Es hatte irgendwas mit Kräutern zu tun. Viktor dachte angestrengt nach, was das sein könnte.

Würde er jetzt den Kräuterstrauß nehmen und ihn zur Belustigung seiner zwei Hofdeppen ihm in den Mund stopfen? Oder hatte er vor, so stark an ihm rumzuzupfen wie an dem Kräuterstängel in seiner Hand?

Viktor war auf alles gefasst.

Toni plante, Hildegard mit Viktors Hilfe rumzukriegen. Deshalb zeigte er mit dem Kräuterstängel auf ihn. Und seine Idee hatte nichts mit Kräutern zu tun, ganz anders als Viktor vermutete.

Toni erinnerte sich an seine Kindheit, wie seine Mutter stets entzückt davon war, wenn jemand ihn mit Geschenken bedachte. Er beteuerte dann immer, dass das nette, sympathische Leute seien und seine Mutter schloss sich immer seiner Meinung an.

Vielleicht funktionierte das auch bei Hildegard. Gut, sie hatte kein Kind, aber sie liebte ihren fetten Vater und vielleicht konnte er ein gutes

Wort bei ihr einlegen.

Einmal hatte es Toni ja schon probiert. Da hatte er gelernt, mit Reden allein konnte man Viktor nicht in Bewegung versetzen. Diesmal wollte er es mit einem Geschenk versuchen, bei dem Viktor einfach nicht nein sagen konnte.

Im Gefängnis war das natürlich nicht so einfach. Erstens konnte er nichts kaufen und zweitens waren die Augen des Wachpersonals fast überall. Deshalb dachte Toni ja so lange über die richtige Idee nach. Mit Glück und Geschick würde es ihm gelingen, das Geschenk unbehelligt zu überreichen.

Wenn Viktor das bekommen würde, würde er sofort Hildegard anrufen und ihr vorschwärmen, was für ein toller Kerl er sei und dann wäre der Weg frei für das Liebesglück jetzt und nach der Entlassung.

Dumm war nur, dass jetzt Freitag war und er bis Montag warten musste. Das war so ziemlich das längste Wochenende, das Toni im Gefängnis erlebte.

Am Montag war es soweit. Toni wollte seinen Plan umsetzen. Anders als sonst, zog er heute das weiteste Hemd an, das er besaß. Eigentlich sah er darin beknackt aus. Sonst nutzte er es lediglich zum Schlafen. Doch für den heutigen Zweck war es das Beste.

Um seine Aufregung zu dämpfen, joggte er in seiner Zelle auf der Stelle bis die Tür aufging und er zur Arbeit in der Gefängniskonditorei abgeholt wurde.

Er spazierte nicht wie sonst gemütlich aus seiner Zelle, sondern rannte fast den Schließer um, als dieser die Tür öffnete.

Mirco und Pavel staunten nicht schlecht, als sie

141

Tonis seltsames Benehmen bemerkten. Toni eilte voraus, um keine unnötigen Bemerkungen zu hören.

„Was ist denn mit dem los?" fragte der Vollzugsbeamte überrascht.

Mirco zuckte nur mit den Schultern.

„Der ist schon seit letzter Woche so. Ich weiß auch nicht."

„Plant der was?"

„Sie meinen einen Ausbruch? Nein, das kann ich mir nicht vorstellen. Die Mauern sind doch viel zu dick. Und ihr schließt doch immer so fest zu. Sowas macht nicht mal Toni."

„Naja, schauen wir mal."

„Was gibt's heut, Meister?"

Während die anderen Lehrlinge und Arbeiter gemütlich ihre Schürze anzogen, stand Toni schon vor Herrn Lechner und zeigte mit wippenden Füßen und zappelnden Fingern seine Ungeduld.

„Haben Sie eine laufende Stoppuhr gefrühstückt?"

„Nein, wieso?"

„Sie sind doch sonst immer einer von den Letzten."

„Jetzt bin ich einmal schnell fertig, schon ist es auch verkehrt. Ey, ich will arbeiten, ehrlich."

„Also gut, wir haben heute eine Bestellung von zweimal Käsesahne, zweimal Schokosahne, zwei Schwarzwälder Kirsch, ..."

„Ja, das mach ich."

„Sind Sie überhaupt heute feinfühlig genug, um die Eier zu trennen?"

„Aber ich kann die Sahne schlagen."

„Sie lass ich heute lieber den Boden für den Apfelkuchen machen. Der ist fürs Haus. Sie machen heute nichts, was das Haus verlässt. Sie zappeln mir zuviel."

Mit viel Energie zerbrach Toni die Eier und schmiss sie ins Mehl. Die Schalen landeten nur teilweise im Mülleimer. Die Butter schmolz in seinen warmen Händen. Mit voller Wucht knetete er den Teig, als ob dieser an der ganzen Misere der Welt schuldig sei.

Mirco und Pavel traten zur Seite, um Toni mehr Platz zu machen. So wie der knetete, blieb für die anderen eh keine Arbeit übrig. Fasziniert schauten sie zu.

„Was machen Sie da?"

Nachdem Herr Lechner den ruhigeren Mitarbeitern seine Anweisungen für die Sahnetorten gab, widmete er sich voller Entsetzen seinen drei Lehrlingen.

„Sie sollen nur den Boden für den Apfelkuchen machen und keinen Ringkampf ausfechten. Außerdem haben wir dafür eine Maschine."

„Die bleibt heute aus."

Toni schlug aufs neue zu.

„Und was sollen die Eierschalen da drin? Glauben Sie Ihre Kollegen haben heute nachmittag Lust auf sowas?"

„Na und? Das ist nicht giftig."

„Aber es schmeckt nicht."

„Pah."

Toni hämmerte mit der Faust gezielt auf den Eierschalen herum.

„Na gut, dann sind Sie heute für den gesamten Teig zuständig. Hier, das alles brauchen wir heute."

Herr Lechner stellte Toni einen 20 kg-Sack Mehl, die Butter und die Trockenhefe hin. Die Palette Eier hielt er vorsichtig in der Hand, als er Toni mahnend anbrüllte.

„Und denken Sie daran. Diese kommen ohne
Schale in den Teig."

Ohne die Stimme zu senken, drehte er sich zu
den anderen beiden:

„Mirco, Pavel, Sie kommen mit zum
Apfelschneiden. Das müssen Sie zu zweit
schaffen, denn den kann man ja heute an keine
Maschine lassen."

Mirco und Pavel folgten. Ohne Beaufsichtigung
vermöbelte Toni nun weiter den Teig.

„Passen Sie auf, die Torten verlassen heute noch
das Haus. Ich will, dass sie unbeschädigt auf
den Servierwagen kommen."

„Ja natürlich. Sie kennen mich doch!"

„Eben, drum."

Herr Lechner vertraute Pavel die letzte Torte an,
die dieser rüber zum Servierwagen trug. Dann
widmete sich der Konditormeister seinen älteren
Mitarbeitern.

Schon den ganzen Tag arbeitete Toni
schweigsam und mit viel Kraft. Immer wieder
schaute er auf die Uhr. Noch sechs Minuten,
dann war es Zeit zu gehen.

Er beobachtete seinen Chef genau. Gut, dass er
jetzt woanders war und Pavel alleine zum
Servierwagen ging. Selbst die Arbeitsplatte
freute sich, dass Herr Lechner nicht in der Nähe
war, sonst würde Toni wahrscheinlich noch mit
seiner ganzen Kraft tiefe Dellen hineinputzen.

Es reichte. Toni eilte zum Wäschekorb, warf den
Lappen hinein, zog Schürze und Mütze herunter
und schleuderte beides dazu.

Pavel schob in der Zeit die Torte ins mittlere
Fach des dreistöckigen Servierwagens zu den
anderen Torten. Er schob die Torten noch ein
wenig hin und her, damit es schön aussah.

144

Plötzlich spürte er einen kräftigen Stoß am Oberarm. Pavel lag am Boden, als er feststellte, dass sein Anführer nun den Platz am Servierwagen einnahm.

„Schnauze, ok."

Pavel hob beschwichtigend die Arme und zeigte, dass er nicht widersprechen würde. Auch wenn er gerade sehr grob geschubst wurde, so schaute er doch sehr interessiert zu, wie Toni eine Sahnetorte vom Wagen nahm, unters T-Shirt steckte und dann noch das T-Shirt so in die Hose stopfte, dass die Torte gehalten wurde. So ganz unauffällig war das nicht.

Zigarettenschmuggel war einfacher. Vielleicht konnte Pavel was dazulernen und sein Arbeitsfeld für die Zukunft erweitern.

„Du musst die Arme so halten und immer ein bisschen bewegen. Dann sieht man weniger."

Pavel machte es Toni vor und in Sekundenschnelle verstand der gelehrige Schüler, worauf es ankam.

Schmuggeln ohne es je gelernt zu haben war doch etwas schwierig. Pavel musste noch mehr helfen. Die Lücke im Tortenfach war zu auffällig und Toni war mit der Torte unter dem Hemd zu unbeweglich.

Schnell schob Pavel die verbleibenden Torten so um, dass die fehlende Torte nicht auf Anhieb auffiel. Zum Glück hatte Herr Lechner von vornherein angeordnet, die Torten ins zweite Fach und nicht ins oberste zu stellen. Das erleichterte den Schmuggel enorm.

„Fertigmachen. Anstellen."

Herr Lechner hatte ein sehr lautes Organ, mit der er jede Pfeife und jede Klingel übertönen konnte.

145

Den Betrug hatte Pavel rechtzeitig kaschiert. Schnell warf er noch Schürze und Mütze in die Wäsche und ab ging es zur Tür.

Selbstverständlich stellte er sich direkt neben Toni, erstens um beim Bedecken des dicken Bauches zu helfen und zweitens war Pavel doch zu neugierig, wie es mit dem Schmuggel weiterging.

Auf dem ganzen Weg von der Konditorei zum Hof malte sich Pavel aus, wie die Übergabe wohl aussehen könnte. Ihm fiel der alte Film ein, wo der Dicke platzte, als er ein Reiskorn zu viel aß. Er bedauerte es zutiefst, dass Toni ihn nicht in seine Pläne eingeweiht hatte. Nicht mal Mirco wusste etwas.

Wenn er es rechtzeitig gewusst hätte, hätte er seinen Bruder darum gebeten, ein Smartphone oder sowas ins Gefängnis zu schmuggeln. Dann hätte er es filmen können, wie der Schwerverbrecher die Torte frisst und hätte diesen Anblick ins Internet stellen können. Das hätte tausende Klicks gegeben und er hätte wochenlang coole Kommentare lesen können. Doch bei dieser Spontaneität konnten es nur die paar Leute genießen, die gerade dabei waren.

Im Hof steuerte Toni, begleitet von Pavel, direkt auf eine Bank am anderen Ende zu, bei der sich gerade kein Schließer aufhielt. Auch Mirco folgte ihnen, denn er spürte das Kribbeln in der Luft. Von der Bank aus beobachtete Toni die Tür. Es dauerte ein paar Minuten bis alle Häftlinge aus den Zellen kamen. Heute waren es ausgesprochen lange Minuten.

Dann kam er, so breit, dass er die ganze Tür ausfüllte. Bedächtig schob er seinen Rollstuhl nach draußen und setzte sich bereits nach ein paar Schritten hin. Herr Breitner rief ihm von der Tür aus etwas zu und zeigte in den Hof. Viktor winkte ab und schüttelte den Kopf. Dann stand er doch auf und ging ein paar Schritte.

„Wenn er wieder sitzt, bringt ihn her."

Toni erkannte, dass er zu unmobil war, um einfach so auf ihn zuzugehen. Außerdem war Viktor immer noch im stark beobachteten Bereich.

Gemeinsam gingen Pavel und Mirco los. Als sie bei Viktor ankamen, starrten sie ihn eindringlich an.

Viktor stützte sich auf seinen Rollstuhl und sah auf.

„Was ist? Warum seid ihr zu zweit? Habt ihr euren Oberaffen verloren?"

„Es ist alles in Ordnung."

Pavel übernahm die Führung, bevor Mirco etwas Falsches sagen konnte.

„Und? Wenn ihr mich gesehen habt, könnt ihr ja weitergehen."

Viktor schickte sie mit einem Kopfnicken weg.

„Wir warten bis du sitzt."

„Und dann geht ihr?"

„Ja, versprochen."

Viktor wollte sowieso wieder sitzen, also fiel es ihm nicht schwer, auf Pavels Aufforderung einzugehen.

Doch sobald er saß, packten Mirco und Pavel die Griffe und schoben los.

„He, ihr habt doch gesagt, ihr geht."

„Tun wir doch. Wir nehmen dich halt noch mit."

„Und wohin?"

Viktor schaute nach vorne.

„Zum Oberaffen. Das hätte ich mir ja denken können."

Wie immer war Viktor skeptisch, wenn er Toni sah. Diese hinterlistige Visage war ihm unheimlich. Misstrauisch beäugte er ihn.

„Was gibt's?"

Pavel und Mirco stellten den Rollstuhl einen halben Meter vor Toni hin. Kein Wärter weit und breit. Toni erhob drohend die Hand, blieb aber sitzen.

„So, heute hörst du mir zu. Bisher hast du mich immer abgeschmettert, aber es reicht jetzt. Sie ist deine Tochter. Und ich will sie haben."

„War das jetzt ein Heiratsantrag. Ich hab dir doch schon einmal gesagt ..."

„Nein. Das gilt jetzt nicht mehr. Sie ist deine Tochter. Sie hört auf dich."

„Aber nicht auf dich."

„Und genau das soll sich jetzt ändern. In acht Monaten bin ich draußen. Bis dahin will ich, dass sie wenigstens einmal mit mir spricht, verstanden."

„Du kannst dir ja vieles wünschen."

„Und wenn du mir hilfst, dann klappt es auch."

„Und wenn ich nicht will?"

„So, jetzt schau mal her."

Vorsichtig krempelte Toni sein T-Shirt aus der Hose und hielt Viktor die Torte hin. Impulsartig wollte Viktor zupacken, doch Mirco und Pavel zogen blitzschnell seinen Rollstuhl einen halben Meter zurück. Viktor griff ins Leere.

„Also, die Torte gibt es nur, wenn du mit ihr sprichst. Wenn sie nicht mit mir redet, dann stopf ich dir das nächste Mal alle Grashalme, die du hier sehen kannst, ins Maul. Verstanden?"

Für die Torte war Viktor bereit, alles zu tun. Das letzte gute Essen war eine Ewigkeit her. Jetzt hatte er die Chance, endlich wieder den

Bauch normal zu füllen. Endlich gab es wieder Torte. Sehnsüchtig verdrehte Viktor die Augen.

„Verstanden! Ich bitte noch heute um einen Besuchstermin. Ich sag ihr alles. Ich enterbe sie, wenn sie es nicht tut. Darf ich jetzt?"

„Gib mir dein Ehrenwort!"

„Ehrenwort!"

„Nein. Du musst die linke Hand aufs Herz legen und die rechte hochhalten und dann sagen."

Von der Gier angetrieben war Viktor gehorsam. Er legte die linke Hand aufs Herz, hielt die rechte leicht hoch und überschlug sich fast beim Sprechen:

„Hiermit gebe ich dir mein Ehrenwort. Ich werde sie zwingen, mit dir zu reden. Du kannst sie auch heiraten. Heute noch. Und jetzt gib mir die Torte."

Auf Tonis Nicken hin, schoben Mirco und Pavel den Rollstuhl wieder näher an Toni heran. Gönnerhaft hielt dieser die Torte Viktor hin. Es war wirklich ein unsäglicher Anblick. Um schneller zu sein, als alle Vollzugsbeamten zusammen, tauchte Viktor sein Gesicht in die Torte hinein. Gierig wie ein Geier, achtete er beim Verschlingen seiner Beute nicht darauf, wieviel Sahne an seinen Wangen und Ohren hängenblieb.

Kaum war die Torte in seinem Schlund verschwunden und die Hände abgeschleckt, schon witterte er noch mehr Nahrung. Schneller als der Tortenschmuggler sich wehren konnte, riss er dessen T-shirt auseinander und betrachtete nur eine halbe Sekunde die Sahneschicht, die auf Tonis Bauch klebte.

Mit aller Kraft umfasste er Tonis Hüfte. Dabei rutschte er vom Rollstuhl runter und kniete zwischen Tonis gespreizten Beinen, der erstmal in einer Schrecksekunde tonlos verharrte.

Ohne diesen Schreck zu bemerken, leckte Viktor den sahneverschmierten Bauch ab. Bei den Schokoplättchen, die einst die Torte verzierten, kamen sogar die Zähne zum Einsatz. Hilflos versuchte Toni, sich zu befreien. Die Bank, auf der er saß, hinderte ihn daran, rückwärts abzuhauen. Vor ihm drückte das Gewicht und der erstaunlich feste Klammergriff von Viktor. In größerer Entfernung lauerte die Gefahr, von den Beamten erwischt zu werden. Schreien durfte er nicht.

„Bist du schwul, Mann? Hör auf." flennte Toni verzweifelt. Doch Viktors gierige Hände ließen ihn nicht los.

Pavel lachte. Der Anblick war zu komisch. Wo war bloß die Filmkamera, um diese Szene festzuhalten?

Immerhin hatten auch andere Häftlinge den Zwischenfall bemerkt und kamen näher. Sie bildeten einen Halbkreis wie in einem Theater. Jeder wollte einen guten Blick haben.

Im Gefängnis wird einem nicht jeden Tag etwas so Lustiges geboten.

Das Gejohle und die anfeuernden Rufe der Häftlinge machte nun auch die Vollzugsbeamten aufmerksam, die zu dritt ankamen, um die Versammlung aufzulösen.

Doch selbst der laute Ruf von Herrn Breitner, der sich mit seinen Kollegen den Weg durch die Menge gebahnt hatte und nun vor dem ungleichen Paar stand, schreckte Viktor nicht davor ab, noch den letzten Sahnerest von Tonis Bauch abzulecken.

Aus Tonis Augen kullerten große Tränen. Alles war schiefgegangen. Er konnte sich gegen den Fettwanst nicht wehren, obwohl er doch sonst der Stärkste unter allen Häftlingen war.

Dies war wohl die peinlichste Situation in seinem Leben. Mit ihrem Grölen versprachen die Mithäftlinge ihn noch monatelang zu verspotten. Ab heute würde er einen schweren Stand in der Hierarchie unter den Häftlingen haben.

Auf lange Sicht verschlimmerten die Schließer die Situation, obwohl sie ihm kurzfristig halfen, den Schwerverbrecher loszuwerden.

Unter lauten Buhrufen der Zuschauer und mit vereinten Kräften zogen die Vollzugsbeamten Viktor von Toni weg.

Der Versuch, ihn in seinen Rollstuhl zu setzen, scheiterte, da der Rollstuhl nicht gebremst war und bei der ersten Berührung in die Zuschauermenge rollte. Die Getroffenen schrien auf, doch ihr Geschrei ging in dem Gebrüll der Menge unter, die auf Viktor schauten, der nach hinten auf den Boden fiel und die Beamten mit sich zog.

Von unten schauten die Beamten auf den verdatterten Toni, der immerhin körperlich sein Gleichgewicht wiedergefunden hatte.

Lächerlich sah er aus in dem zerrissenen Hemd, das seine fein säuberlich rasierten Muster in der Brust- und Bauchbehaarung freilegte. Die vereinzelten winzigen Sahneflecken waren die krönende Verhöhnung auf seinen sonst so sorgfältig gepflegten Körper.

Die Häftlinge grinsten vergnügt, plapperten wild durcheinander.

Herr Breitner war der Erste unter den Beamten, der sich aufrichtete.

„Was ist hier eigentlich los?"

„Der Spaghettifresser ist schwul."

„Die Sahnetorte aus der Konditorei."

„Der Schwerverbrecher hatte Hunger."

Aus den lachenden Antworten, die aus allen Richtungen an sein Ohr drangen und den Sahneklecksen in Viktors Gesicht, konnte sich Herr Breitner langsam ein Bild machen. Er drehte sich zu Toni, der unbeweglich auf den Boden starrte.

„Was fällt Ihnen eigentlich ein? Haben Sie noch einen Rest Hirn zwischen den Ohren? Das wird Konsequenzen haben."

Die Konsequenzen spürte Toni jetzt schon. Die Blicke der Häftlinge waren zu deutlich. Es dauerte ihm in dieser peinlichen Situation viel zu lange, bis einer der Beamten endlich die Menge wegjagte.

„Und ihr schleicht's euch jetzt. Es gibt nichts mehr zu sehen."

Als der Zuschauerhalbkreis sich auflöste und die anderen Häftlinge weggingen, musterte Herr Breitner Toni von oben bis unten.

„Waschen Sie sich, wenn Sie in die Zelle kommen und das Hemd gleich mit. Und dann kommen Sie sauber und ordentlich zu Herrn Lobmann."

Er wies Toni den Weg zur Tür. Dann drehte er sich noch kurz zu Viktor, der inzwischen wieder im Rollstuhl saß.

„Sie können sich dann auch waschen."

Er zeigte auf die Sahne auf den Ohren. Viktor nahm den Hinweis an, wischte die Sahnereste von Gesicht und Ohren mit den Fingern ab und leckte genüsslich die Finger ab. Hatte er eigentlich verstanden, was gerade los war? Hatte er gemerkt, dass er vorhin eine riesige Zuschauerschar um sich hatte? Viktor konzentrierte sich nur auf die Sahne. Alles andere war ihm im Moment egal.

„Hat es wenigstens geschmeckt?" fragte Herr Breitner kopfschüttelnd.

„Ja." Viktors Antwort klang so normal, als ob nichts Besonderes passiert sei.

11. EINE FETTE STRAFE

Der Wohlgenuss hielt nicht lange an. Schon beim Abendessen wurde Viktor wieder mit der kärglichen Wirklichkeit des Diätgefängnisses konfrontiert.

Es war so wenig wie immer: drei Scheiben hartes Brot, die man lange kauen musste, ein Hauch Butter, zwar eine ausreichende Anzahl an Wurstscheiben, aber so dünn, dass man die Zeitung durchlesen konnte, dafür viel zu viel von dem Grünzeug, was man sonst nur den Hasen gibt.

Er dachte an den Nachmittag im Hof: die zarten Biskuitschichten, die einfach auf der Zunge zergingen, die süße Schokosahne, die sich sanft an den Gaumen schmiegte und die Dekorschokoplättchen, die mit ihrem Knacken zwischen den Zähnen den Geschmack erst vollendeten.

Ob es wohl möglich war, wieder an ein Stück Torte heranzukommen?

Die Gefängniskonditorei konnte wirklich tolle Sachen machen. Schade, dass die Insassen immer nur die mageren Obstkuchen bekamen. Für wen war wohl die Schokosahnetorte bestimmt? Wenn Viktor seine Zeit abgesessen hätte, könnte er vielleicht auch hier mal eine Torte bestellen.

Oder schmeckte es nur deshalb so gut, weil er so großen Hunger hatte? Es war schon komisch, so etwas hatte er noch nie zuvor gemacht. Kann es sein, dass er auch ein paar Haare von dem affigen Bauchfell erwischt hatte? Na ja, jetzt konnte er es eh nicht mehr ändern. Und wenn er später mal eine Torte bestellen würde, wäre diese auf jeden Fall frei von Haaren und affigen Fingerabdrücken.

Ach, dann war da noch diese leidige Vereinbarung. Er musste mit Hildegard sprechen. Gleich morgen früh beim Frühstück würde er um einen Besuchstermin bitten.

Kaum war es geschehen, schon bereute Toni seine Tat. Warum war er bloß immer so impulsiv? Und warum setzte er immer so stur seine impulsiven Ideen durch?

Eigentlich hätte er wissen müssen, dass der Schwerverbrecher so gierig war, dass er für etwas zu essen, alle Manieren vergaß. Eigentlich war es vorhersehbar, dass der Fettwanst sich so daneben benahm, dass alle es mitkriegten.

Warum bloß hatte Toni all das nicht bedacht? Beim Schlafengehen schimpfte sich Toni einen Idioten und beim Aufwachen begrüßten ihn dieselben Gedanken.

Beim Frühstück würgte er nur eine halbe Semmel hinunter. Sein Magen war voll von schlechten Gefühlen.

Ihn gierte nach frischer Luft. Er öffnete das Fenster und als ob das Klacken des Fenstergriffs das Signal gewesen wäre, hörte er aus der Nachbarzelle:

„He, Spaghetti, hast du heute Nacht schön geträumt? Wenn du willst, komm ich nachher mal rüber. Da leck ich dir den Bauch ab und du darfst mir danach den Arsch ablecken, hahaha."

So tief war Toni nun gesunken. Schnell schloss er wieder das Fenster. Die stickige Luft war angenehmer als der hämische Spott.

Unruhig saß Toni auf dem Bett und wartete auf seinen Termin bei der Anstaltsleitung.

Er wischte sich mit der Hand über den Bauch,

den er schon mehrfach seit gestern vormittag gewaschen hatte. Nein, es war weder ein Sahnefleck noch Viktors Spucke zu ertasten. Der Bauch war sauber.

Immer noch tippelte er nervös mit den Füßen, als sich der Schlüssel im Schloß umdrehte und Herr Welker vor der Tür stand.

„Auf geht's. Herr Lobmann wartet schon."

Mit gesenktem Kopf ließ sich Toni durch die Flure des Gefängnisses führen. Er sah zwar niemanden, aber er wusste, dass er das Gespött des Hauses war. Und was hatte der Anstaltsleiter mit ihm vor?

Ein letztes Mal musste Toni auf seinem Henkersgang stehenbleiben. Herr Welker schloß die Tür zum Gesprächszimmer der Anstaltsleitung auf.

„Herr Welker, wissen Sie eigentlich, warum ich hierher muss?"

„Aber Toni, Sie glauben doch nicht ernsthaft, dass auch nur einer meiner Kollegen noch nicht Bescheid weiß. Selbst die Kollegen, die jetzt Urlaub haben, werden noch vor Dienstantritt alle Einzelheiten wissen. Was Sie gemacht haben, spricht sich auch bei uns rum."

„Und was denken Sie?"

„Das ist doch egal. Denken Sie halt vorher nach, was Sie tun."

Herr Welker schloß das Gesprächzimmer von außen ab, während Toni allein und völlig hilflos mit seinen Sorgen dastand. Er schaute aus dem Fenster. Da hinten, da wollte er hin, mitten in den Wald, wo ihm außer Eichhörnchen und Wildschweinen niemand begegnen würde. Die Tiere würden seine Schamesröte nicht mal sehen.

Mitten in seine Fluchtwünsche hinein, hörte er

wieder einen Schlüssel im Schloß. Die Tür öffnete sich. Herr Lobmann, der Leiter der Justizvollzugsanstalt, trat ein.

„Bitte, setzen Sie sich doch." forderte Herr Lobmann auf, während die Tür von außen zugesperrt wurde.

Ohne Herrn Lobmann in die Augen zu schauen, setzte sich Toni auf den hinteren der beiden Stühle. Während er den Kopf auf seinen Fäusten abstützte, starrte er auf die Tischplatte.

„Sie dürfen mich ruhig anschauen," sagte Herr Lobmann, als er sich ebenfalls hinsetzte und ein paar Papiere auf den Tisch legte. „Ich werde schon nicht beißen."

Toni sagte nichts.

„Herr Antonio Marzapani. Sie können es also nicht lassen. Auffallen ist ja Ihre Spezialität. Ich habe gerade Ihre Akte gelesen. Sie haben ja schon im Jugendarrest einiges dafür getan, um den Aufenthalt zu verlängern. Gestern war das zwar etwas kreativer als damals, aber trotzdem. Was haben Sie sich eigentlich dabei gedacht?"

Nur zaghaft hob Toni seinen verschämten Blick: „Nichts."

„Das merkt man. Sie haben in einem Aufwasch gleich zwei Ordnungswidrigkeiten begangen. Ist Ihnen das klar?"

„Ja."

„Bitte etwas lauter."

„Ja."

„Und warum tun Sie es dann?"

Toni zuckte die Schultern. Ihm war die Situation unangenehm. Aus tiefstem Herzen wünschte er sich, Herr Lobmann würde ihm kurz die Strafe mitteilen und ihn dann gehen lassen. Dieses Gespräch war ja schlimmer als zehn Stockhiebe.

„Sie wissen doch, dass die Torten abgezählt sind und für einen Kunden von außerhalb bestimmt sind? Sie sind doch mehrfach in Ihrer Ausbildung darauf hingewiesen worden, dass Sie nichts von den Kuchen essen oder mitnehmen dürfen. Das geht doch nicht."

„Ja."

„Und warum tun Sie es?"

„Ja, weil ..., weil ... . Ja, weil der Viktor sonst immer so Hunger hat."

„Aha, und weil irgendjemand Hunger hat, klauen Sie einfach so mal eine Torte. Sie wissen genau, dass hier jeder im Haus genug zu essen bekommt. Sie kennen doch unsere Portionen. Und Ihnen ist sicher nicht entgangen, dass Herr Renner eine ärztlich überwachte Diät erhält."

"Ja, aber ... Nein, äh. Ich wollte ... äh ..."

„Sie wollten Herrn Renner eine Freude machen."

„Ja, genau."

„Herr Marzapani, ich werde Sie nicht danach fragen, warum Sie ihm eine Freude machen wollten. Sie würden mich sowieso nur anlügen. Ich hoffe aber, dass Sie es gut meinten und ihn nicht vergiften wollten. Jetzt hören Sie mal genau zu. Sie sind wöchentlich mit Herrn Renner im Ernährungskurs. Sie müssten eigentlich wissen, dass er auf Diät ist und dass eine Sahnetorte Gift für ihn ist. Es geht hier um seine Gesundheit. Oder wollen Sie in Ihr Strafregister auch noch Körperverletzung durch Zucker einbauen?"

„Nein. Ich dachte, ein Kuchen sei nicht so schlimm. Er spricht doch immer davon, dass er einen haben will."

„Und dass er vielleicht zuckerkrank sein könnte, kam Ihnen nicht in den Sinn."

„Echt? Ist er zuckerkrank? Darf er keinen

158

Zucker essen? Das wusste ich nicht."
„Naja, noch nicht. Aber er muss aufpassen.
Darüber darf ich eigentlich nicht mit Ihnen
reden. Aber jetzt wissen Sie es. Und damit Sie
sich das merken, leite ich den Fall an den
Richter weiter. Ich denke, Sie werden uns ein
paar Tage länger erhalten bleiben."
Herr Lobmann schaute Toni auffordend an.
Aber dieser verweigerte eine Antwort.
Stattdessen starrte er nachdenklich nach
unten.
Nach einer Weile des Schweigens rief Herr
Lobmann über die Gegensprechanlage einen
Vollzugsbeamten. Er verabschiedete den
beschämten Übeltäter und überließ ihn seinem
Schicksal.

Viktor stand die Gardinenpredigt noch bevor. Er
verstand nicht, warum die Anstaltsleitung nicht
auch mit ihm reden wollte. Denn die Sache mit
Toni hatte er mitbekommen. Die Stimmen, die
immer wieder vom Flur in seine Zelle drangen,
waren oft so deutlich, dass er jedes Wort
verstand.
Das waren aber auch seltsame Gestalten, die
hier im Gefängnis wohnten. Seit Tagen hatten
sie kein anderes Gesprächsthema. Warum
machten sich alle Gedanken darüber, ob er und
Toni schwul seien?
Also bei Toni kann man sowas denken, so affig
wie er sich rasiert.
Aber bei Viktor war das doch eindeutig. Er hatte
eine Tochter und alle in der Anstalt wussten
das. Wie kamen diese Idioten bloß darauf?
Selbst Josef, der sonst immer so ruhig und
zurückhaltend war, hatte jetzt beim
Essenausteilen immer so ein breites Grinsen im

Gesicht.

Immerhin waren die Nachtwächter zurückhaltend. Dabei hatte Viktor dennoch das Gefühl, dass sich zumindest Herr Breitner innerlich über ihn lustig machte.

Viktor hätte vielleicht doch nicht die Sahnereste von Tonis Bauch ablecken sollen. Aber die Versuchung war halt doch zu groß. Außerdem war das noch so viel und es wäre glatte Verschwendung gewesen, das alles wegzuschmeißen. Vielleicht hätte er die Sahne vorsichtig mit der Hand abwischen sollen. Ach, Viktor wusste auch nicht mehr, warum er sich so stürmisch auf den Affen gestürzt hatte.

Noch während dieser Überlegungen wurde der Schlüssel im Schloss herumgedreht und es ging ab ins Besucherzimmer.

Hildegard wartete schon am Tisch und schaute Viktor gespannt an, als dieser es sich in seinem Rollstuhl bequem machte.

„Ja, Papa, ich bin ganz überrascht. Du hast darum gebeten, dass ich zu einem Einzelbesuch komme. Das hast du noch nie gemacht."

„Naja, alles ist irgendwann zum ersten Mal."

„Und?"

„Haben die dir nichts gesagt?"

„Nein, wieso? Was?"

„Naja, die reden hier im Haus alle darüber. Der da weiß auch alles."

Viktor zeigte auf den Beamten, der an der Wand stand und sich ein leichtes Grinsen nicht verkneifen konnte.

„Ja, es ist gut, dass du noch vor dem komischen Kurs kommen konntest.

„Also, Papa."

„Naja, du weißt doch. Diese Deppen reden

160

immer blöd daher. Und bevor die dir irgendeinen Schmarrn erzählen, sag ich dir lieber, wie es richtig war."

„Was ist denn passiert?"

„Also, dein Freund Toni hat mir eine Torte gebracht."

„Das ist nicht mein Freund. Aber was ist mit der Torte? Er kann dir doch keine Torte gebracht haben. Die Zellen sind doch abgesperrt, oder?"

„Schon, aber wir müssen doch jeden Tag unseren Hofspaziergang machen. Da sind wir zusammen. Und da hat er mir vorgestern eine Torte mitgebracht."

Hildegard schaute ihn ungläubig an.

„Nein, Papa. Du lügst. Du willst mich nur ärgern."

„Doch, das stimmt. Und ich befürchte, im Kurs werden es dir alle in schillernden Farben erzählen."

Ein unangenehmes Gefühl schnürrte sich um Hildegards Magen. Was meinte ihr Vater mit „schillernden Farben"? Hoffentlich war damit nur ein harmloser Spott gemeint. Viktor war doch immer so empfindlich auf alles, was die Leute sagten. In jeder Kritik seines Essverhaltens sah er einen Angriff auf seine Persönlichkeit.

Aber was wollte er jetzt? Er konnte sich doch nicht ernsthaft vorstellen, dass Hildegard sich auf seine Seite stellen würde und ihn vor den Zurechtweisungen der anderen schützen würde.

„Und du hast die Torte gegessen? Ich meine, du hast die ganze Torte in einer Minute verschlungen, wie ich dich einschätze. Und alle haben zugeschaut, nehme ich an."

„Ja."

„Ach, Papa. Und da wunderst du dich, dass die

anderen spotten. Schau, Papa, jeder normale Mensch isst höchstens zwei Stück Torte. Wenn die mal sehen, dass jemand mehr isst, dann finden sie das lustig. Verstehst du?"

Natürlich musste Hildegard auf Viktor rumhacken. Er hatte es auch nicht anders erwartet.

„Na schön, jetzt habe ich auch meine Strafpredigt erhalten. Jetzt können wir über was anderes reden."

„Du lenkst schon wieder ab. Du verträgst keine Kritik. Wenn man dir einmal sagt, was du falsch machst, bist du eingeschnappt. Bitte sehr, lass dich in Zukunft ruhig weiter verspotten. Vielleicht bringt dir Frau Süss sogar mal eine dreistöckige Torte. Die verschling dann wieder vor deinem exquisiten Zuschauerkreis und wundere dich noch einmal, wenn sie spotten. Du hast es nicht anders verdient."

„Ich glaube, du bist jetzt fertig."

„Bei dir wird man nie fertig."

„Interessiert dich dein Freund gar nicht?"

„Welcher Freund?"

„Ja, der Italiener, der vertrottelte."

„Ich weiß schon, er hat dir die Torte gebracht."

„Und weißt du auch warum?"

„Warum?"

„Er hat gewollt, dass ich heute mit dir rede. Aber es hat ja keinen Sinn, mit dir zu reden. Du schimpfst immer nur. Als ob es in deinem Leben immer nur um meinen Bauch geht. Kannst du mich nicht mal in Ruhe lassen? Jetzt stell ich einmal fest, dass der Toni doch ganz nett sein kann, aber dir kann ich nicht mal das erzählen. Es ist vollkommen verlorene Zeit, mit dir zu reden."

„Pah."

„So, jetzt können wir hier schweigend warten, bis du deinen dämlichen Kurs beginnst oder du kannst gleich heimgehen. Das wird auch besser sein."

„Damit du dich deinen Träumen von der schönen Torte besser hingeben kannst. Nein. Der Kurs findet natürlich statt. Ich gebe die Hoffnung nicht auf, dass du eines Tages Sehnsucht nach frischen Salatblättern hast."

„Na gut, dann warten wir."

Schweigend saßen sich Vater und Tochter noch eine halbe Stunde gegenüber. Mit Eifer versuchten beide, sich nicht anzuschauen. Dann sagte der Vollzugsbeamte, es sei Zeit für den Kurs.

Sehr auffällig teilte sich der Kurs heute in eine Gruppe des Schweigens und eine Gruppe des vergnügten Kicherns.

„Hallo zusammen," eröffnete Hildegard die Kursstunde.

Doch statt dem üblichen „Hallo", steigerte die vergnügte Gruppe das Kichern zu einem Lachen. Karl fasste das Lachen in Worte:

„Na, Hildegard, hast du schon gehört, unser Weg zueinander ist jetzt frei. Toni hat deinem Vater gestanden, dass er schwul ist und wir durften alle zuschauen."

„Hä, wie?"

Josef, Mirco und Pavel grinsten über beide Ohren und ihr Lachen verriet, dass sie sich auf Karls Schilderungen freuten.

„Ja, Toni hat sich den Bauch mit Sahne eingepinselt, damit dein Vater ihn abschlecken kann. Es sah sehr amüsant aus."

Jetzt gaben auch Mirco und Pavel ihren Kommentar singend ab.

„Toni ist schwul, Toni ist schwul!"
Toni schaute verschämt nach unten. Hildegard
fiel die Kinnlade runter. Entsetzt schaute sie zu
ihrem Vater.
„Du hast vorhin nur von einer Torte
gesprochen!"
Karl beschrieb die Situation weiter:
„Mit viel Sahne. Alles klebte am Hemd und am
Bauch. Das hättest du sehen müssen. Hat
richtig Spaß gemacht. Ein tolles Paar."
Karl streckte die Zunge raus und bewegte sie
hin und her bis er in ein lautes Lachen
ausbrach.
In Hildegard mischten sich Ärger, Entsetzen
und Hilflosigkeit. Damit hatte sie nicht
gerechnet. Auf den Spott über das Fressen an
sich war sie ja vorbereitet. Aber die Sache mit
dem Bauch ablecken, ging ihr doch zu weit. So
viel Gier hatte sie ihrem Vater nicht zugetraut.
Nur unter Schluchzen brachte sie die Worte
heraus:
„Papa, du! Du bist ja viel weiter gegangen, als
ich dachte. Du hast nur von einer Torte
gesprochen und hast mir verheimlicht, dass du
vor Gier nicht davor zurückgeschreckt hast,
seinen Bauch abzulecken."
Sie rang nach Worten und weil das Kichern
ihrer Schüler nicht aufhörte, blaffte sie diese, so
gut es unter dem Schluchzen ging, an:
„Und ihr alle habt nichts Besseres zu tun, als
euch darüber lustig zu machen. Mein Vater ist
krank und darüber macht man keine Witze."
Hildegard stand auf und gab Karl eine kräftige
Ohrfeige, wobei sie weiterheulte. Keiner lachte
mehr. Josef, Mirco und Pavel schauten betreten
zu Boden. In der Stille schaute Toni zu
Hildegard, die sich flüchtend an die Wand

drückte. Karl stand nun ebenfalls auf und versuchte, sie tröstend zu berühren.

„Fass mich nicht an!"

Soviel Wut und Verzweiflung hatte Hildegard noch nicht erlebt. Die Vorstellung, wie weit ihr Vater gegangen war, um seine Fresslust zu befriedigen, bedrückte sie. Zugleich überstieg der Spott der unflätigen Häftlinge das Maß, das sie ertragen konnte.

Hildegard drückte sich an der Wand entlang zur Tür, immer mit dem Blick auf die Häftlinge, die jederzeit losspotten könnten. Aber keiner traute sich, was zu sagen oder sich zu bewegen. An der Tür angekommen, drückte sie auf die Klingel der Gegensprechanlage.

„Ja, bitte."

„Die Stunde ist zu Ende. Ich will gehen."

12. DIE ZEIT DER METAMORPHOSE

Fünf Monate blieb Hildegard dem Gefängnis
fern. So kurz vor ihren Abschlussprüfungen
hatte sie nicht die Kraft, ihren verfressenen
Vater oder die spottenden Mithäftlinge zu
ertragen.

Das intensive Lernen half ihr, die Sache mit der
Torte zu verdrängen und Frau Süss erzählte ihr
sowieso nie etwas, wenn sie von einem Besuch
aus dem Gefängnis heimkam.

Viktor war zunächst froh darüber, dass der
dämliche Ernährungskurs nicht mehr stattfand.
Aber seltsamerweise füllte er diese Lücke, indem
er darüber nachdachte, was mit Hildegard los
sei und warum es ihr so wichtig war, ihm etwas
über gesunde Ernährung beizubringen.

Die täglichen Hofgänge fanden weiterhin statt.
Mit der Zeit verebbten die Spottsprüche und die
Blicke der Mithäftlinge wurden wieder neutraler.
Doch bis dahin war es ein steiniger Weg.

Die ehemaligen Kursteilnehmer mieden sich
gegenseitig so gut sie konnten und falls der enge
Raum nichts anderes zuließ, so schauten sie
schweigend in verschiedene Richtungen.

Schon wenige Wochen nach dem Tortenereignis
schaute Viktor morgens in den Spiegel. Er hatte
den Eindruck, dass die Denkerfalten in seiner
Stirn mehr geworden waren. Da sieht man, wo
das viele Denken hinführt.

Er strich sich die Stirn glatt, doch kurz danach
waren die Falten genauso tief wie vorher. Dann
strich er sich die Wangen runter. Die Haut fiel
weich und locker. Viktor sah interessiert im
Spiegel, wie die Hautfalten beim Tätscheln

wackelten.

Im Gesicht hatte Viktor schon deutlich abgenommen. Die Haut war nicht mehr so straff wie früher. Sollte das schön sein? Viktor schüttelte den Kopf und da er erstmalig darauf achtete, spürte er, wie die Haut am Kinn leicht schlackerte.

Heute war wieder mal so ein Tag mit Abwechslung. Nachher hatte er einen Termin beim Psychologen. Viktor wusste nicht, was er bei diesen Terminen empfinden sollte.

Beim ersten Termin war er gleichgültig. Dann kam Ärger auf den Psychologen; darauf folgte die Lust, den Ärger über andere beim Psychologen auszulassen; schließlich kam der Frust über die Sinnlosigkeit der Welt und der Therapie.

In den letzten zwei Wochen war er wieder still und weigerte sich standhaft, mehr als notwendig zu sagen. Ein wenig klagte er über den Spott der anderen, aber zu den Bemerkungen vom Psychologen schwieg er. Zeit zum Nachdenken hatte er in seiner Zelle. Die Rufe vom Flur erinnerten ihn auch ständig an das Thema.

Nun war Viktor über sich selbst überrascht. Er hatte tatsächlich Lust, mit dem Psychologen zu reden und seine Gedanken zu erzählen.

Eine Stunde später saß Viktor gegenüber von Herrn Fröhlich, dem Psychologen. Er hatte ein viel helleres Zimmer als die Zellen und das erste Mal beneidete ihn Viktor um diese Helligkeit.

„Wie geht es Ihnen denn heute?"

Viktor zuckte zusammen, als Herr Fröhlich ihn aus seinen Betrachtungen herausriss und das Wort „heute" so betonte.

„Ach, ich habe so viel nachgedacht. Wissen Sie eigentlich, dass Sie viel mehr Licht haben als ich in meiner Zelle."

„Ja."

„Ich weiß gar nicht, wieviel Licht ich zu Hause habe. Darauf habe ich noch nie geachtet. Wenn ich heimkomme, schaue ich mal aus dem Fenster."

„Das ist eine sehr gute Idee. Und worüber haben Sie so viel nachgedacht?"

„Ach ja! Ich hätte wohl nicht so gierig sein sollen."

Herr Fröhlich schaute Viktor erwartungsvoll an und Viktor sprach weiter:

„Ich glaube, das war doch ganz schön peinlich. Die spotten alle so viel und wenn sie mich sehen, lachen sie ganz oft, viel mehr als früher. Wird das noch lange so weiter gehen?"

„Sie haben ein ungewöhnliches Verhalten gezeigt. Darüber spricht man gerne und lange. Aber es wird wieder verschwinden. So war das immer. Es sei denn, Sie fallen wieder auf eine ähnliche Art auf."

„Glauben Sie, wenn ich nur die Torte, die ich in der Hand hatte, gegessen hätte, und wenn ich die Sahne an Tonis Bauch ignoriert hätte, hätten die dann weniger gelacht?"

„Ja, sicher. Sie mussten ja von den Beamten regelrecht weggezogen werden. Das hinterlässt natürlich einen stärkeren Eindruck bei den anderen Leuten. Und es ist für unsere Leute nichts Besonderes, wenn sie ihren Eindruck im Spott ausdrücken. Sie hätten das alles im Moment als Sie die Torte in den Händen hatten, beeinflussen können."

„Ich dachte mir, dass Sie das sagen. Und jetzt?"

„Was, und jetzt?"

168

„Na ja, was können wir tun, damit das aufhört?"

„Was soll aufhören?"

„Na, das Spotten, das stört mich, das verletzt mich. Das soll aufhören."

„Das kann ich nicht. Oder wie stellen Sie sich das vor? Sie wissen doch selber, dass ein Verbot nichts hilft."

Viktor schaute enttäuscht, aber Herr Fröhlich sprach weiter;

„Meinen Sie vielleicht, ich soll jeden einzelnen zu einem Einzelgespräch hierher bitten. Soviel Zeit hab ich nicht. Es kommen ja schon recht viele zu einer Therapie zu mir. Aber glauben Sie mir, da reden wir über ganz andere Probleme. Ob Sie es glauben oder nicht, die anderen Leute haben auch ihre eigenen Probleme. Also! Was soll aufhören, Herr Renner?"

„Ja, dass die mich verspotten. Ich will das nicht."

„Nochmal. Ich kann die anderen nicht verändern. Jetzt sind Sie hier. Was soll aufhören?"

„Ja, der Spott."

„Und worüber spotten die?"

„Das wissen Sie doch, über meine Gier."

„Aha! Jetzt haben Sie es gesagt. Was soll aufhören?"

Erschrocken brach Viktor sein verzweifeltes Rufen ab. Er schaute den Psychologen erstaunt fragend an.

„Meine Gier? Meinen Sie etwa meine Gier soll aufhören?"

„Ja, das meine ich."

„Und hört dann das Gespött auf?"

„Ja! Es wird zwar noch viele Monate dauern und ein paar einzelne werden noch in ein paar Jahren etwas sagen, aber im Großen und

169

Ganzen wird es aufhören."

Viktor schaute Herrn Fröhlich an wie einen Guru, der den großen Satz über die Erleuchtung gesprochen hatte. Es war eine steile Behauptung. Das wollte Viktor doch nochmal hinterfragen.

„Was hat denn das Gespött mit meinem Essen zu tun? Ich meine, ich kann doch essen wie ich will. Und die spotten doch nur, weil sie Blödmänner sind."

„Natürlich können Sie nicht beeinflussen, ob jemand blöd ist, aber sie können selbstverständlich beeinflussen, wie die Leute auf Sie reagieren. Und das reicht doch. Wenn Ihr Essverhalten für die anderen langweilig ist, haben sie nichts mehr über Sie zu sagen."

„Meinen Sie?"

„Ja, meine ich."

„Also, Sie meinen, es sieht doch nicht so schön aus, wenn man soviel isst."

„Ja."

„Also, ich soll weniger essen und dann sagen sie nichts."

„Ja, vor allem, wenn alle zuschauen."

„Also, ich soll mich zurückhalten, auch wenn die Sahne noch so lecker aussieht."

„Genau, jetzt haben Sie es verstanden."

„Und Sie können mir dabei helfen? Sie können mir ein paar Tipps geben, was ich tun kann, damit ich nicht mehr soviel esse. Äh, ich meine, damit ich nicht so gierig bin."

Es fiel Viktor schwer, dieses Wort auszusprechen. Noch nie hatte er das Wort „gierig" auf seine Person bezogen.

Er hatte doch immer nur gegessen, weil er Hunger oder Lust darauf hatte. Ihm wäre nie in den Sinn gekommen, sich selber als gierig zu bezeichnen. Viktor schluckte und schaute betreten zu Boden. Innerlich wiederholte er den Gedanken viele Male.

Wie ein Donner trafen ihn die sanft ausgesprochenen Worte von Herrn Fröhlich: „Ich bin beeindruckt, Herr Renner. Sie haben gerade den größten Schritt der Therapie gemacht. Denn: Einsicht ist der erste Schritt zur Besserung."

Endlich hob Viktor wieder den Kopf hoch. Sollte heute wirklich etwas Neues passiert sein.

„Helfen Sie mir?"

„Ja, natürlich."

Den Rest der Therapiesitzung sprachen sie über das Wort „Gier" und inwieweit das Wort zu Viktor passte.

Noch weit in den Abend hinein beschäftigte sich Viktor mit diesen Gedanken. Es fiel ihm schwer, sein Leben aus dem Blickwinkel der Gier zu betrachten. Er sträubte sich und doch drängte sich die Idee tief in sein Gehirn.

Dem armen Toni ging es auch nicht besser. Das schreckliche Schimpfwort „schwul" haftete nun an seiner Person. Für viele Menschen ist die Bezeichnung „schwul" wertneutral, doch nicht für Toni, der in einem Millieu aufwuchs, wo dieses Wort nur als Beleidigung verwendet wurde.

Um so mehr traf ihn dieses Wort, da es ihm seinen sehnlichsten Wunsch abstritt, nämlich endlich eine Frau für sich zu finden.

Vor unsittlichen Berührungen schützte ihn seine prinzipielle Aggressionsbereitschaft und seine Muskelkraft, die beide allgemein bekannt waren.

Innerlich gab er auf. Seine letzte Chance, die

schöne Hildegard zu erobern, hatte er vermasselt. Völlig verängstigt hatte sie ja das letzte Mal das Gefängnis verlassen. Sie würde bestimmt nie wieder kommen.

Außerdem erkannte Toni keinen Sinn darin, noch weiter Kuchen zu backen. Wer sollte das Ganze essen? Ob die Insassen nun einen Apfelkuchen zum Nachtisch bekamen oder nicht, war doch egal. Und wer die Kunden außerhalb des Gefängnisses waren, wusste Toni auch nicht. Ihm kam das Bild von Viktor in den Sinn. Vielleicht sahen ja alle Kunden so aus wie er. Dann hatte das Kuchenbacken erst recht keinen Sinn, denn die mussten ja alle abnehmen, hat doch Herr Lobmann nach dem Tortenschmuggel gesagt.

Also, wozu das alles zusammen? Seit dem Vorfall ließ Toni sich gehen. Seine tägliche Körperpflege entfiel. Für die Nasen der Mithäftlinge war es ein Glück, dass er wöchentlich zum Duschen gezwungen wurde. Sein Bart wurde täglich länger und schlampiger. Flecken auf der Wäsche beachtete er nicht mehr.

Zu guter Letzt fing er wieder mit dem Rauchen an. Jetzt fehlte nur noch, dass er seine Konditorlehre hinwarf. Höchstwahrscheinlich war diese Lehre die letzte Resozialisierungsmaßnahme, die man ihm anbot und in Zukunft würde nichts mehr kommen. Aber auch das war Toni egal.

Es war ihm egal, dass er gerade in der Konditorei mit einer Zigarette im Mund auf dem Boden saß, während Mirco ganz alleine die Backschüsseln zur Spüle trug. Selbst als Mirco nicht nur die Schüsseln, sondern auch Toni mit dem Spülschlauch abspritzte, löste das keine größere Reaktion aus. Wie ein aufblasbares Schwimmtier verzog er keine Miene, als das Wasser von seinen Haaren runtertropfte.

Mirco drehte den Wasserhahn ab und schüttelte den Kopf.

„Hey, Toni. Was ist los, Mann? Du bist schon seit Tagen so komisch. Du rauchst jetzt fünf mal so viel wie normale Menschen, selbst hier wo es verboten ist."

Mirco beugte sich zu Toni herunter, klopfte ihm auf die Wange und holte die nasse Zigarette aus dem Mundwinkel heraus. Toni schaute ihm teilnahmslos zu, wie er die Zigarette in der Hosentasche versteckte, damit Konditormeister Lechner sie nicht sah.

„Ey, Alter, du bist so komisch. Früher wärst du sofort aufgestanden und hättest mitgemacht. Oder wie wärs mit Danke fürs Zigarette verstecken? Hallooo, hört mich jemand?"

Wie ein Mikrophon hielt Mirco den Spülschlauch an den Mund.

„Spüldienst an Fußboden, bitte melden."

Mit Humor und einem leichten Fußtritt bemühte sich Mirco um eine Reaktion.

„Ey, was kann ich noch tun, damit du mal was sagst. Ich versprech dir, ich sag nie wieder schwul zu dir, auch wenn's lustig war. Also gut, Entschuldiung."

Mirco wünschte sich den alten Macho zurück, der ihm das Leben im Gefängnis mit seinen coolen Sprüchen leichter machte. Dieses Häuflein Elend, das vor ihm lag, machte ihn einfach nur traurig.

Während Mirco Toni die Hand zur Versöhnung entgegenstreckte, wurden die beiden vom Meister entdeckt.

„Hey, was machen Sie da?"

Mirco schaute Herrn Lechner betreten an.

„Das geht schon den ganzen Tag so. Der lässt mich alleine arbeiten. Der sitzt nur so da. Der hat was. Der spricht nicht mehr."

Herr Lechner merkte auch schon seit einiger Zeit, dass Toni nicht nur wegen der üblichen Strafe nach seinem Fehltritt bedrückt war. Es war so offensichtlich, dass mehr dahinter steckte. Er kannte all seine Mitarbeiter und Lehrlinge.

In den meisten Fällen wusste er, wie er mit ihnen umgehen musste. Und er besaß den Ehrgeiz eine hohe Quote an Resozialisierungen zu schaffen, das hieß in seinem Fall, dass seine Lehrlinge die Ausbildung abschlossen. Eine abgebrochene Lehre war auch für ihn als Meister ein Scheitern und so kämpfte er eisern darum, dass jeder, der zu ihm kam, durchhielt.

„Toni, jetzt hören Sie mir mal gut zu. Sie sind fast dreißig und dies ist Ihre erste Ausbildung, bei der Sie länger als zwei Jahre dabei sind. Machen Sie es bitte nicht so, wie Sie es früher oft gemacht haben und schmeißen Sie nicht alles hin, nur wenn es mal schwierig wird. Sie wissen, Sie kriegen von uns jede Hilfe, um die Prüfungen zu schaffen. Aber schmeißen Sie es nicht wieder hin."

„Aber wozu?"

Es waren die ersten Worte, die Toni an diesem Tag von sich gab.

„Na, damit Sie nach Ihrer Entlassung einen normalen Beruf ergreifen können und nicht wieder in die Kreise geraten, wo Sie vorher waren."

„Aber wozu?"

„Was heißt hier wozu? Ich bin davon ausgegangen, dass Sie verstanden haben, dass

Ihre bisherigen Geldbeschaffungen nicht in Ordnung waren. Und bei mir lernen Sie eine legale Methode. Das hat doch was."

Zaghaft stand Toni auf. Doch da er immer noch ganz unglücklich schaute, schaltete sich Mirco wieder ins Gespräch ein.

„Ich glaub, es ist wegen Hildegard."

„Wegen einer Frau? Wegen einer Frau werden Sie sich doch nicht unterkriegen lassen."

„Hildegard ist die Tochter von dem dicken Viktor. Und jetzt kommt die ja nicht mehr."

„Ach so, Frau Renner. Klar, Sie kennen sich von dem Kurs. Ja, die kenn ich auch. Wer kennt sie nicht? Ja, äh. Und die macht den Kurs nicht mehr?"

„Nein, ich glaub, wir haben zuviel gelacht wegen der Sache mit der Torte. Sie hat gesagt, sie will uns nie wieder sehen. Wir finden das alle schade, weil es doch ganz lustig war. Aber der Bekloppte wird gar nicht mehr normal. Dabei hab ich ihm schon vorher oft gesagt, dass diese Frau es nicht wert ist."

Mirco schaute kopfschüttelnd auf Toni, der immer noch auf den Boden schaute. Als ob er sich schützen wollte, verschränkte dieser die Arme ganz eng vor seinem Körper.

Währenddessen überlegte Herr Lechner, ob er das eben Gehörte für seine Überzeugungsarbeit nutzen könnte. Wenn der junge Mann so verliebt war, ließ er sich doch vielleicht mit Argumenten der Liebe überzeugen.

„Ich denke, die Frau Renner ist meiner Frau sehr ähnlich. Also, ich kenne solche Frauen. Ich weiß, wie man so eine Frau beeindrucken kann. Die sucht doch sicher einen Mann, der sie versorgen kann, der ein regelmäßiges Einkommen hat. Dafür braucht man halt eine abgeschlossene Ausbildung. Schauen Sie, sie lernt doch jetzt selber ganz viel, damit sie ihr Studium schafft. Ich bin mir sicher, die dreht sich nur nach einem Mann mit einem Abschlusszeugnis um. Schauen Sie, in fünf Monaten können auch Sie Ihren Abschluss machen. Und wenn Sie nicht weiter auffallen, werden Sie ein oder zwei Wochen später entlassen. Dann gehen Sie zu ihr hin und zeigen ihr Ihr Abschlusszeugnis. Ich glaube, das wird sie überzeugen."

„Aber ausgerechnet Konditor. Sie hasst doch Kuchen?"

„Oh, er spricht wieder."

Mirco war ganz erfreut über Tonis ersten ganzen Satz, dazu noch mit relativ ruhiger Stimme.

Herr Lechner sprach weiter.

„Also meinen Apfelkuchen findet sie ganz gut. Ich habe mit ihr schon öfters über Vollwertrezepte gesprochen. Wissen Sie was, ich schenke Ihnen zu Ihrer Entlassung ein Vollwertbackbuch. Da finden Sie sicher viele Rezepte, mit denen Sie Frau Renner beeindrucken können. Also, was ist?"

Ganz langsam öffnete Toni seine schützend verschränkten Arme.

„Also gut! Aber was mach ich, wenn das mit dem Kuchenbacken nicht klappt."

„Dann versuchen Sie es mal mit Waschen. Ein sauberer Körper beeindruckt Frauen ungemein. Und mich übrigens auch."

„Okay."

Um nicht weiter zuhören zu müssen, ging Toni zum Spülbecken, spritzte sich selber mit dem Spülschlauch ab, spülte danach ganz artig das Backgeschirr und wischte den Fußboden sauber und trocken.

Herr Lechner beobachtete ihn misstrauisch.
War dieses sprunghafte Verhalten ein Hinweis
darauf, dass Toni nun doch die Lehre fortsetzen
wollte? In den nächsten Tagen würde er es
erfahren. Jetzt sagte er erstmal nichts mehr.

Wenn Viktor gewusst hätte, dass jemals ein
Konditormeister ihm dieses Schicksal bescheren
würde, er hätte seine Hochachtung vor dieser
Berufsgruppe schlagartig verloren.
Aber Viktor hatte nie etwas von diesem
Gespräch erfahren. Er wusste nichts davon,
dass Toni aufgeben wollte und dass der Meister
ihn zum Weitermachen überredete.
Was wäre ihm erspart geblieben und wie hätte
Viktors Zukunft ausgesehen, hätte Herr Lechner
nicht soviel auf Toni eingeredet?

Innerhalb der nächsten zwei Wochen änderte
sich wieder Tonis Ansehen unter den
Häftlingen. Er fand die Idee auf einmal gut, die
letzten Monate im Gefängnis mit der Lehre zu
überbrücken, um dann als strahlender Held vor
seiner Angebeteten zu erscheinen. Irgendwie
war er überzeugt davon, dass das problemlos
klappen würde, auch wenn er keine Ahnung
hatte, wo sie wohnte und er sicher von Viktor
keine Informationen über die Adresse erfahren
würde.
Urplötzlich entwickelte er Interesse daran, einen
guten Abschluss zu schaffen und lernte sogar
für die Theorieprüfungen. Er pflegte wieder wie
gewohnt seinen Körper, rasierte sich ins Gesicht
und auf die Brust ein neues Muster und begann
wieder mit dem mehrstündigen Muskelaufbau
in seiner Zelle.
Wenn im Flur, in der Konditorei oder im Hof

ihm jemand mit einem dummen Spruch kam, baute er sich wie früher mit seinem kräftigen Körper vor dem Spötter auf und wer mit dem Spott weitermachte, bekam einen kleinen Schubs.

Das Signal war so deutlich, dass innerhalb von zwei Wochen weder das Wort „schwul" noch das Wort „Spaghetti" zu hören war. Er war einfach wieder Toni, der Anführer der jüngeren Häftlinge.

Viktor war zu sehr mit sich selbst beschäftigt, um den Wandel Tonis zu bemerken. An ihm hafteten die Spöttereien länger. Das lag natürlich daran, dass er schon seit dem Tag seiner Inhaftierung dem Spott ausgesetzt war. Bei den Hofgängen hörte er jetzt nicht nur „Schwerverbrecher", sondern einige riefen mit eigenartigem Kichern „schwuler Schwerverbrecher". Das kränkte Viktor natürlich noch mehr.

Mit Hildegard sprach er wieder so viel wie vor seiner Inhaftierung, nämlich fast gar nichts. Er war wieder wie früher den größten Teil der Woche sich selbst und seinen eigenen Gedanken ausgesetzt.

Doch füllte er die Gedanken jetzt anders als früher. Er dachte wieder an das Gespräch mit Herrn Fröhlich. Sollte das Wort „gierig" wirklich auf ihn zutreffen?

Er tippelte mit dem Rollstuhl zurück vor die Tür, damit er mehr Platz hatte. Er stand jetzt öfter auf und ging in seiner Zelle auf eigenen Füßen auf und ab. Er musste sich zwar an der Wand abstützen, doch bedeutete das Gehen eine spürbare Erweiterung der Bewegungsfreiheit. Er stand an dem Regal neben dem Spint. Dort lagen all die Zettel, die Hildegard in ihrem Unterricht ausgeteilt hatte. Er nahm den Stoß Papier und warf ihn aufs Bett. Dann humpelte er selber zum Bett hin, schob die Blätter zusammen und setzte sich behäbig auf eine freie Stelle.

Ein Blatt nach dem anderen nahm er in die Hnd und schaute es an. Da standen ganz schön viel Informationen drauf, die ihm bis gestern noch egal waren.

Dieses Blatt zum Beispiel: Vitamin B kommt in allen Getreidesorten, also in Vollkornprodukten vor und ist wichtig für Gehirn, Nerven, Haut und geregelte Verdauung. Vitamin C enthalten die meisten Früchte und es hilft gegen Infektionen und verbessert das Wohlbefinden. Und so weiter. Da ganz unten auf dem Blatt steht noch der Hinweis, das die Vitamine nach der Ernte abnehmen.

Evi hatte ihn schon früher darauf hingewiesen, dass er sowas beachten sollte.

„Wenn du schon das Obst nicht als ganzes essen willst, dann iss wenigstens meinen Obstsalat," hatte sie immer gesagt. Dann hatte sie ihm eine Schüssel Obstsalat gereicht und ihm zugelächelt.

Jetzt hatte er Hildegard. Sie war deutlich in die Fußstapfen ihrer Mutter getreten. Die Blätter über die Vitamine bewiesen es.

Ganz zärtlich streichelte Viktor das Papier und legte es wie einen Schatz auf sein Kopfkissen, das er kurz vorher glattstrich. Ein Lächeln huschte über sein schwammiges Gesicht.

Er überflog die anderen Arbeitsblätter von Hildegard. Immer wieder stieß er auf Wörter, die Evi oft benutzt hatte: Gemüse, Kräuter, frisch, Jahreszeiten.

Seltsam, wieviel Hildegard doch von Evi übernommen hatte, obwohl sie doch noch ganz klein war.

Sorgfältig legte er die Arbeitsblätter übereinander. Das erste Mal machte er die Eselsohren raus. Vielleicht bargen die Papiere doch einen gewissen Wert.

Plötzlich fielen Viktor die Bilder ein, die Evi gemalt hatte und im ganzen Haus verteilt hatte. Das meiste waren Blumen und Kräuter. Je mehr er an diese Bilder dachte, umso mehr verspürte er den Wunsch, seiner Frau durch Malen näher zu kommen.

Beim Mittagessen fragte er durch die Türöffnung nach Malstiften und schon beim nächsten Frühstück lagen auf seinem Tablett eine große Packung Buntstifte, ein Spitzer und ein kleiner Papierblock.

Den ganzen Tag malte Viktor Blümchen. Er versuchte sie so zu malen, wie Evi es tat, doch ähnelten seine Bilder mehr den Bildchen, die Hildegard im Kindergarten malte.

Es tat ihm trotzdem gut und er fühlte eine gewisse Nähe zu seiner Frau. Die Gedanken an Evi taten gar nicht weh. Jahrelang vermied er alles, was ihn an seine Frau erinnerte.

Die selbstgemalten Bilder und alle Fotos sperrte er in den Keller. Hildegards Zimmer betrat er nicht, weil er wusste, dass sie Fotos und Bilder aufgehängt hatte. Vielleicht war sogar das ganze Zimmer mit Erinnerungen an ihre Mutter gefüllt. Viktor wusste es nicht, da er anfangs aus Angst, später aus Gewohnheit das Zimmer nicht mehr von innen sah.

Jetzt malte er Bilder, gerade um sich an sie zu erinnern. Dann fiel ihm ein, dass Hildegard ihm doch zum Einzug in den Bau ein paar Fotos mitgegeben hatte. Damals stopfte er sie in die unterste Schublade, an die er schlecht rankam. Ihn überfiel das Bedürfnis, diese Bilder wieder mal anzuschauen. Seit langer Zeit kniete er sich das erste Mal wieder freiwillig auf den Boden. Er öffnete die Schublade und holte den kleinen Stoß Fotos heraus.

Er blätterte sie durch. Die neueren Bilder legte er wieder zurück in die Schublade. Drei alte legte er auf das Bett, stand mühsam auf und setzte sich mit den Fotos an den Tisch.

Das eine Bild war ein Hochzeitsfoto. Da waren sie beide noch jung und hübsch. Das zweite war ein Portrait von Evi. Sie war eine wirklich schöne Frau. Das dritte Foto wurde wohl auf der letzten gemeinsamen Urlaubsreise gemacht. Viktor, Hildegard und Evi lächelten fröhlich in die Kamera. Hildegard war damals dreizehn oder vierzehn Jahre alt.

Lange saß Viktor da und betrachtete die Fotos. Er stellte sie so auf, dass er sie beim Essen gut sehen konnte.

Mit innerer Fröhlichkeit kam ihm der Gedanke, dass er von nun an nicht mehr alleine essen müsste. Vor dem Schlafengehen schaute er die Bilder nochmal an, als wollte er „Gute Nacht" sagen.

Am nächsten Tag saß Viktor zu seiner Therapiesitzung bei Herrn Fröhlich. Die Sonne lachte Viktor an und erinnerte ihn daran, dass er doch eigentlich seine Gemäldesammlung herzeigen wollte.

„Ich hab die Bilder im Zimmer liegen lassen."
„Was für Bilder?"
„Na, ich hab doch in den letzten Tagen ganz viele Bilder gemalt. Die wollte ich Ihnen zeigen,

damit Sie nicht immer denken, dass ich gierig bin."

„Sie sind Maler geworden? Beschreiben Sie doch mal Ihre Bilder."

„Naja, es sind nur ganz einfache Bilder. Man kann es auch gar nicht genau erkennen. Es sollen Blumen und Kräuter sein, so wie Evi das immer gemalt hat."

Viktors Stimme wird zärtlich.

„Wer ist Evi?"

„Evi ist meine Frau. Sie hat viel gemalt und schön, viel besser als van Gogh. Im ganzen Haus hingen ihre Bilder von Blumen und Kräutern. Das war eigentlich sehr schön."

„Hängen die Bilder jetzt nicht mehr in ihrem Haus?"

„Nein."

Die Gedanken, die in Viktors Kopf Platz nehmen wollten, betrübten ihn. Darüber wollte er nicht reden, darüber wollte er nicht einmal nachdenken.

„Und? Was ist mit denen jetzt?"

„Ich hab sie in den Keller gestellt."

„Warum das?"

Viktor schwieg. Wenn er schon die letzten zwölf Jahre darüber schwieg, warum sollte er jetzt anfangen zu reden? Er schaute aus dem Fenster. Vielleicht würde die Sonne ihn auf eine nette Idee bringen.

„Erzählen Sie doch von Evi. Wie war sie sonst, außer dass sie Bilder malte?"

Viktor schaute Herrn Fröhlich erleichtert an. Er beharrte nicht auf dem Häßlichen. Er fragte einfach nach etwas sehr Schönem. Davon konnte Viktor viel erzählen.

„Evi, sie war eine echt schöne Frau, die schönste von allen. Ein bisschen zierlich, also wirklich zierlich. Warum sie mich genommen hat, weiß ich nicht. Als ich sie kennenlernte, saß sie mit einer Freundin da und hat gelacht. Da schwangen ihre Haare so schön, wenn sie sich vorbeugte und wieder hochkam."

Viktor machte die Bewegung nach. So fühlte er sich seiner Frau näher, als ob sie wirklich hier im Raum saß und den Kopf bewegte.

„Ich dachte zuerst, sie würde sich nie für mich interessieren, weil sie doch so gut aussah. Ich hatte schon immer einen kleinen Bauch. Aber das hat sie nicht abgeschreckt. Sie hat mir sogar oft auf den Bauch geklopft und gesagt: 'solang du sportlich bist, kannst du ruhig mein Teddybär sein'. Es war so schön mit ihr. Dann kam Hildegard. Wissen Sie, wie Hildegard zu ihrem Namen kam?"

„Nein."

„Evi hat immer auf ihre Gesundheit geachtet und sie hat immer so viel gelesen über Gesundheit und so. Ihr großes Vorbild war diese Nonne aus dem Mittelalter, die soviel über Kräuter und so geschrieben hat. So hat Evi unsere Tochter nach Hildegard von Bingen benannt. Es war so schön. Sie war mein Glück auf Erden. Evi hat immer zu mir gesagt: 'wenn du weiterhin so wenig auf deine Gesundheit achtest, dann muss ich dich mal pflegen, wenn du alt bist.' Naja."

Mit einer abwertenden Handbewegung hörte Viktor auf zu reden. Er starrte still aus dem Fenster, während eine Träne über sein Backe kullerte. Das hatte sie nie gemacht. Das konnte sie nicht mehr.

„War sie denn krank?"

Herr Fröhlich versuchte, das Gepräch am Leben zu halten, doch Viktor winkte nur ab.

Kopfschüttelnd richtete er seinen Blick
weiterhin zum Fenster. Er ließ die Tränen
laufen, aber er sagte nichts.
Etwa zehn Minuten schaute Herr Fröhlich
Viktor beim Kopfschütteln zu. Dann brach er
das Schweigen und forderte Viktor auf, von den
schönen Erlebnissen mit Evi zu erzählen.
Das tat Viktor dann auch und so nahm die
Sitzung doch ein heiteres Ende.

Eine Woche lang dachte Viktor viel über Evi
nach. Er setzte sich an seinen Tisch und
schrieb einen Brief: „Liebe Evi, wo bist du?" Er
schrieb mit sehr großen Buchstaben und las die
Worte sehr oft.
Die Antwort blieb aus. Natürlich blieb die
Antwort aus. Wie sollte sie auch antworten, da
sie schon so lange tot war?
Das erste Mal wagte Viktor daran zu denken.
Evi war tot und davor war sie krank.
Durften sich diese Gedanken überhaupt in
seinem Gehirn ausbreiten? Die Bilder, die sich
in Viktors Kopf breit machten, schmerzten ihn.
Die Tränen, die er in den letzten zwölf Jahren,
oder waren es jetzt schon dreizehn, nicht
geweint hatte, kamen jetzt alle auf einmal raus.
Manchmal heulte er so laut, dass er nicht mal
das Spotten auf dem Flur hörte. Er irritierte die
Mithäftlinge mit seinem veränderten Verhalten.
Beim Hofgang ging er stur seine Runden und
wenn ihn jemand ansprach, heulte er so laut
auf, dass der Ansprechende verstört wegging.
Nach ein paar Tagen schon schauten ihn die
Mithäftlinge nur von der Ferne an und warteten
auf ein Verhalten, mit dem sie wieder umgehen
konnten.

Als die Woche rum war, kam Viktor wieder zu Herrn Fröhlich. Während er ihm die rechte Hand zum Gruß reichte, winkte Viktor mit der linken ab und schüttelte den Kopf.

„Nein, nein, nicht schön."

„Wollen Sie sich nicht erst mal setzen?"

Mit einem tiefen Seufzer schob sich Viktor seinen Rollstuhl zurecht und setzte sich.

„Evi ist tot. Das ist nicht schön. Sie ist einfach gestorben. Dann war sie tot."

Wiederum seufzte Viktor. Endlich hatte er ausgesprochen, was er seit Jahren verdrängt hatte. Seine geliebte Evi, der Sinn seines Lebens, war tot.

„Wie ist sie denn gestorben."

„Sie hatte Magenkrebs. Dabei geht das doch gar nicht. Sie hat doch immer so auf ihre Gesundheit geachtet. Sie hat doch nur gesunde Sachen gegessen: Gemüse, so Spezialkörner, Kräutertee. Ihre Süßigkeiten waren Vollkornkekse und Datteln. Ich hingegen hab doch gerne mal zuviel Pommes mit Mayo gegessen. Ich habe gelegentlich geraucht und mal ein Schnapserl getrunken. Sie hat doch immer alles richtig gemacht gemacht. Ich versteh das nicht."

„Das kann man nicht verstehen. Das ist ungerecht, aber es ist so."

„Verstehen Sie, alles war weg. Alles, wofür es sich zu leben gelohnt hat. Ihr zuliebe hab ich mich meistens gesund ernährt. Aber das ist sinnlos geworden."

„Warum das?"

„Warum? Ja, weil es sinnlos ist. Sie ist ja doch gestorben, obwohl sie sich gesund ernährt hat. Also!"

„Das ist doch nicht zwangsläufig so. Nicht jeder,

185

der sich gesund ernährt, stirbt gleich."

„Aber Evi ist gestorben. Und sie war gesund."

„Kann es nicht sein, dass Evi einfach krank war? Ich meine, es gibt doch bei Krebs auch eine genetische Komponente. Außerdem sind noch nicht alle Ursachen für Krebs erforscht. Bei Ihrer Frau lag es vielleicht an einer Ursache, die unbekannt ist."

„Weiß nicht."

„Also ich würde nicht vom gesunden Essen auf den Magenkrebs schließen. Außerdem haben Sie schon mal an die Möglichkeit gedacht, dass Ihre Frau vielleicht schon ein paar Jahre früher erkrankt wäre, wenn sie sich nicht so gesund ernährt hätte?"

„Hä? Dann, dann ... Keine Ahnung. Noch früher? Aber dann wäre sie ja noch jünger."

„Ja. Vielleicht hat ja die gesunde Ernährung geholfen, dass sie so lange gelebt hat."

„Weiß nicht."

„Haben Sie denn damals mit dem Arzt gesprochen."

„Natürlich hab ich mit dem Arzt gesprochen. Das macht doch jeder."

„Und? Haben Sie in Erinnerung, was er damals gesagt hat?"

„Das ist doch so lange her. Dass sie sehr krank ist, hat er gesagt."

„Und zur Ernährung, hat er da was gesagt?"

„Weiß nicht. Keine Ahnung."

Herr Fröhlich ließ Viktor ein paar Minuten Zeit zum Nachdenken. Dieser schaute stumm aus dem Fenster, wobei er immer wieder den Kopf schüttelte.

„Nein, ich weiß wirklich nicht, was der Arzt damals gesagt hat."

„Wie ging es denn damals Ihrer Tochter?"

„Hildegard? Ja, das weiß ich nicht. Sie hat immer geweint, glaub ich. Sie war nach dem Tod viel in ihrem Zimmer. Und davor war sie immer bei Evi. Also wenn sie nicht im Krankenhaus war."

„Wie alt war Hildegard denn bei dem Tod von Evi?"

„Äh, ich glaub vierzehn, nein fünfzehn, oder? Ich weiß das nicht mehr. Auf die hab ich doch gar nicht geachtet. Naja, sie ging noch zur Schule."

„Sie waren damals wohl sehr mit sich selbst beschäftigt."

„Hä?"

„Ja, Sie erinnern sich nicht mehr an Ihre noch sehr junge Tochter."

„Äh, das ist doch normal, oder."

„Nicht unbedingt. Jeder verhält sich anders. Und Sie haben Ihre Tochter übersehen. Herr Renner, wir könnten jetzt gut weiterreden, aber die Stunde ist um. Sie haben ja genug zum Nachdenken bis nächste Woche."

Wieder verging eine Woche mit viel Grübeln, Weinen, Zweifeln und Kämpfen gegen das Verdrängen. Dann saß Viktor wieder bei Herrn Fröhlich.

„Die Sache mit Hildegard war so: Ich musste ja dann das Essen einkaufen. Und ich habe viel Fertiggerichte gekauft, also ich habe nur Fertiggerichte gekauft, weil ich nicht kochen kann. Hildegard hat sich immer wieder beschwert, dass das nicht gesund sei. Dann habe ich gesagt, wenn ihr das Essen nicht passt, soll sie sich selber was kochen. Ich habe ihr das Taschengeld erhöht und dann haben wir immer zu getrennten Zeiten gegessen. Ich wollte kein Grünzeug mehr sehen und sie verweigerte ja die Fertiggerichte.

Dann war da noch das mit der Schule. Ich wollte auf keinen Fall, dass sie so wird wie Evi. Ich habe ihr eine Lehrstelle in meiner Bank besorgt. Da war ich sicher, dass sie wenigstens nicht wie ihre Mutter Gesundheit zum Beruf macht."

„Was für einen Beruf hatte sie denn?"

„Ernährungsberaterin, genau das, was Hildegard jetzt lernt. Naja, meine Erziehung hat halt versagt. Sie wissen ja sicher aus meinen Unterlagen, ich war damals noch Filialleiter und ich dachte, das sei auch was Vernünftiges für sie. Aber dafür hätte ich wahrscheinlich Filialleiter bleiben sollen."

„Warum sind Sie es nicht geblieben?"

„Ich hatte die Nase voll von den Leuten. Alle hatten nur ihre kleinen Problemchen. Kunden, die ihren Dispokredit überzogen haben, Mitarbeiter, die alle gleichzeitig Urlaub machen wollten, eine Sekretärin, die Bemerkungen über meine Kaffeestückchen machte. Irgendwann war mir das alles zuviel. Keiner hat sich um das Wesentliche gekümmert, wofür eine Bank doch da ist, nämlich Geld verdienen, gut anlegen, Werte steigern. Alle dachten nur an ihre kleinen Problemchen. Da habe ich alles hingeschmissen und hab mich selbständig gemacht. Ich habe mich einfach nur um mein Geld gekümmert. Da hat mir keiner blöd reingequatscht. Ich habe gemacht, was ich für richtig gehalten habe und habe richtig viel Geld verdient. Das können mir nicht mal die Finanzfuzzis abnehmen, nicht mal nach dem Urteil, das sie mir gemacht haben. Ich war richtig gut."

„Und Ihre Tochter?"

„Ach die, für die war es blöd. Sie war noch mitten in der Lehre und sie musste die Lehre allein fertig machen. Ich war ja nicht mehr da. Aber sie hat es gut gemacht. Sie hat danach noch ein paar Jahre in der Bank gearbeitet. Ich versteh gar nicht, warum sie gekündigt hat. Ich war halt doch kein wirklich gutes Vorbild, als ich gekündigt habe. Das hat sicher abgefärbt."

„Kann es nicht sein, dass sie die ganze Zeit den Wunsch hatte, in die Fußstapfen ihrer Mutter zu treten?"

„Jetzt bin ich klüger. Ich hätte sie vielleicht fragen können. Aber das wollte ich nicht. Ich hab einfach nicht gefragt. Sie denken von mir, ich bin ein selbstsüchtiger, gieriger Egoist, stimmt's?"

„Ich denke, das waren Sie. Aber Sie müssen es ja nicht bleiben. Vielleicht verlassen Sie in zwei Jahren das Gefängnis als feiner, mitfühlender Mensch."

„Also dahin wollt ihr mich umerziehen."

„Haben Sie nicht selber vor kurzem als Behandlungsziel genannt, dass Sie von Ihrer Gier loskommen wollen?"

„Aber da muss ich doch nicht zwangsläufig ständig auf Hildegard schauen."

„Sie entscheiden, was geschieht."

„Ich dachte, es geht ums Essen, dass ich weniger essen soll."

„Es geht ums Denken, es geht darum, was Sie über das Essen denken und dass Sie es als gute Möglichkeit ansehen, sich gesund zu ernähren, obwohl Ihre Frau gestorben ist. Sie müssen nicht mehr gegen ihren Tod mit Fressen demonstrieren. Sie dürfen etwas Neues denken und neu handeln."

Wo sollte das bloß hinführen?

Die Therapiesitzungen wurden immer reichhaltiger. Viktor dachte so viel Neues, so viel Anderes als früher. Sollte sein Leben wirklich einen anderen Sinn bekommen als Essen?

13. MESSBARE VERÄNDERUNG

Anderthalb Jahre Haft waren anderthalb Jahre Diät. Die Spuren wurden sichtbar. Die Hosen, die Viktor trug, wurden von einer Schnur gehalten, die er immer enger schnürte.
Inzwischen schlabberten die Hosen aber so sehr, dass Viktor sich neue, engere Hosen wünschte.
Überhaupt veränderte sich sein Leben. Viktor ließ sich schon seit längerer Zeit nicht mehr in seinem Rollstuhl schieben. Stattdessen schob er den Rollstuhl selber und nutzte ihn nur noch deshalb, weil er sich doch nicht auf die leichten Stühle des Staates setzen durfte.
In der Zelle störte ihn schon der Rollstuhl. Mit einem normalen Stuhl hätte er mehr Platz, was ihm wichtig wurde, weil er tatsächlich mehrmals täglich seine Papiere zum Tisch holte und wieder wegbrachte.
Manchmal ging er auch in der Zelle die drei Schritte auf und ab, weil er Lust auf Bewegung hatte. Was für eine Veränderung?
An seinem monatlichen Ausgang kam Viktor wieder zu Dr. Metzger.
Erfreut bemerkte dieser die Veränderung an Viktor und rief nach einem Blick auf das Messergebnis laut auf.
„Sie haben es geschafft. Sie wiegen jetzt 173 Kilo. Damit sind Sie schon ein normal Übergewichtiger. Wenn Sie wollen, können Sie wieder auf den normalen Stühlen sitzen. Ich gebe der Gefängnisleitung Bescheid."
„Bin ich dann jetzt fertig mit der Diät?"
„Nein, das nicht. Abnehmen müssen Sie noch weiter. Aber das ist doch schon ein bedeutsamer

Meilenstein, über den ich mich als Ihr behandelnder Arzt sehr freue."

„Schade. Ich dachte schon, ich bin fertig."

Am nächsten Tag nahm Viktor das Angebot an, den Rollstuhl in seiner Zelle durch einen normalen Stuhl zu ersetzen. Er genoss den größeren Freiraum und wenn er es mal gemütlich haben wollte, dann hatte er ja noch das Bett. Das wollte er nicht austauschen, obwohl ihm auch das angeboten wurde.

Das bedeutete jetzt aber auch eine einschneidende Veränderung bei den Hofgängen. Er hatte keine Stütze mehr beim Gehen. Auf dem Weg von der Zelle zum Hof versuchte er sich an der Wand abzustützen, was sehr schwierig war, da ja stets eine Zellentür geöffnet wurde, um wieder einen Häftling rauszulassen.

Um nicht erneut direkt hinter der schweren Stahltür zu stehen, versuchte sich Viktor am nächststehenden Häftling abzustützen. Es war Josef. Doch kaum hatte Viktor ihn an der Schulter berührt, schon schrie er auf.

„He, runter von mir. Ich bin doch nicht dein Krückstock."

Schnell drehte sich Josef weg und Viktors Hand fiel ins Leere. Auf eine lebendige Stütze konnte er sich also nicht verlassen. Alternativ stemmte Viktor jetzt die Hände in die Hüften, aber das war auch nicht ganz die Stütze, die er sich vorgestellt hatte.

Auf einmal kam ihm das Bild eines Seniorenwohnheims in den Sinn, das er vor kurzem in einem Bericht im Fernsehen gesehen hatte. Da hielten sich die alten Leute im Flur an einer Stange fest. Das wünschte er sich auch.

Als die letzte Zellentür geschlossen war und der Weg nur noch zur Außentür führte, keuchte Viktor:

„Herr Schließer?"

„Ich habe auch einen Namen."

„Herr Breitner, ich hätte mal eine Frage."

Viktor lehnte sich an der Wand an und atmete tief durch.

„Können Sie uns nicht erst raus lassen. Wir wollen doch nicht alle Schwerverbrecherfragen hören."

Die Bemerkung überhörte Herr Breitner, aber auf den Wunsch ging er ein. Er sperrte die Tür zum Hof auf, ließ alle Häftlinge raus, drängte auch Viktor raus, welcher wiederum von draußen an der Wand anlehnend zuschaute, wie Herr Breitner die Tür schloß.

„So, jetzt. Was haben Sie für eine Frage?"

„Sagen Sie, gibt es eigentlich auch Seniorengefängnisse?"

„Sie meinen die lebenlängliche Sicherungsverwahrung. Die gibt es und dort geht es zu wie in einem Pflegeheim. Alle müssen ihre Medikamente schlucken. Viele brauchen einen Rollator oder Rollstuhl und manche bleiben sowieso den ganzen Tag im Bett liegen. Ich hatte mal überlegt, ob ich mich dort bewerben sollte, aber als ich das angeschaut habe, hat es mir gar nicht gefallen.

Ach, Sie hätten da hingewollt, weil es dort auch Pfleger gegeben hätte und sie das Rollstuhlschieben gewöhnt sind.

Ach nein, Herr Renner, das wäre nichts für Sie. Da sind lauter Triebtäter. Hier sind Sie mit ihrer Steuerhinterziehung mehr unter ihresgleichen."

„Darauf hat mich der angemalte Polak auch schon hingewiesen, obwohl ich mit dem nicht auf eine Stufe gestellt werden will."

„Tja, die Einteilung wird mehr nach Straftat und Haftdauer gemacht. Glauben Sie mir, Herr Renner, Sie sind hier richtig eingeteilt."

„Aber könnte man dann nicht wenigstens so Griffe und Stangen zum Festhalten an die Wände machen. Das wäre viel leichter."

„Ich glaube, das geht zu weit. Es wurde doch schon extra Ihre Zelle und ein Teil des Duschraumes für Sie umgebaut. Ich denke das reicht. Ich kann ja mal mit dem Chef reden, aber ich glaube, das ist dann weniger Sicherheit für sonst."

„Und was mach ich?"

„Geht das nicht so? Sie sind doch schon über eine Woche ohne Rollstuhl. Das geht doch."

„Aber wie?"

„Na ja, setzen Sie sich auf die Bank. Wir können ja in nächster Zeit mal ein Auge zudrücken. Dann scheuchen wir Sie halt nicht so rum."

Die restliche Zeit des Hofgangs verbrachte Viktor auf der Bank, die verhätnismäßig nah an der Tür stand. Schon die Tage zuvor, saß er recht lange auf dieser Bank, um sich von dem Weg aus seiner Zelle auszuruhen. Nachher ging es ja wieder denselben Weg zurück.

Sollte das leichter gehen, wenn er noch mehr abnähme? Vielleicht hätte er dann auch eine freie Entscheidung, ob er sitzen oder stehen wollte? Jetzt hatte er diese Entscheidung ja nicht. Seine Erschöpfung gab ihm vor, was er zu tun hatte.

Viktor gefiel die Idee, leichter zu sein. Ihm kam in den Sinn, wie sportlich er früher war, als er Evi kennengelernt hatte. Er erinnerte sich an weite Spaziergänge, lange Radtouren. Ob er das jemals wieder machen könnte? Schön wär's.

Mit diesen Gedanken spazierte er ein paar Mal um die Bank. Das reichte für den Anfang.

In der nächsten Zeit entwickelten die jüngeren Häftlinge ein neues Spiel. Toni machte nicht mit, schaute aber oft zu.
Immer wenn Viktor sich auf den Weg zu einer Bank machte, rannten sie mindestens zu dritt hin und setzten sich.
„Tut mir leid, Alter. Es ist besetzt. Du musst zu einer anderen Bank."
Kaum keuchte Viktor vor der nächsten Bank, saßen die jungen Männer wieder dort und versperrten den Sitzplatz. Ein Vollzugsbeamter sah das und rief:
„Wehe euch, wenn der hinfällt. Dann hebt ihr ihn wieder auf."
Und so lautete die vorletzte Spielregel: wenn Viktor droht umzufallen, machen ihm alle Platz.
Das gemeine Spiel machte aber weiterhin Spaß. Aber dann fingen die Sprüche an.
„Gell, das ist anstrengend, so ein Marathon."
„Schwipp, schwapp, macht der Bauch."
„Schwerverbrecher haben's schwer."
„Du hast deinen Rollstuhl vergessen."
Mit immer neuen Sätzen versuchte einer den anderen zu übertrumpfen. Von der Torte war aber schon lang nicht mehr die Rede.

Seit Hildegard fluchtartig ihren eigenen Unterricht verlassen hatte, waren schon über fünf Monate vergangen. Für Viktor war es die lehrreichste Zeit überhaupt und auch für Hildegard war es ein wichtiger Lebensabschnitt. Mit Bravour beendete sie ihr Studium als Ökotrophologin. Stolz hielt sie ihr Zeugnis in den Händen. Gerne würde sie es irgendjemand zeigen. Aber ihr Vater saß ja im Gefängnis und so klar war die Aussöhnung noch nicht.

In den letzten Monaten sprachen sie nicht miteinander. Lediglich über Mitteilungen durch das Justizvollzugspersonal erfuhren sie etwas voneinander. Hildegard mied den Kontakt aus Angst, sie würde sich so stark über ihn aufregen, dass sie sich nicht auf ihre Abschlussprüfungen hätte konzentrieren können.

Es schien ihr unpassend, beim ersten Wiedersehen das Zeugnis zu zeigen. Er würde, statt sie zu loben, sicher nur schimpfen, dass ihn dieses Studium in seine Misere reingeritten hätte. Durch so etwas wollte sich Hildegard nicht die Laune verderben lassen.

In Gedenken an ihre Mutter, die selber Ökotrophologin war, würde sie später ihr Zeugnis neben ihr Bild legen. Sie hätte sich bestimmt gefreut.

Aber da war noch Frau Süss. Als Hildegard ins Haus kam, hatte sie gar nicht gemerkt, dass Frau Süss vor ihr auf der Leiter stand und Fenster putzte. Ein leises Stöhnen verriet sie.

„Ach, hallo Frau Süss, ich habe Sie gar nicht bemerkt."

„Das tun Sie sonst auch nicht."

„Ich habe heute mein Examen bestanden. Ab jetzt kann ich als Ernährungsberaterin arbeiten. Ist das nicht schön?"

Frau Süss putzte weiter.

„Haben Sie nicht gehört. Ich kann ab jetzt als Ernährungsberaterin arbeiten. Das ist doch schön, oder?"

„Ich bin nicht taub. Ich habe Sie gehört. Aber ich weiß nicht, was daran schön sein soll."

Endlich schenkte Frau Süss Hildegard ihre

Aufmerksamkeit. Sie stieg die Leiter herunter, schaute geringschätzend auf das Zeugnis und fuchtelte mit ihrem Lappen in der Luft.

„Sie haben doch schon einen Beruf. Sie sind doch Bänkerin. Da hätten Sie doch die letzten vier Jahre ganz normal Geld verdienen können. Das ist auch ein Beruf, den man braucht. Aber Ernährungsberaterin. Als ob mir jemand sagen sollte, wie ich mich ernähre. Das ist ganz einfach. Mund auf, Essen rein, kauen und runterschlucken. Da brauch ich keine Beratung. Das ist alles Blödsinn. Heißt das, Sie erklären ab jetzt noch mehr Menschen, was Sie Ihrem Vater einreden, dass man keine Freude am Essen haben darf. Was soll man sonst noch für eine Freude haben? Ich versteh nicht, was an einem Beruf schön sein soll, bei dem man anderen Leuten die Laune verdirbt."

„Frau Süss, Sie werden nie verstehen, worauf es ankommt."

„Doch. Mein Beruf besteht darin, anderen Menschen eine Freude zu machen."

„Nicht für jeden sind saubere Fenster die größte Freude."

„Ich mache ja noch viel mehr. Außerdem geh ich regelmäßig ins Gefängnis, um Ihren Vater zu besuchen. Aber die Frau Studentin hat ja keine Zeit für sowas. Außerdem darf ich morgen zu einem Extratermin kommen."

„Warum schauen Sie so komisch? Soll ich Sie jetzt fragen, was das für ein Extratermin ist?" Frau Süss schaute Hildegard erwartungsvoll an und schwang unterstützend ihren Putzlappen.

„Also gut. Was ist der Extratermin?"

„Ihr Vater hat mich, nicht irgendjemand, sondern mich darum gebeten, ihm neue Hosen und Hemden zu nähen und morgen soll ich Maß nehmen."

„Aha."

„Das meine ich. Ich bereite Ihrem Vater eine Freude, damit er wieder gut gekleidet ist. Sie verbieten nur alles."

„Ich finde es gut, dass Sie ihm neue Sachen nähen. Das ist doch toll. Hat er sich das gewünscht oder hat das jemand vom Gefängnis gesagt?"

„Nein, er selber wollte das. Er hat gesagt, er will wieder gut aussehen. Und dafür braucht er neue Hosen. Und er hat gesagt, er weiß, dass ich das besser kann als ein Schneider. Ich habe ihm ja früher schon immer die Sachen genäht."

„Das heißt also, er akzeptiert jetzt, dass er dauerhaft dünner ist."

Frau Süss schaute Hildegard mit großen Augen an.

„Ich kann es ihm ja wieder weiter machen, wenn er wieder zunimmt."

„Nein, nein, nähen Sie die Hosen ganz eng. Er wird nicht zunehmen."

„Woher wollen Sie das wissen?"

„Er hat doch noch fast zwei Jahre kontrollierte Diät vor sich."

„Und wenn er wegen guter Führung früher entlassen wird?"

„Das wird nicht passieren. Dafür werde ich sorgen. Es sei denn, er wiegt plötzlich unter achzig Kilo. Aber das kann ich mir nicht vorstellen."

„Na, so wenig wie er zu essen kriegt, kann das schon passieren. Mein Gott, da müssen wir aufpassen."

„Bis dahin dauert es ja noch ein wenig. Und dann können wir Hosen von der Stange kaufen. Die passen dann ja wieder."

Das Gesicht von Frau Süss verfinsterte sich.
„Oder Sie nähen nochmal neue Hosen. Sie
können das ja besser als ein Schneider."
Frau Süss schaute immer noch misstrauisch.
Wollte Hildegard sie gerade überflüssig machen?
Sie konnte ihr doch nicht noch den letzten Sinn
rauben.
Lächelnd drehte sich Hildegard mit ihrem
Zeugnis um und ging nach oben in ihr Zimmer.
Frau Süss schaute ihr verunsichert nach.
Hildegard konnte schon sehr gemein sein, wenn
sie raushängen ließ, dass sie die Arbeitgeberin
war.
Dabei waren die Sorgen von Frau Süss ernst
gemeint. Sie hatte Angst davor, dass Herr
Renner zuviel abnehmen könnte. Sie hatte das
ja schon einmal vor vielen Jahren bei ihrem
Mann erlebt.
Er hatte Lungenkrebs. Man hatte ihr gesagt,
das kam davon, dass er soviel geraucht hatte
und in einer Autolackiererei gearbeitet hatte. Er
hatte sogar zugegeben, dass er die Schutzmaske
nicht immer getragen hatte.
In den letzten zwei Jahren war er immer dünner
geworden bis er zum Schluss nur noch Haut
und Knochen war. Frau Süss hatte ihm zwar
immer etwas gekocht, alle Lieblingsspeisen, die
er je hatte. Aber er war ständig appetitlos.
Schließlich starb er, weil nichts mehr an ihm
dran war.
Sie war danach so froh, in Viktor Renner einen
guten Esser gefunden zu haben, der sich
dankbar über alles freute, was sie ihm vorsetzte.
Er sollte doch nicht genauso enden wie ihr
Mann.

Am nächsten Morgen stand Frau Süss früh auf

und packte ihre Tasche. Sie wollte nichts vergessen, damit sie auch wirklich am Nachmitttag mit dem Nähen anfangen konnte. Sogar ein paar Stoffproben und ein paar Seiten aus Herrenmodekatalogen nahm sie mit. So könnte sie bequem die Details der zukünftigen Kleidungsstücke besprechen.

Wie vereinbart stand sie um halb zehn vor der Gefängnispforte. Sie war aufgeregt, obwohl sie seit anderthalb Jahren mindestens vierzehntägig zu Besuch kam.

Aber da mussten sie immer am Tisch sitzen, der seit dem Schokoriegelschmuggel in der Mitte ein Trennbrett hatte, damit man sich ja nicht berühren konnte. Nicht einmal zum Gruß durften sie sich die Hand reichen. Der Schokoriegel, der damals auf den Boden fiel, machte die Wärter gerade bei ihr besonders vorsichtig.

Heute war anfassen erwünscht. Sollte sie ihm vielleicht bei dieser Gelegenheit etwas Leckeres zustecken? Besser nicht, sonst gäbe es beim Erwischtwerden wieder ein längeres Kontaktverbot und irgendein gefühlsloser Schneider würde ganz häßliche Hosen nähen. Herr Renner hatte auch gesagt, dass er schon viel besser mit der Diät zurechtkäme. Frau Süss wollte kein Risiko eingehen.

Wie bei dem Besuch mit dem Schokoriegel, war auch diesmal der Aufpasser Welker da. Das war ein besonders guter Aufpasser fand Frau Süss. Bei ihm traute sie sich nicht zu widersprechen. Er führte sie in die Besuchergarderobe und sagte hämisch:

„Heute ist die Kontrolle besonders wichtig. Sie wissen ja, Ihnen traue ich alles zu. Also los Jacke ausziehen, Ärmel ausschütteln."

Frau Süss kam sich richtig dämlich vor, wie ein Schulkind, das beim Stehlen erwischt wurde. Naja, immerhin fasste er sie nicht an. Aber sie musste zeigen, dass sie in der Rocktasche nur ein Taschentuch hatte und sonst keine Tasche an der Kleidung besaß.

Dann war die Tasche dran. Das war eine längere Untersuchung. Schließlich war die Tasche randvoll. Vorsichtig holte Frau Süss alle Sachen heraus und breitete sie auf dem Tisch aus.

Herr Welker fasste alles an und brachte die Ordnung von Frau Süss durcheinander, die beim Zuschauen ihren inneren Ärger mit geballten Fäusten und zusammengekniffenen Lippen festhielt. Beim Anblick der Modekataloge konnte der Vollzugsbeamte sich ein deutliches „Aha" nicht verkneifen. Was bedeutete dieses „Aha"? Wollte er darüber spotten, dass sie diese Modelle ausgesucht hatte? Wollte er etwa sagen, dass Herrn Renner diese Sachen nicht passen würden?

Natürlich waren auf den Fotos nur schlanke, sportliche Männer zu sehen. Aber es gab ja keine anderen Fotomodels. In den Katalogen werden nie normale Männer abgebildet.

Frau Süss blieb gar nichts anderes übrig, als Bilder von so unrealistischen Männern mitzunehmen. Aber sie verstand ihr Handwerk. Sie wusste genau, worauf es bei den Fotos der Hosen ankam und sie konnte die gewählten Details auf die wahre Hosengröße anpassen.

Der Aufpasser brauchte gar nicht so zu grinsen. Nachdem Herr Welker noch die leere Tasche ausschüttelte und die Seiten abtastete sagte er: „Passt schon. Hier der Korb für die Sachen zum Reinnehmen."

Er stellte Frau Süss einen häßlichen offenen

Plastikkorb hin. Es widerstrebte ihr, die schönen Stoffmuster und die anderen wertvollen Utensilien in so einem häßlichen Korb zu tragen. Aber es musste halt sein. Wortlos packte Frau Süss die nötigen Sachen hinein, während Herr Welker den Rest in den Schrank stellte. Dann klapperten die Schlüssel und endlich ging es ins Besucherzimmer.

Dort wartete Viktor schon in Unterwäsche. Auf den Tisch hatte er einen Stapel Hosen gelegt. Er selbst saß daneben auf einem Stuhl und zupfte in der Wartezeit am Gummiband der obersten Hose.

Sobald er Frau Süss begrüßt hatte, fing er schon an:

„Da, schauen Sie mal, so schauen alle meine Hosen aus."

Er faltete die oberste Hose auseinander, zog am Gummiband und ließ es zusammenziehen, sodass man besonders gut die Faltenbildung erkennen konnte. Es sah aus wie eine Hose für Erwachsene, die ein Kleinkind tragen sollte. Auch bei den anderen Hosen deutete er missmutig auf die Falten am Gummiband.

„Ja, das geht wirklich nicht."

Frau Süss schaute zuerst auf die Hosen, doch dann musterte sie ausgiebig Viktor.

„Ich dachte, Sie sind noch dünner geworden. Alle haben doch gesagt, Sie haben so viel abgenommen."

„Genaugenommen soviel wie Sie als Ganzes wiegen."

„Ach, Sie wissen doch gar nicht, wieviel ich wiege. Und wenn Sie was anhaben, sieht man das nicht so genau. Ich bin ja so froh, dass da noch was dran ist."

Liebevoll strich sie ihm über den Oberarm, sodass das schlabbrige Gewebe wackelte. Sie fühlte die Fettpolster sehr gerne. Herr Welker schüttelte bei dem Anblick den Kopf.

Danach stellte Frau Süss den Korb auf den Tisch. Bis jetzt hatte sie noch gar keine Gelegenheit, ihn abzustellen. Dann setzte sie sich auf den zweiten Stuhl. Jetzt war sie mit Viktor auf Augenhöhe.

„Schauen Sie, was ich Ihnen mitgebracht habe."
Sie packte die Stoffmuster und die Katalogseiten aus.

„Und? Was gefällt Ihnen am besten."

„Ich dachte, Sie nähen einfach nur die alten Hosen etwas enger."

„Meinen Sie wirklich?"

Frau Süss schaute Viktor enttäuscht an. Sie hatte sich doch so auf die neuen Sachen gefreut.

Um gezielt nach Beweisen zu suchen, dass Viktors Idee falsch sei, nahm sie die oberste alte Hose in die Hand, drehte und zerrte ein bisschen am Stoff. Schon zeigte ein kleiner Riss, dass sie Recht hatte.

„Sehen Sie, der Stoff von den alten Hosen ist doch schon ganz kaputt. Die Hosen fallen doch schon beim Anschauen auseinander. Schauen Sie, ich habe extra schon nach schönen Stoffen geschaut und ein paar Proben mitgenommen, die Ihnen sicher gefallen. Da, der blaue, der wirkt doch richtig elegant und fassen Sie mal an. Fühlen Sie, wie weich der ist? Als zweites dachte ich an diesen blaugrauen Stoff mit Anthrazit. Davon würde ich Hose und Jacke machen. Das steht Ihnen richtig gut. Und neue Hemden brauchen Sie auch. Da dachte ich an diese zwei Stoffe mit den feinen Streifen. Das macht eine schöne Figur. Soll ich Ihnen nicht auch noch neue Unterwäsche nähen? Schauen Sie, das was Sie anhaben, hängt so schlaff herunter."

Sie zog mit einer Hand das Unterhemd vom Körper weg und schob mit der anderen Hand den Stoff glatt an den Körper heran.

„Schauen Sie, um soviel könnte man das Hemd enger machen."

„Ja, wenn Sie meinen. Sie scheinen sich ja schon viel mehr Gedanken gemacht zu haben als ich. Und wahrscheinlich haben Sie recht. Herr Fröhlich hat gemeint, wenn ich mich innerlich verändert habe, soll ich mich ruhig auch äußerlich verändern. Die Stoffe sind schön, machen Sie das. Wollen wir Maß nehmen?"

„Aber wir müssen doch zuerst über die Schnitte reden. Schauen Sie, ich habe Ihnen hier ein paar Bilder mitgebracht."

Viktor schaute auf die schlanken Fotomodels.

„Haben Sie wirklich sowas mit mir vor?"

„Nein, das ist natürlich unrealistisch. Aber schauen Sie wegen der Hosentaschen und den Knöpfen. Ich kann es so oder so oder auch so machen."

Sie zeigte auf drei verschiedene Bilder. Viktor zuckte die Schultern. Eigentlich war es ihm egal, Hauptsache die Kleider passten. Er wusste gar nicht, dass sich Frau Süss so sehr um Kleiderfragen kümmerte. Wie sah sie eigentlich aus?

Das erste Mal schaute Viktor darauf, was Frau Süss anhatte. Es war ein enger Rock und eine Bluse mit aufgedruckten Blumen. War das Absicht? Wollte sie damit schön sein? Viktor wusste gar nicht, ob ihm die Kleidung seiner

Haushälterin gefiel. Früher hatte er nie darauf geachtet. Warum sollte er jetzt damit anfangen? Warum musste sie ihn überhaupt mit so Details belästigen?

„Hauptsache, die Sachen passen. Sie wissen doch besser, welche Knöpfe oder Kragen ich brauche. Hier achtet doch eh niemand drauf."

„Das glaub ich nicht. Außerdem freue ich mich, wenn ich zu Besuch komme, dass Sie schön aussehen."

„Ja? Ist das wichtig?"

Frau Süss schaute etwas irritiert.

„Schon."

„Und ich werde dann nicht so ein eitler Fratz wie der angemalte Polak oder der italienische Oberaffe?"

„Nein. Ich mach das doch alles ganz elegant. Sie sollen wieder aussehen wie ein richtiger Bänker. Alle sollen staunen."

„Wollen Sie mir einen Anzug nähen?"

„Nein, nur diese eleganten Freizeitanzüge, sehen Sie hier auf den Bildern. Einen Anzug brauchen Sie erst bei der Entlassung. Aber da nähe ich Ihnen einen ganz schönen. Ich habe mir das alles schon genau überlegt."

Die Genauigkeit, mit der Frau Süss sein äußeres Erscheinungsbild geplant hatte, erschreckte Viktor ein wenig. Auf der anderen Seite wollte er sich ja verändern und irgendwem musste er sich ja anvertrauen. Und früher hatte sie das auch alles ganz gut gemacht.

„Ja, gut. Aber jetzt nehmen Sie doch Maß."

Viktor wollte keine weitere Unterhaltung über Kleider. Das Thema überforderte ihn sichtlich. Er stand auf und sah Frau Süss erwartungsvoll an. Diese hängte zuerst ihr Maßband um den Hals, holte Zettel und Stift aus dem Korb und machte ein paar Notizen. Brauchten professionelle Schneider auch so lange? Vielleicht war es doch keine gute Idee, Frau Süss zu beauftragen Sie machte aus dem bisschen Nähen so eine große Sache.

Doch dann stand sie ebenfalls auf, sah Viktor von oben bis unten abschätzend an und zog ihr Maßband vom Hals runter.

Sie gab Viktor das eine Ende vom Maßband und sagte ihm wo er es festhalten sollte. Sie ging mit dem anderen Ende um seinen Körper herum, las die Zahl vom Maßband ab und notierte sie: Halsumfang, Brustumfang, Bauchumfang, Oberschenkelumfang, Armlänge, Beinlänge und was sonst noch nötig war.

Dann sah sie Viktor wieder an, ging hinter ihn und strich ihm am Hosenbund entlang bis sich ihre Fingerspitzen berührten. Sie spürte den Körper unter ihrem Arm, der von der Unterhose bedeckt war und die nackte Haut des Bauches über ihrem Arm. Es war sehr warm, irgendwie angenehm.

Dies war die erste Gelegenheit für Frau Süss einen Menschen an dieser Körperstelle zu berühren, sozusagen zwischen Bauch und Bauch.

Ihr Mann war immer sehr dünn und sie selber war auch eher schlank, obwohl sie schon seit ihren besten Tagen fünf bis zehn Kilo zugenommen hatte. Das reichte am Bauch zwar für eine Wölbung, nicht aber für einen so sehr wärmenden Zwischenraum.

War das Maßnehmen nur eine Ausrede für sie, denn in Wahrheit wollte sie immer schon wissen, wie sich ihr Arbeitgeber anfühlte. Jetzt wusste sie es.

„Wollen Sie den Hosenbund lieber unter dem

Bauch oder darüber?"

Das war die einzige Frage, mit der sie ihr Verhalten begründen konnte.

„So wie sie jetzt Ihre Hand halten, ist es am besten. Das Hemd kann ja etwas lockerer fallen."

Viktor hatte doch ein paar Vorstellungen wie seine Kleidung sein sollte, nämlich bequem. Irgendwie war er auch gespannt darauf, was Frau Süss, ihm in zwei Wochen mitbringen würde. Vorerst sollte er wieder die schlabbrigen Hosen in seine Zelle zurücknehmen.

Für Herrn Welker war das ganze Maßnehmen ein skurriler Anblick. Er konnte es nicht begreifen, wie begierig diese Frau in die Fettpolster des dicksten Häftlings griff, den er je beaufsichtigt hatte. Immer wieder schüttelte er staunend den Kopf und war froh, dass die beiden so mit sich beschäftigt waren, dass sie ihn nicht sahen.

Als er das Gefühl hatte, das Notwendige sei erledigt, beendete er die skurrile Zweisamkeit.

„So, dann hätten wir es ja geschafft. Sie können zusammenpacken, Frau Süss. Sie wollen doch sicher noch einkaufen."

„Ja."

Frau Süss schaute erschrocken auf, als hätte man sie aus den schönsten Tagträumen gerissen.

„Sie haben Recht. Ich muss noch schnell die Größe ausrechnen. Dann kann ich den Stoff einkaufen."

„Na, also, gut dass ich Sie daran erinnere."

Herr Welker forderte Frau Süss mit einer einladenden Geste auf, zusammenzupacken, was sie auch tat. Viktor schaute zu.

„Sie haben schöne Stoffe ausgesucht."

Viktor wollte vor dem Abschied noch etwas
Nettes sagen. Er war selbst erstaunt, da er doch
eigentlich die Ansicht vertrat „nicht geschimpft
ist genug gelobt".
Warum er gerade heute von dieser Regel
abwich, konnte er sich selbst nicht erklären.
Vielleicht würde er es mit Herrn Fröhlich
besprechen. Der wollte doch immer über
Neuigkeiten und Veränderungen reden. Das wär
doch mal was.
Viktor schaute ihr nach, als sie von Herrn
Welker zur Besuchergarderobe geführt wurde.
Sie würde ihm Veränderung bringen. Er klopfte
auf seine alten Hosen. Bald, sehr bald würde er
die Veränderung anfassen können.

14. DRAUSSEN VOR DER TÜR

Seit Tagen schon strahlte Hildegard über das
ganze Gesicht. Obwohl sie es normalerweise
nicht mochte, wenn Frau Süss geräuschvolle
Maschinen einsetzte, freute sie sich jetzt über
das Rattern der Nähmaschine.
Das Rattern bedeutete engere Hosen und engere
Hosen bedeuteten, dass sich ihr Vater mit der
schmaleren Figur abgefunden hatte.
Der Hauptgrund für ihre Freude war aber ihre
neue Arbeitsstelle. Anscheinend hatte Hildegard
in den letzten anderthalb Jahren einen großen
Eindruck auf Dr. Metzger gemacht. Er war es
nämlich, der ihr schon vor dem Examen von der
freiwerdenden Stelle im Klinikum erzählte und
sie dazu drängte, sich zu bewerben.
Nun war ihr erster Arbeitstag und sie durfte
sich mit ihrer neuen Aufgabe vertraut machen.
Etwa die Hälfte ihrer Arbeitszeit sollte sie auf
der Gastrologie verbringen, bei der Dr. Metzger
Oberarzt war. Das Spezialgebiet
beziehungsweise der Schwerpunkt dieser
Station war Adipositas. Die restliche Arbeitszeit
galt der Beratung von Patienten anderer
Stationen. Auch hier würde sie sich in erster
Linie um Adipositaspatienten kümmern. Das
sagte ihr schon beim Einstellungsgespräch die
Kollegin, die die Ernährungsfragen anderer
Patienten bevorzugte.
Hildegard durfte an ihrem ersten Arbeitstag bei
der Visite mitgehen. So könne sie am besten
ihre Patienten kennenlernen, meinte Dr.
Metzger.
Schon bei der ersten Patientin verschlug es
Hildegard die Sprache. Als letzte betrat sie bei

der Visite das Zimmer. Sie konnte sehen, wie die Patientin mithilfe der Fernbedienung den Bettrücken aufrecht stellte, sodass sie besser reden konnte. So ganz nebenbei erkannte Hildegard, dass die Patientin das Bett in der ganzen Breite ausfüllte. Dr. Metzger eröffnete das Gespräch.

„Guten Morgen, Frau Schönfeld. Haben Sie gut geschlafen?"

„Ja, sehr gut. Und das Frühstück war auch wieder sehr reichhaltig. Wissen Sie, gestern wurde ich doch gewogen, als ich hierher kam. Und ich wundere mich, dass ich fast gar nicht abgenommen habe."

„Genau."

Dr. Metzger nahm die Akte in die Hand und schaute von der Kurve zur Patientin.

„Also, Sie haben vor einem halben Jahr das Magenband bekommen. Die Operation haben Sie gut überstanden. Die Wunden sind sehr gut verheilt."

„Aber ich hätte doch abnehmen müssen."

„Schauen wir mal. Sie wogen vor der OP hundertvierundsiebzig Kilo. Gestern waren es hundertdreiundsiebzig. Das ist gerademal ein Kilo."

„Ja. Und vor der OP haben Sie gesagt, ich könnte bis zu fünfundzwanzig Kilo verlieren. Das versteh ich nicht."

„Normalerweise stellt sich bei einem Magenband früher das Sättigungsgefühl ein. Haben Sie das nicht bemerkt?"

„Doch. Und ich esse auch viel weniger als früher."

„Dann müsste man das auch beim Gewicht merken. Wieviel essen Sie denn am Tag?"

„Na, ganz wenig, so wie Sie es gesagt haben und

wie es auf dem Blatt steht, das Sie mir nach der OP gegeben haben. Zum Frühstück ein Müsli mit Obst, zum Mittagessen meistens nur eine Suppe und abends auch oft nur eine leichte Suppe. Ich versteh das nicht."

„Und zwischendurch?"

„Ab und zu mal einen kleinen Jogurt, aber mehr nicht."

„Und was trinken Sie?"

„Gar nichts. Ich hab noch nie was getrunken. Das wissen Sie doch."

„Ich meine nicht Alkohol, sondern ganz normale Getränke, Wasser zum Beispiel."

„Ach so. Ganz normal halt. Morgens einen Kaffee, mittags einen Saft, ab und zu mal eine Limo, abends Tee und zwischendurch auch mal einen Kakao, sonst nichts."

„Trinken Sie ihren Kaffee eigentlich schwarz?"

„Ach wo, das schmeckt doch gar nicht. Ich trinke lieber einen Cappuccino. Der ist cremiger und süßer."

„Und den Tee? Trinken Sie den ohne Zucker?"

„Ja, da gibt es so ganz leckeren Instanttee in verschiedenen Sorten. Der schmeckt auch ohne Zucker ganz süß."

„Ich hatte Ihnen doch nach der OP gesagt, es wäre gut, wenn Sie bei der Ernährungsumstellung auch den Zucker reduzieren."

„Ach wissen Sie, Herr Doktor, ich will doch nur abnehmen. Ich will doch nicht gleich auf alles verzichten, was schmeckt."

„Also, Sie bekommen heute im Verlauf des Tages noch eine ausführliche Ernährungsberatung und dann komm ich nochmal zum Blutabnehmen. Wir müssen nochmal auf ihren Diabetes schauen."

Sobald das Visiteteam wieder im Flur stand und die Tür zugemacht hatte, fragte Dr. Metzger: „Na, Frau Renner, was denken Sie?"

„Die hat doch gelogen. Die schüttet doch bestimmt massenhaft Sahne und Zucker in ihren Jogurt. Sonst würde sie doch niemals so dick bleiben."

"Da haben Sie sicher recht. Ihre erste Aufgabe wird es sein, die Wahrheit in Zahlen herauszufinden und dann zu überprüfen, ob die Patienten die Ernährungsratschläge überhaupt verstehen. Sehen Sie, das war jetzt gerade ein Standardgespräch. Viele unserer Patienten behaupten, fast nichts zu essen, obwohl sie fast alle Hosen sprengen. Sie haben es ja gehört, sie hat bei der Beratung vor sechs Monaten nicht verstanden, dass sie auch ihre Getränke ändern muss. Solche Gespräche sind jetzt ihre tägliche Arbeit."

„Ich dachte, nur mein Vater sei ein mühsamer Patient."

„Ihr Vater ist sogar ganz einfach. Da er in seiner Zelle keinen Zugang zu Naschsachen hat, haben wir bei ihm stetig Behandlungserfolge. Alle anderen Patienten gehen nach der Behandlung nach Hause und es bleibt eine spannende Frage, ob sie die Diätratschläge auch umsetzen. Hier haben Sie es gehört. Sie hat mit den flüssigen Kalorien selbst ihr Magenband überlistet."

Von Patientenzimmer zu Patientenzimmer erlebte Hildegard sehr ähnliche Gespräche. Auf was für eine Arbeit hatte sie sich da eingelassen? Jahrzentelang glaubte sie, ihr Vater sei der einzige stark übergewichtige Mensch. Nach dieser Runde durch die Station fragte sie sich, ob sie noch normal sei oder ob ihr Vater zur Mehrheit der Menschen gehörte.

Als sich Hildegard nach etwa einem Monat an ihren neuen Arbeitsplatz gewöhnt hatte, wollte sie wieder den Ernährungskurs im Gefängnis fortsetzen und sich natürlich mit ihrem Vater aussöhnen.
Eine Überraschung jagte die andere. Zuerst war Hildegard erstaunt, dass ihr Vater überhaupt mit einer Aussöhnung einverstanden war und auf den ersten Terminvorschlag einging.
Als zweites blieb das große Donnerwetter aus, das sie im Besucherzimmer sonst immer erhalten hatte. War das ihr Vater, den sie vor sieben Monaten unter Tränen verlassen hatte? War das der Mann, der sie stets beschimpfte, dass sie ihm die nahrungsarme Haftverschärfung eingebrockt hatte?
Nach den ersten Begrüßungsfloskeln und einer wortlosen Pause, stand Viktor auf.
„Hast du schon gesehen, wie gut mir meine neuen Sachen stehen? Frau Süss hat das echt gut gemacht."
Er streckte seinen Bauch raus, strich das Hemd glatt und drehte sich im Kreis, damit Hildegard alles genau sehen konnte.
Tatsächlich, wenn er so dastand, konnte man den Gewichtsverlust sehen.
„Du siehst wirklich besser aus."
Viktor setzte sich wieder und lächelte. Das verwirrte Hildegard, denn bisher nahm er einen Hinweis aufs Abnehmen nicht als Kompliment an.
„Ihr hattet Recht. Ich fühle mich tatsächlich wohler, seit ich leichter bin. Ich bin sogar stolz, dass ich von der Zelle bis hierher ohne Abstützen gelaufen bin."

Hildegard war sich dessen gar nicht bewusst, dass ihr Vater unter jahrelangem Bewegungsmangel litt.

„Wie ist das denn so, wenn du läufst? Ist das anders als Rollstuhlfahren?"

„Naja, ich komm schon noch außer Puste, bevor ich ankomme. Das war im Rollstuhl schon einfacher. Aber ich habe mir vorgenommen, soviel zu üben, bis ich genauso schnell wie die anderen im Hof ankomme. Dort stehen dann zum Glück ein paar Bänke herum. Und wenn ich weiterübe, ist es mir vielleicht auch egal, wenn die Idioten wieder mal mit Absicht die Bank besetzen."

„Aber da hast du noch einiges vor dir."

„Ja."

„Du weisst doch, dass ich jetzt eine Stelle als Ernährungsberaterin in der Klinik bekommen habe."

„Ja, ich habe es gehört. Du weißt, ich werde nie verstehen, was dir an dieser Stelle gefällt. Was soll daran schön sein, anderen Leuten das Essen auszutreiben? Aber ich nehme an, dir gefällt es."

„Ja, es ist sehr interessant."

„Naja, Hauptsache du bist zufrieden. Es war schön, dass du mal wieder hier warst, kommst du jetzt wieder öfter?"

Wie schon früher spürte Hildegard, wie ihr Vater nicht fähig war, sich für sie zu interessieren. Immerhin machte er keine vernichtenden Bemerkungen über ihren neuen Beruf und er fragte sie, ob sie wiederkäme. Das Gespräch wäre vor einem halben Jahr noch ganz anders verlaufen.

„Ja, ich wollte den Ernährungskurs wieder fortsetzen. Dann sehen wir uns wieder wöchentlich."

„In Ordnung."

In den Worten ihres Vaters glaubte Hildegard einen ekstatischen Freudensprung zu hören. Da sie seit Jahren kein positives Wort von ihm hörte, musste dieses „in Ordnung" ein Ausdruck des Jubels sein. Anders konnte sie es sich nicht erklären.

Hildegard war mit dem ersten Besuch seit sieben Monaten zufrieden. Ihr Kurs hatte gute Chancen, da ihr Vater ihr indirekt Unterstützung versprach. Und vielleicht könnten sie doch mal eines Tages auf einer Wellenlänge über Ernährung reden.

Alle freuten sich, als Hildegard wieder ihre Unterrichtsstunde eröffnete.

Schon auf dem Weg von den Zellen zum Gruppenraum zeigten sie ihre Freude. Als Toni seine Zelle verließ, musterte er Hildegard mit einem Lächeln von oben bis unten.

„Hallo, Hildegard."

„Hallo."

„Darf ich dir den Korb tragen?"

Den Rest des Weges wich er nicht von ihrer Seite.

Viktor betrat den Flur, begrüßte Hildegard und sagte:

„Schau mir ruhig zu. Ich schaffe den Weg heute schon ohne Festhalten."

Immer wieder überprüfte er, ob Hildegard auch sah, dass er ohne Festhalten und Abstützen den weiten Weg meisterte.

Vor der Tür zum Gruppenraum strahlte er voller Stolz seine Tochter an.

„Und? Hast du es gesehen? Alles ohne Festhalten, den ganzen Weg."

„Ja, Papa. Ich finde das toll."

Mehr noch als das Keuchen hörte Hildegard den Willen Viktors, wieder sportlicher zu werden. Es freute sie, dass all ihr Bemühen in den letzten anderthalb Jahren nicht umsonst war. Nein, mehr noch, es rührte sie zutiefst, dass ihr Vater doch eine Änderung seines Denkens durchgemacht hatte. Eine dicke Träne kullerte aus ihren feucht gewordenen Augen.

Im Gruppenraum schoben alle eifrig die Stühle und Tische so, wie Hildegard es mochte. Selbst Viktor tat so, als würde er helfen. In Wahrheit war er viel zu erschöpft, um mit anzupacken. Zumindest blockierte er niemanden und schimpfte nicht mehr so wie früher.

Kaum saßen alle, schon schauten sie Hildegard erwartungsvoll an.

„Ach Hildegard, wir sind so froh, dass du wieder da bist. Du glaubst ja gar nicht, wie trist das Leben hier drin ohne dich ist."

Karl konnte wie immer beim Anblick einer Frau nicht still sein. Selbst Josef wollte unbedingt noch seinen Satz loswerden. Er stand auf mit einer Karte in der Hand.

„Also, wir wollten uns alle noch bei dir entschuldigen, dass wir alle so blöd gelacht haben. Wir versprechen dir, wir tun das nie wieder. Da, alle haben unterschrieben."

Er streckte Hildegard ungelenk die Karte entgegen. Hildegard war gerührt. Die Karte kostete für Josef sicher einen Tageslohn. Sie nahm die Karte in die Hand und las in großen Buchstaben das Wort „Entschuldigung".

Darunter waren klein fünf Unterschriften gekritzelt. Leicht errötet schaute sie in die Runde.

Viktor errötete ebenfalls. Damit hatte er gar

216

nicht gerechnet. Die Spötteleien hatten in der letzten Zeit zwar nachgelassen. Niemand erinnerte ihn mehr an das Tortenereignis und das aktuelle Ärgern drehte sich nur um das Besetzen der Sitzbänke im Hof. Dennoch hätte er niemals mit einer schriftlichen Entschuldigung gerechnet.

Josef sprach weiter:

„Ich bin zwar in drei Wochen draußen. Und dann sehen wir uns nie wieder. Aber es war mir wichtig, dass ich mich noch entschuldigen konnte."

Hildegard schaute ihn überrascht an. Bis jetzt kam sie gar nicht auf die Idee, dass die anderen Kursteilnehmer zu einem anderen Zeitpunkt das Gefängnis verlassen würden als ihr Vater.

„Und, was machst du dann draußen?"

„Schaun wir mal. Hauptsache draußen."

Noch bevor sich Hildegard Gedanken machen konnte über Josef, mischte sich Toni in das Gespräch ein.

„Ich bin übrigens schon in zwei Wochen draußen. Und außerdem habe ich meine Prüfungen bestanden. Der Lechner hat gesagt, dass ich bei der Entlassung meinen Gesellenbrief bekomme. Dann kann ich, wenn ich rauskomme, als Konditor arbeiten. Wenn du mir deine Telefonnummer gibst, kann ich dir sagen wo, und dann mach ich dir, wenn du kommst, so einen Vollkornkarottenkuchen."

„Äh."

Hildegard schaute verlegen weg. Dann schaute sie die anderen an.

„Und ihr bleibt noch?"

„Leider noch ein ganzes Jahr. Ich kann dich also nicht vor einem gewissen Exknacki beschützen."

Karl machte eine abwertende Handbewegung in Richtung Toni.

„Wir müssen auch noch ein bisschen bleiben."

Mirco zeigte auf sich und Pavel.

„Na, dann kommen ja bald neue Kursteilnehmer."

„Wirst du dann dasselbe nochmal erzählen?"

„Naja, kommt darauf an. Habt ihr euch denn alles gemerkt, was ich gesagt habe. Ihr hattet ja oft andere Gedanken als ich."

„Die neuen sind bestimmt schlimmer als wir."

„Das kann ich mir nicht vorstellen. Ihr seid das Schlimmste, was ich je als Zuhörer erlebt habe." Hildegard hielt kurz inne. Seit ihrem ersten Arbeitstag im Krankenhaus wusste sie, das stimmte gar nicht. Die schwer belehrbaren Patienten im Krankenhaus verkleideten ihr Desinteresse nur besser. „Einzig an den Ergebnissen nach ein paar Monaten kann man erkennen, ob jemand gelernt hat oder nicht," sagte ihr Dr. Metzger, wobei er aus Erfahrung sprach.

Vielleicht wäre Toni ein gutes Beispiel, an dem sie ihren Erfolg als Ernährungsberaterin testen könnte. Fast ein Jahr erklärte sie ihm was über gesunde Ernährung. Gerade hatte er ihr angeboten, ihr einen Vollkornkarottenkuchen zu backen. Es könnte sich lohnen, zu sehen, was er verstanden hatte. Aber sollte sie ihm seine Telefonnummer geben? Wenn sie sich irrte und er sich nicht verändert hätte, würde er dann zum Telefonstalker werden?

„Aber ihr seid alle nächste Woche wieder da?"

„Ja, natürlich," antworteten alle gleichzeitig.

Dann hätte Hildegard ja eine Woche Bedenkzeit, ob sie Toni die Chance geben wollte, von ihr überprüft zu werden. Mirco gab seine Bedenken

218

sofort bekannt.

„Toni, weißt du eigentlich, dass du total komisch bist. Du bist doch nicht wirklich auf dem Vollkornkarottentrip. Ich meine, du kannst ja machen, was du willst. Aber als ich hier neu war, hast du erzählt, dass du draußen der King auf jeder Party warst und jede Torte abgeschleppt hast mit allen möglichen Sachen. Glaubst du, mit Vollkornkarotten kriegst du die Weiber rum?"

„Nicht jede. Ich brauch doch nur eine."

„Ich hab eine bessere Idee," fiel Pavel ein, „du hast doch immer wieder was auf Partys mitgenommen, hast du erzählt. Wenn du unbedingt Vollkornkekse backen willst, back doch Partykekse mit Vollkorn. Die sind gesund. Da kannst du noch mehr verlangen. Du wirst sehen, die will jeder."

„Spinnst du, ich hatte deswegen schon zweimal Jugendarrest. Glaubst du, mir gefällt es hier drin so gut?"

„Du musst dich ja nicht erwischen lassen. Du hast doch wohl gelernt, oder?"

„So wenig wie ich mit dem Zeug verdient habe, da kann ich auch als Konditor arbeiten. Der Lechner hat gemeint, ich könnte zweitausend Euro im Monat kriegen, also jeden Monat."

„Echt, so wenig."

„Ja, Scheiße, ich habe zusammengerechnet mit dem Sozialarbeiter. Ich habe mit allem Scheiß zusammen weniger verdient. Also kann ich es jetzt als normaler Konditor probieren ohne Partykekse und so."

Viktor hörte aufmerksam zu. Über Toni wusste er bisher nur sehr wenig. Dass er nach Hildegards Telefonnummer fragte, verwirrte ihn. Wollte er am Ende bei ihm einbrechen und so

Geld verdienen? Genug Wertgegenstände gab es ja, wenn er da an die Gemälde und Skulpturen dachte. An die Wertpapiere würde er wahrscheinlich nicht rankommen. Da wäre mehr Intelligenz nötig.

Oder wollte er etwa bei ihm einziehen und ein Drogenlabor im Keller einrichten? Und dann kämen lauter komische Typen in sein Haus.

Wenn es ihm doch bloß nicht gelänge, Hildegard zu übertölpeln. Viktor war sich nicht sicher, ob Hildegard klug genug war, Toni zu durchschauen. Was wäre, wenn sie auf seinen Vollkornkarottenkuchen reinfällt und ihn ins Haus reinlässt? Frau Süss kann ja leider nichts gegen Hildegards Entscheidungen ausrichten. Ach, wenn doch bloß alles gut geht.

Je mehr er sich vorstellte, dass der Oberaffe der Knackigang sein Haus betreten könnte, um so wichtiger war es ihm, zu wissen, warum er eigentlich im Knast saß.

Es hieß immer, er war ein Auftragsschläger und deshalb sollte man sich vor ihm in Acht nehmen. Jetzt hörte Viktor ganz neue Ideen: Drogen und „aller Scheiß zusammen". Was meinte er damit? War er bei der Mafia? Immerhin war er Italiener. Wehe, Hildegard lässt ihn ins Haus rein. Dann wäre alles aus. Der ganze häusliche Frieden, den er mit Frau Süss aufgebaut hatte, wäre dahin.

Es hatte doch schon gereicht, dass Hildegard mit ihrer Diät alles durcheinander brachte.

Dieser Mann wäre zuviel für ihn. Viktor brauchte Klarheit.

„Bist du eigentlich bei der Mafia?"

Toni schaute ihn entsetzt an. Erst die blöden Sprüche von Mirco und Pavel. Und jetzt auch noch diese Frage von Viktor.

„Natürlich nicht!"

„Was heißt hier natürlich? Du bist Italiener."

„Was heißt das schon? Nicht alle Italiener sind bei der Mafia."

„Na, immerhin hast du mit Drogen gehandelt und Leute zusammengeschlagen."

„Aber das hat nichts mit der Mafia zu tun, ehrlich."

Man sah Toni an, dass er Angst hatte, Hildegard würde ihn erneut abstempeln. Immer wieder schaute er sie besorgt an, als würde er sagen: „Bitte glaub das nicht. Ich bin ein ehrlicher Mensch."

Viktor schaute zufrieden. Er hatte den Verdacht in die Welt gesetzt und vielleicht würde das reichen, um für immer Ruhe vor diesem Typen zu haben. Mehr wollte er nicht.

Die Unterrichtsstunde ging ohne Unterricht zu Ende. Toni versuchte weiterhin Hildegard zu vermitteln, dass er ein redlicher Mann geworden sei. Mirco und Pavel machten diverse Vorschläge, wie Toni die Zeit außerhalb des Gefängnisses in ihren Augen sinnvoll gestalten könnte. Viktor streute Ideen, um Toni vor Hildegard schlecht zu machen und Karl und Josef kommentierten gelegentlich mit harmlosen Bemerkungen das Gespräch.

Ein paar Wochen später kam Frau Süss zu Besuch. Sie war sehr aufgeregt. Kaum haben sie sich vor den Augen eines Vollzugsbeamten begrüßt, schon sprudelte Frau Süss alle Neuigkeiten heraus.

„Herr Renner, es ist was Schreckliches passiert. Ich kann es gar nicht sagen, es ist ganz furchtbar."

„Ja, was denn? Erzählen Sie."

„Sie haben mir doch von diesem Italiener
erzählt, diesem Muskelprotz mit dem komischen
Streifenbart und der komischen Tätowierung
am Arm."

„Nein, Sie haben ihn gesehen. Sagen Sie jetzt
bloß nicht, Hildegard hat ihn reingelassen."

„Doch, und es kommt noch schlimmer. Er hat
bei uns gefrühstückt."

„Nein."

„Ich glaube, er hat bei uns übernachtet."

„Nein, ist sie also doch auf ihn reingefallen?"

„Es sieht so aus. Und Sie glauben nicht, wie das
Wohnzimmer aussah. Die Sofakissen lagen am
Fußboden, nicht nur neben dem Sofa, sondern
überall. Der Sofatisch war verschoben. Die
Decke, die Sie sonst immer im Arbeitszimmer
haben, lag so halb darüber. Ich weiß nicht, was
die da gemacht haben. Ach, und seine Jacke,
eine ganz scheußliche, lag über Ihrem
Lieblingssessel."

Viktor schluckte. Er malte sich aus, wie Toni
von Hildegard hereingelassen wurde, durch das
Wohnzimmer schritt und alles prüfend ansah.
Vielleicht sagte er auch „das ist also der Sessel
eines Schwerverbrechers. Den muss ich sofort
testen." Dann fläzte er sich auf den Sessel, zog
seine Jacke aus, ließ sie da liegen, stand wieder
auf, ging zum Sofa, verschob den Sofatisch mit
den Worten „ein bisschen Chaos will ich dem
Schwerverbrecher zeigen". Daraufhin
schleuderte er alle Sofakissen im Raum herum
und sagte dann zu Hildegard: „Bring mir eine
Decke von dem alten Fettwanst. Ich will das
Chaos perfekt machen." Und Hildegard traute
sich nicht zu widersprechen und machte alles,
was er wollte.

„Wo hat er denn geschlafen?"

„Ich weiß nicht. Vielleicht im Wohnzimmer, vielleicht bei Hildegard. Da geh ich ja nicht rein. Auf jeden Fall nicht in Ihrem Schlafzimmer. Das habe ich überprüft."

„Gott sei Dank. Immerhin das nicht. Aber schauen Sie bitte auch, dass er weiterhin nicht da reingeht. Und was hat er gefrühstückt?"

„Na, Hildegards Körnermüsli. Als ich in der Früh zum Saubermachen kam, saßen sie am Esstisch mit den Müslischalen. Er hatte kein Hemd an, deshalb hab ich ihn ja erkannt. Und sie haben fürchterlich gelacht, als sie mich sahen. Ich bin gleich wieder rausgegangen und habe gewartet bis Hildegard die Haustür zugemacht hat. Erst als ich keine Stimmen mehr gehört habe, habe ich mir die Misere angeschaut. Was soll ich tun, Herr Renner?"

„Ach, Sie machen schon alles richtig. Gut, dass Sie mir das erzählen. Ich mach mir dann auch Gedanken, was wir tun können. Immerhin hat er sich nicht bei meinem Frühstück bedient."

„Ach, Hildegard hat mich doch schon letztes Jahr gezwungen, alles wegzuschmeißen."

„Ach ja, ich erinnere mich. Da haben wir auch schon nichts dagegen tun können. Da können wir beide jetzt auch nur ganz schwer was ausrichten. Hoffentlich hat Hildegard bald ein Einsehen. Ich habe nämlich Angst, dass dieser Italiener ein Mafialager bei uns einrichtet. Dann haben wir keine Chance mehr."

„Meinen Sie wirklich?"

„Wir müssen aufpassen. Bitte berichten Sie mir alles, was da vor sich geht, damit ich noch mein Haus wiedererkenne, wenn ich wieder rauskomme."

„Was soll ich mit der Jacke machen?"

„Mit welcher Jacke?"

„Ja, die er über den Sessel gehängt hat."

„Oh, die habe ich schon verdrängt. Die hat er sicher liegenlassen, um einen Vorwand zu haben, wiederzukommen. Schauen Sie, ob Wanzen drin sind. Ansonsten lassen Sie sie liegen und beobachten, was passiert."

Einträchtig saßen die beiden bis zum Ende der Besuchszeit beisammen, beschrieben sich gegenseitig ihre Schreckensfantasien über die Zukunft und schworen, sich weiterhin die Treue zu halten und auszuharren.

15. REINGEROLLT UND RAUSGEFLOGEN

Die Monate vergingen. Trotz der winzigen Zelle wurde Viktor von Tag zu Tag sportlicher. Immer öfter schritt er nur als Spaziergang sein provisorisches Zuhause ab. Das war ein Vielfaches von der Bewegung, die er zum Schluss in seinem riesigen Haus machte. Noch zweimal nähte Frau Süss engere Hosen. Die Pfunde purzelten von ihm herunter.

Sobald Viktor die 100-Kilo-Marke unterschritt, erklärte Dr. Metzger die Abnehmkur für beendet. Endlich durfte er wieder genug essen, um sein Gewicht zu halten, aber auch nicht mehr. Bis zu seiner Entlassung gewöhnte sich Viktor an die kleinen Portionen, die für ihn jetzt als normale Portion galten.

Die Essensausteiler jammerte er nicht mehr voll. Stattdessen sagte er immer öfter „danke". Bei den Hofgängen sprach er gelegentlich mit den anderen über belanglose Dinge in freundlichem Ton. Inzwischen kam auch kein neuer Häftling in die Anstalt, der ihn fassungslos anglotzte. Diese Zeiten waren vorbei. Viktor sah normal aus und er verhielt sich normal. Für alle, die ein Mobbingopfer suchten, war er uninteressant. Er wurde nicht mehr öfter angepöbelt als alle anderen auch, die zufällig einem schlechtgelaunten Menschen im Weg standen.

Die Kursstunden von Hildegard nahm er als wertvolle Abwechslung an und teilte mit den neuen Mitschülern die Freude an der Unterhaltungsmöglichkeit.

Zu guter Letzt war er dankbar, dass der Wandel

seines Lebensstils professionell begleitet wurde von Herrn Fröhlich, mit dem er viele gute Gespräche führte.

Viktor schüttelte den Kopf, als er feststellte, dass er sich am Ende seiner Haftzeit gar nicht mehr von den anderen Häftlingen unterschied. Auch er hielt sich an den guten, alten Gefängnisbrauch, im Kalender die vergehenden Tage bis zur Entlassung dick durchzustreichen. In fünf Tagen war der dick eingekreiste Termin.

Heute stand die letzte Sitzung bei Herrn Fröhlich an, das Abschiedsgespräch.

Den Weg zum Psychologenzimmer nahm Viktor sehr bewusst wahr. Er hörte die lauten Schlüsselgeräusche, die er bald überhaupt nicht mehr hören würde. Er sog die Zeit ein, die er wartete bis eine Tür auf und wieder zugesperrt wurde, bevor er weitergehen konnte. Das Neonlicht schaute er genau an und freute sich, dass ihn zu Hause ein wärmeres Licht erwartete.

Worüber würde er ihm Abschiedsgespräch reden? Auf dem Weg dachte er darüber nach. Er hatte eingesehen, dass er selber Schuld war an seiner Haftstrafe und nutzte die zweite Hälfte seines Aufenthalts zur Läuterung.

Geläutert wurde Viktor in mehrfacher Hinsicht. Er sah ein, dass es in Ordnung ist, beim Geldverdienen auch Steuern zu bezahlen und dass ein Betrug auch dann nicht in Ordnung ist, wenn der Betrogene schon vorher ein Depp war.

Weiterhin erkannte er, dass er einen wertvollen Körper hatte, der gut behandelt werden wollte und nicht als Mülldeponie für Zucker und Fett missbraucht werden sollte.

Schließlich lernte Viktor hinter den Gefängnismauern wieder mit anderen Menschen zu sprechen. Hier war er weit weniger abgeschirmt vor dem Einfluss der anderen als zu Hause. Hier hatte er Kontakte.

Erfüllt mit vielen Gedanken nahm Viktor im Psychologenzimmer Platz. Herr Fröhlich setzte sich wie immer mit seinem Block in der Hand gegenüber hin.

„Wie geht es Ihnen?"

„Ich darf bald raus."

„Und bedeutet das Freude?"

„Naja, schon Freude. Ich darf doch wieder in mein eigenes Heim."

„Und was lassen Sie hier zurück?"

„Hundertsechzig Kilo. Das ist ungefähr soviel wie zwei erwachsene Männer. Vor drei Jahren hätte ich niemals gedacht, dass ich mir je solche Gedanken machen würde. Aber jetzt gehört für mich Essen auch zu den Themen des Nachdenkens. Ich weiß gar nicht mehr, warum ich damals glücklich war."

„Sie haben viele Gedanken früher nicht zugelassen. Wir haben oft darüber gesprochen. Ich freu mich, dass ich diesen Erfolg in den Abschlussbericht schreiben darf."

„Schreiben Sie auch rein, dass die Leute in den letzten Monaten ohne Mobbing mit mir geredet haben. Wissen Sie eigentlich, dass ich hier im Gefängnis mit mehr Menschen zu tun hatte als die ganzen zehn Jahre davor draußen? Ich musste ja jeden Tag mit Leuten reden, mit denen ich gar nicht wollte. Früher war das einfach, weil ich mit gar niemand geredet habe. Da konnte mich auch niemand mobben."

„Ja, Sie mussten hier viel lernen, was die meisten Häftlinge schon konnten. Und weil jeder gemerkt hat, dass Sie keine Erfahrung in der Kommunikation mit anderen hatten, waren Sie das auserwählte Mobbingopfer. Welche Erklärung haben Sie dafür, dass das Mobbing weniger wurde?"

„Ich habe nicht mehr bei allen Angst, dass sie Idioten sind. Es sind halt auch nur Menschen. Und bei den echten Idioten kann ich die Ohren zumachen. Aber es sind nicht mehr so viele wie früher. Naja, einer macht mir noch Sorgen."

„Ich nehme an, Sie meinen keinen, der hier bleibt."

„Ach, das wäre ja nicht schlimm. Wenn alles gut läuft, dann seh ich die in meinem ganzen Leben nie wieder."

„An wen denken Sie?"

„Na, an diesen Toni. Erst nervt er mich hier im Knast. Jetzt hat er sich an meine Tochter rangeschmissen und ist bei mir eingezogen. Ich will nicht mit dem den Kühlschrank teilen."

„Aha, deshalb sagten Sie vorhin naja. Vielleicht ziehen ja beide bald aus."

„Das ist ja das Problem. Hildegard schwärmt mir vor, wie groß das Haus ist und dass wir alle Platz hätten. Sie plant sogar, das ganze Obergeschoss umzubauen und dort für immer zu wohnen. Sie beharrt darauf, dass ihr seit dem Tod von Evi ein Viertel des Hauses gehört. Und in diesem Viertel will sie Toni unterbringen. Verstehen Sie das Problem?"

„Allerdings. Haben Sie seit seiner Entlassung schon mit ihm gesprochen?"

„Davor hab ich mich gehütet. Hildegard wollte ihn einmal mitbringen, aber ich habe gesagt, es reicht mir, wenn ich ihn draußen sehe und das ist schon nächste Woche."

„Da hilft nichts. Da müssen Sie sich

aussprechen."

„Danke für den guten Rat. Das wusste ich auch schon."

„Dann haben Sie ja alles schon gelernt."

„Nur nicht wie ich ihn loswerde."

„Steht er Ihnen wirklich so im Weg? Glauben Sie nicht, dass Sie Ihren Raum in Ihrem eigenen Haus finden? Ich bin da nämlich zuversichtlich."

Zuversicht, das war das Stichwort, mit dem Viktor in die Freiheit aufbrechen sollte. Nur Toni trübte diese Zuversicht.

Es stimmte schon, seine schlimmsten Befürchtungen wurden nicht wahr. Weder ein Drogenlabor noch eine Mafiakoordinationsstelle wurde in seinem Haus eingerichtet.

Das bestätigte ihm Frau Süss mehrfach. Aber trotzdem hatte Viktor ein mulmiges Gefühl, Toni zu begegnen. Nach allem, was ihm Frau Süss und Hildegard erzählten, war Toni wohl sein zukünftiger Schwiegersohn. Und wer wollte schon einen Exknacki als Schwiegersohn? Viktor wollte das nicht.

„Verstehen Sie mich nicht?"

Herr Fröhlich wollte nicht verstehen.

„Wenn sich Ihre Tochter so entschieden hat, müssen Sie das akzeptieren."

„Was? Dass er sie heiratet oder dass er mein Haus belagert?"

„Dass er sie heiratet. Über das andere müssen Sie halt noch reden. Da gibt es sicher eine Lösung, mit der alle zufrieden sind. Da bin ich zuversichtlich."

Da, schon wieder das Wort „zuversichtlich". Viktor hielt gedanklich inne. Er konnte es nicht glauben. Aber bisher hatte Herr Fröhlich immer recht, hoffentlich auch diesmal. Mit großem

Bemühen versuchte Viktor, sich diese Zuversicht anzueigenen.

Wie ein Mantra beschwor sich Viktor bis zu seinem letzten Tag, bei der ersten Begegnung mit Toni zuversichtlich zu sein. Schließlich war es sein Haus und Frau Süss war auch noch an seiner Seite.

Jetzt verabschiedete er sich erst noch von Herrn Fröhlich. Es war ein Abschiedsgespräch. Von nun an, war Viktor auf sich selbst gestellt. Er könnte nicht mehr alle Fragen mit ihm besprechen. Ab jetzt müsste er alles selber regeln. Aber er würde es meistern, sowohl die Konfrontation mit Toni wie auch alles, was sein neues Leben in Freiheit ausmachen sollte.

Es war soweit. Viktor strich den letzten Tag seines Kalenders durch. Dann riss er den Kalender von der Wand ab und legte ihn auf den Tisch.

Ein letztes Mal wurde ihm das Frühstück in seine Zelle gereicht. Er aß zwei Scheiben Vollkornbrot, einmal mit Wurst und einmal mit Käse. Dazu bekam er ein kleines Schüsselchen Quark.

Was würde er ab morgen zu Hause machen? Würde er das Frühstück so beibehalten oder würde er die Chancen der Freiheit nutzen und sich einen großen Korb süßer Teilchen bringen lassen?

Nach dem Frühstück räumte er seinen Spint. Am Vorabend wurde ihm eine Tasche gegeben, die reichen sollte. Nach dem Spint war das Regal dran, die Waschsachen und dann die Bilder, die an der Wand hingen. Er erinnerte sich noch gut an die ersten Wochen, als er nichts aufhängen wollte. Jetzt war er froh, dass

er immer Fotos von seinen Lieben anschauen
konnte.

Die Tasche war zu klein. Er ließ sie offen. Oben
quollen ein paar Wäschestücke heraus. Die
Fotos legte er extra, um sie nicht zu knicken.
Dann legte er sich wieder auf sein Bett und
wartete.

Endlich klapperte der Schlüssel an der Tür. Es
war Herr Breitner. Viktor musterte ihn von oben
bis unten. Hätte er nicht den großen Schlüssel
bei sich, würde man ihn wegen seiner schmalen
Figur nicht als Schließer erkennen.

Viktor erinnerte sich an seinen ersten Tag.
Damals war es auch Herr Breitner, der ihn in
seine Zelle brachte. So schloss sich der Kreis,
aber mit einem Unterschied.

Seinerzeit musste er im Rollstuhl reingeschoben
werden - wie weh das damals tat, als Herr
Breitner mit seiner ganzen Ungeschicklichkeit
den Rollstuhl gegen den Türrahmen stieß und
dabei seine Finger einquetschte.

Jetzt ging er auf seinen eigenen Beinen heraus.
Herr Breitner musste nur zum Türschließen
nebenhergehen.

„Haben Sie alles? Schauen Sie sich nochmal
um."

Viktor gehorchte, schaute sich nochmal um,
nickte und ging zur Tür. Ein letztes Mal drehte
er sich um, sah sein breites Bett und seine
breite Toilette.

„Ich bin wohl der einzige, für den extra eine
neue Einrichtung angeschafft wurde."

„Sie sind zumindest der erste, den ich erlebt
habe."

„Und was passiert jetzt?"

„Ich weiß nicht. Uns wurde noch nichts gesagt."

„Vielleicht gibt es ja noch mehr Schwerverbrecher wie mich, ich meine wie ich es mal war. Der könnte das breite Bett und die stabile Kloschüssel gut brauchen."

Es überraschte Herrn Breitner, dass Viktor seinen Spottnamen selbst in den Mund nahm. Doch für Viktor war der Begriff ein Abschiednehmen von der Vergangenheit. Er schmunzelte sogar, als er es aussprach.

„Ich sollte Ihnen auch wieder meinen alten Rollstuhl schicken. Dann sind sie wieder vollständig ausgerüstet."

„Nein, danke. Wir waren so froh, dass der nicht in unserem, sondern in Ihrem Keller untergebracht werden konnte."

„Naja, Sie können mich jederzeit anrufen. Ich gebe ihn gerne ab."

„Nicht, solange dies nicht nötig ist. Sie hatten es ja faustdick hinter den Ohren, und auch sonst."

„Werden Sie mich in guter Erinnerung behalten?"

„Ganz sicher werde ich Sie in besonderer Erinnerung behalten. Das erlebt man ja nicht alle Tage. Wir sind angekommen. Hinter der übernächsten Tür wartet die Freiheit. Die geht automatisch auf. Machen Sie was draus."

„Nichts für ungut."

Viktor stellte seine Tasche ab und streckte seine Hand zum Gruß entgegen. Die Männer schauten sich beim Händeschütteln tief in die Augen. Das war das letzte bekannte Gesicht vor der Freiheit.

„Man sieht sich."

„Es reicht, wenn wir was von Ihnen hören. Sie brauchen nicht nochmal reinkommen. Bis dann."

Viktor nahm seine Tasche und ging durch die

Tür. Er drehte sich nochmal um und schaute, wie Herr Breitner die Tür schloß. Obwohl er nur seinen Job tat, war er Viktors Lieblingsschließer. Niemals zeigte er, was er über Viktors Figur dachte. Er machte einfach nur seine Arbeit. Das gefiel Viktor, von wenigen Differenzen abgesehen.

Eine kurze Weile nachdem die Tür hinter ihm zu war, ging die Tür vor ihm auf. Er ging durch und hörte wie sie wieder automatisch zuging.

Jetzt stand er da wie bestellt und nicht abgeholt. Erst einmal stellte er seine überquellende Tasche ab. Dann sog er ganz tief die Luft ein. So also schmeckte die Freiheit. Geht es Tauchern etwa auch so, wenn sie nach langer Zeit unter Wasser wieder nach oben kommen und atmen? Spüren sie dann auch wie das wahre Leben die Lungen füllt?

Für Viktor begann heute eine neue Zeitrechnung. Alles sollte anders werden. Noch einmal sog er die Luft ein, streckte dabei die Arme nach oben und atmete mit einem weithin hörbaren Seufzen aus. Erst dann sah er sich um. An der Straße stand ein Taxi. Frau Süss stieg aus und winkte ihn her.

Mit einem breiten Grinsen im Gesicht ging Viktor auf sie zu und begrüßte sie mit einem Wangenkuss. Das war das erste Mal seit sie sich kannten. Erstaunt schaute Frau Süss auf, doch Viktor ließ ihr keine Gelegenheit ihre Überraschung in Worte zu fassen. Viktor schaute in den Wagen.

„Wo ist Hildegard?"

„Ihr ging es heute früh nicht so gut. Ich glaub Krampfadern. Sie ist mit dem Mann zu Hause geblieben."

„Aha!"

Da war es wieder, die Erinnerung daran, dass sich zu Hause alles verändert hatte. Viktor wollte sich doch verändern, nicht sein Haus. Wollte er den Mann wirklich so schnell wiedersehen? Nein, besser nicht. Und Hildegard konnte auch warten, wenn sie schon zu fein dafür war, ihren Vater vom Gefängnis abzuholen. Das mit den Krampfadern war sicher nur eine Ausrede.

Er beugte sich zum Taxifahrer.

„Wie weit ist es denn nach Hause?"

„Nicht weit. So etwa zehn Minuten."

„Ich meine, wieviel Kilometer. Ich würde nämlich lieber zu Fuß gehen."

„Nein, das ist zu weit. Da können Sie nicht laufen."

Er schaute auf sein Navi.

„Das sind neun komma vier Kilometer. Das ist viel zu weit zum Laufen."

Viktor überlegte kurz. Früher hatte er oft Wanderungen von zehn Kilometern gemacht. Damals jammerte auch nicht er, sondern Hildegard, die sich den letzten Kilometer auf den Schultern zum Auto tragen ließ. Warum sollte das heute zu weit sein?

„Natürlich werden wir laufen. Bringen Sie einfach das Gepäck nach Hause und wir kommen zu Fuß nach. Sie können das Gepäck ja über den Gartenzaun stellen. Ach so, Frau Süss, können Sie bitte zahlen, ich habe kein Geld dabei."

Frau Süss schaute genauso verdutzt wie der Taxifahrer. Letzterer chauffierte nur sehr selten Handgepäck ohne Personen. Wenn er aber bezahlt wurde, war es ihm recht. Eine Fahrt ohne quatschende Fahrgäste war ab und zu ganz angenehm.

Seit Frau Süss ihre Stelle im Hause Renner angetreten hatte, hatte sie ihren Arbeitgeber noch nie einen Meter zu viel laufen gesehen. Er war nie spazieren. Das Grundstück verließ er nur mit dem Auto, bei dem er den Fahrersitz verbreitern ließ. Und im letzten Jahr vor der Haft blieb er fast nur noch zu Hause. Und jetzt wollte er fast zehn Kilometer zu Fuß gehen. Wie sollte das gehen?

Doch Viktors Körpersprache war eindeutig. Er wollte laufen. So zahlte Frau Süss den Taxifahrer, ohne selbst drin zu sitzen. Es war eine ganz neue Erfahrung.

Dann packte Viktor sie an der Hand und zog sie fort.

„Wissen Sie eigentlich in welche Richtung wir gehen müssen?"

„Nein, aber Sie haben mich so oft besucht. Da müssen Sie doch den Weg auswendig kennen."

„Aber ich bin immer mit dem Bus gefahren."

„Dann gehen wir halt die Buslinie entlang, dann verlaufen wir uns nicht."

„Sie wissen aber schon, dass wir mindestens drei Stunden brauchen?"

„Das macht nichts. Ich hatte dreieinhalb Jahre Zeit. Was sind da schon drei Stunden?"

Der Weg war nicht besonders schön. Das Gefängnis lag zwar in einer ruhigen Nebenstraße, aber schon bald gingen die beiden über fünf Kilometer an einer dicht befahrenen Hauptstraße entlang.

Frau Süss traute sich nicht, eine ruhige Seitenstraße zu wählen und Viktor kannte sich sowieso nicht aus. Außerdem störte ihn das Rauschen der vorbeifahrenden Autos nicht. Ganz fest hielt er die Hand von Frau Süss, als wäre sie seine normale Begleiterin. Erst nach einiger Zeit bemerkte er ihre verwirrten Blicke.

„Passt das nicht, dass ich Ihre Hand halte."

„Äh? Doch, schon. Aber?"

Sie schaute ihn noch verdutzter an.

„Ich wollte Ihnen noch das Du anbieten. Wir kennen uns doch so lange und Sie haben so gut in den letzten dreieinhalb Jahren zu mir gehalten. Ich finde, da können wir uns ruhig duzen."

„Äh, ja, gerne. Ich bin Susanne, aber meine Freunde nennen mich Susi."

„Hallo Susi, ich bin Viktor."

„Ich weiß."

Sie blieben stehen. Verlegen streckte Frau Süss Viktor die Hand entgegen. Sie hatte sich zwar schon seit Jahren gewünscht, dass sie sich duzen, aber jetzt, als er es ihr so unvermittelt anbot, war es doch überraschend. Wie sollte sie da bloß reagieren?

Viktor übersah die entgegengestreckte Hand, packte sie stattdessen an den Schultern und küsste sie auf den Mund. Ihm schien dies die angemesse Form zu sein, um das Du zu besiegeln.

„Und jetzt?"

Susi fühlte sich überrumpelt. Sie hätte sich die Frage etwas romantischer vorgestellt. Jedoch die vorbeirauschenden Autos raubten jeden Zauber. Außerdem war Viktor viel zu schnell. Seit zehn Jahren kannten sie sich schon. Alles verlief in gleichmäßigen Bahnen. Selbst die Haftzeit vermittelte eine gewisse Ruhe, die nur durch Hildegard und diesen Toni gestört wurde. Sollte Viktor sich so verändert haben, dass er jetzt auch von ihr Veränderungen haben wollte? Nachdenklich beobachtete Susi, wie Viktor

wieder ihre Hand griff, um wie ein altes Ehepaar die Straße entlang zu gehen. Waren sie denn schon so vertraut miteinander? Gehörte die Hand in Viktors Hand wirklich zu ihr?
Lange gingen sie schweigend nebeneinander. Eine angenehme Unterhaltung wäre schon allein wegen des Straßenlärms nicht gegangen.

Indessen fehlte es Viktor an nichts. Er hatte seine Susi bei sich und bald würde er zu Hause sein. Würde er sein Zuhause wiedererkennen? Ab wann wäre ihm der Weg vertraut?
An der Straße waren einige Geschäfte. Sie waren alle fremd. Die Bäckereien erkannte er am Logo, das nicht nur auf dem Schild zu lesen war, sondern auch auf den Verpackungen gedruckt war, in denen Susi früher immer die süßen Teilchen heimgebracht hatte.
Doch statt sehnsüchtig in die Bäckereien reinzuschauen, betrachtete sie Viktor nur interessiert. Er war selbst erstaunt, dass er nicht einmal den Wunsch hatte, einzutreten.
Nach etwa zwei Stunden machte Susi ein Zeichen, ins Wohnviertel abzubiegen. Viktor schaute sich bewusst die Kreuzung an, doch er erkannte gar nichts. Führte ihn Susi auch in die richtige Richtung? Wäre er doch nur ab und zu in den letzten Jahren aus dem Haus gegangen, vielleicht könnte er auch mal etwas wiedererkennen. Aber so?
Viktor zwang Susi mit seinem irritierten Umherschauen zum Stehenbleiben.
„Bist du sicher, dass wir hier richtig sind?"
„Ja, warum fragst du?"
„Weil ich hier noch nie war."
„Doch. Hier in dieser Straße sind doch alle Geschäfte. Ab hier sind nur noch Wohnhäuser.

Da hinten bei dem Spielplatz müssen wir nach dort abbiegen und dann ganz hinten kommt unsere Straße."

Susi zeigte mit den Händen, was sie mit „dort abbiegen" meinte. Viktor schaute sie fragend an.

„Aha. Ich erkenne nichts wieder. Ich wusste nicht, dass hier ein Spielplatz ist. War der schon früher da?"

„Ich denke schon. Zumindest seit ich hier bin."

„Ist es noch weit?"

„Du wolltest doch laufen. Wir hätten auch das Taxi nehmen können."

„Nein, ich meine, ich staune nur, dass ich jahrelang hier gewohnt habe und nicht wusste, wo die Geschäfte sind, wo du einkaufst. Und ich überlege auch gerade, ob ich jemals mit Hildegard auf einem Spielplatz war."

„Das weiß ich natürlich nicht. Seit ich bei euch bin, ist Hildegard immer alleine weggegangen. Ich weiß nicht, ob sie als Jugendliche zum Spielplatz ging."

„Naja, das kann ich nicht mehr ändern. Aber darf ich mal mit dir einkaufen gehen?"

„Darfst du das überhaupt?"

„Ja, warum nicht."

„Ich dachte, wegen der Rückfallgefahr. So sagt man doch, oder?"

„Wieso Rückfallgefahr?"

„Na, wenn du im Supermarkt die vollen Regale siehst, willst du vielleicht sofort alles essen."

„Wir können doch mit einem Stück Seife anfangen. Das ess ich bestimmt nicht auf. Oder liegt die Seife etwa direkt neben dem Kuchen?"

„Nein. Da vorne ist eine Drogerie. Da gibt es nur Seife und so. Da können wir hingehen. Aber bei der Kasse musst du aufpassen. Da hängen immer ein paar Süßigkeiten."

„Komm, lass uns das jetzt ausprobieren. Das will ich wissen."

„Ja, aber wir müssen doch in die Richtung, nicht über die Straße."

„Ach, was. Ich will das jetzt sehen. Oder hast du kein Geld dabei?"

„Doch."

„Na, also."

Viktor schob Susi zur Fußgängerampel. Während sie noch auf die Grünphase warteten, glotzte Susi ihn verdutzt an. Viktor war gerade unausweichlich bestimmend.

Sie überquerten die Straße und steuerten dirket auf die Drogerie zu.

Im Laden schaute Viktor interessiert das Angebot an. Er trennte sich von Susi, die tatsächlich noch ein paar Besorgungen auf der Einkaufsliste stehen hatte und zielstrebig mit Einkaufswagen die Sachen suchte.

Viktor fand Zahnbürsten, genaugenommen waren da sehr viele Zahnbürsten. Er nahm eine in Hand, betrachtete sie von der Vorder- und Rückseite und hängte sie wieder zurück. Das tat er noch mit acht weiteren Zahnbürsten. Ebenso nahm er Zahnpastatuben, Haftcremes und Mundwasser in die Hand. Dann ging er zum nächsten Regal, prüfte die Haarbürsten, Kämme und Haarspangen und kam dann bei den Lippenstiften an.

Eine Verkäuferin war gerade dabei die Lidschatten aufzufüllen, als ihr Blick auf diesen großgewachsenen, seltsamen Mann fiel, der alle Produkte in die Hand nahm. Sie unterbrach ihre Arbeit.

„Kann ich Ihnen behilflich sein?"

„Nein, nein, ich schau nur."

„Bei Lippenstiften ist es aber besser, wenn Sie die Frau selber aussuchen lassen. Wissen Sie, die meisten Frauen benutzen den Stift nicht, wenn die Farbe nicht genau passt."

„Ach, ich schau nur. Wissen Sie, ich bin heute aus dem Gefängnis entlassen worden und wollte mal sehen, wie so eine Drogerie ausschaut."

Bei diesen Worten wurde die Verkäuferin nervös.

„Legen Sie bitte die Sachen hin. Sie brauchen keinen Lippenstift."

Beunruhigt schaute sie, ob Viktor schon seine Hosentaschen gefüllt hatte. Es war nichts zu erkennen. Doch als Viktor zwar die Lippenstifte hinlegte, dann aber mehrere Kajalstifte in die Hand nahm, war ihre Toleranz überschritten. Sie rannte eilends weg und kam mit dem Fillialleiter zurück. Viktor war schon bei den Schminkköfferchen angekommen.

„Entschuldigen Sie bitte," sprach der Fillialleiter Viktor an. „Was suchen Sie hier?"

„Eigentlich nichts, Ich wollte nur mal schauen."

„Ja, ja, nur schauen. Können Sie bitte mal mitkommen."

„Ja, aber?"

Viktor schaute sich hilflos um. Der Fillialleiter deutete sehr bestimmt den Weg zur Nebentür.

„Ich bitte Sie darum, jetzt kein Aufheben zu machen."

„Aber, aber. Susi!"

Viktor schrie so laut er konnte. Alle Kunden, die in der Nähe waren, starrten Viktor und den Fillialleiter an. Genau das wollte dieser vermeiden. Mit einem lauten Ton schluckte er sein Schamgefühl runter.

„Jetzt hören Sie auf, so zu schreien und kommen Sie mit."

Der Fillialleiter berührte Viktors Oberarm, merkte aber schnell, dass er ohne Gewalt nichts erreichen würde und ließ wieder los. Er wollte ja nicht, dass ihm Körperverletzung oder etwas ähnliches ausgelegt würde, wenn er doch die Polizei rufen müsste.

Doch noch während er überlegte, was er tun sollte, kam schon Susi mit ihrem Einkaufswagen vorbei.

„Was ist denn los?"

„Gehören Sie zusammen?"

„Ja."

„Er wollte gerade ein paar Lippenstifte klauen."

„Lippenstifte? Was soll er denn damit?"

„Das weiß ich nicht, auf jedem Fall hat er Lippenstifte eingesteckt."

„Haben Sie das gesehen?"

„Nein, die Mitarbeiterin hat es gesehen."

Der Fillialleiter deutet auf die Mitarbeiterin, die gleich nach der Meldung wieder mit dem Regale-einräumen weitermachte. Susi stellte sich vor sie, um sie von der Arbeit abzuhalten.

„Was haben Sie behauptet? Mein Mann soll Lippenstifte geklaut haben."

„Ja, er hat doch gesagt, dass er gerade aus dem Gefängnis kommt und hat fast alle Lippenstifte in die Hand genommen."

„Und? Haben Sie auch gesehen, wie er einen eingepackt hat?"

„Nein, aber ..."

„Na, also, dann schauen wir mal nach. Eine Jacke trägt er nicht, also hat er nichts in der Jackentasche versteckt und in den Hosentaschen schau ich nach."

Susi greift Viktor in die Hosentaschen. In der einen findet sie gar nichts, in der anderen ist ein kleines Loch, durch das sie Viktors Haut spürt. Das sollte sie bei Gelegenheit mal flicken. Viktor stand da wie ein Kind, das abwartete bis die Erwachsenen fertig diskutierten.

Dann zog Susi zum Beweis auch noch die Hosentaschen raus.

„Sehen Sie, da sind keine Lippenstifte."

„Aber er hat sie doch in der Hand gehabt."

„Ich hab sie doch alle wieder zurückgelegt. Ich wollte sie mir nur anschauen."

„Aber warum waren Sie dann im Gefängnis?"

„Wie kommen Sie darauf, dass ich wegen Lippenstiftklau im Gefängnis war. Ich war dort wegen Keksklau."

„Wegen Keksen?"

„Und wenn Sie wollen, können Sie zuschauen, wie ich heute keine Kekse klaue."

Der Fillialleiter und die Verkäuferin schauten sich fragend an. Was sollten die verwirrenden Worte? Noch bevor sie irgendwas sagen konnten, warf Susi ein:

„Ich hab schon alles, was ich brauche, wir können zur Kasse gehen."

Viktor hängte sich auf dem Weg zur Kasse mit einem triumphierenden Blick bei Susi ein. Der Fillialleiter und die Verkäuferin folgten mit Argusaugen.

Tatsächlich, Susi hatte recht. Vor der Kasse war ein Süßigkeitenregal aufgebaut. Drei Kunden standen vor ihnen an der Kasse und sie mussten sehr lange die Süßigkeiten anschauen. Mit den Blicken des Filialleiters und der Verkäuferin im Nacken steckte Viktor die Hände in die Hosentaschen und schaute nur mit den Augen, obwohl er Lust hatte, auch hier alle Packungen in die Hand zu nehmen, um sie besser betrachten zu können.

War das seine erste Übung in Freiheit? Schauen

ohne Anfassen - also auch Nicht-aufmachen-können und Nicht-essen-können.

„Muss ich eigentlich zu Hause auch immer die Hände in die Hosentasche stecken, wenn ich in die Küche gehe?"

Susi drehte sich um. Erst jetzt bemerkte sie, wie verkrampft Viktor seine Hände in den Hosentaschen hielt.

„Wenn es hilft." Sie lachte. Es sah recht lustig aus, wie Viktor sich bemühte, sich zurückzuhalten.

Auf dem Rest des Heimwegs blieben Viktors Hände in den Taschen.

„Was machst du da eigentlich?"

Susi schaute ihn erstaunt an.

„Ich übe."

„Aber hier gibt es doch nichts schlimmes."

„Ich übe trotzdem. Im Knast habe ich üben gelernt. Jeden Tag habe ich geübt. Ich habe sogar Werbefernsehen angeschaut, um mich an die unerfüllbaren Wünsche zu gewöhnen."

„Möchtest du was essen, wenn wir zu Hause sind."

„Nein, ich muss üben."

„Aber ich kann dir gerne was machen. Es sieht doch keiner."

„Nein, jetzt habe ich das Nicht-essen gelernt, jetzt bleibt es dabei."

„Na gut, wenn du meinst."

Zehn Minuten später kamen die beiden zzu u Hause an.

16. DAHEIM IST ES GANZ ANDERS

Sein Herz klopfte laut, sobald Viktor sein eigenes Haus erblickte. Ehrfürchtig blieb er stehen, holte die Hände aus der Hosentasche und streckte sie zitternd dem Haus entgegen. Seine Knie wackelten. Vor Aufregung schaffte er keinen weiteren Schritt. Zitternd lehnte er sich am Zaun seines Nachbarn an. Er griff von einer Zaunlatte zur nächsten und kam so nur sehr langsam vorwärts.

Was erwartete ihn zu Hause? Würde der Schritt über seine Türschwelle ein Schritt zurück in sein altes Leben sein, das ihm so vertraut war, in dem er sich so sicher fühlte? Oder sollte es ein Schritt in ein neues Leben werden mit lauter Überraschungen und Neuigkeiten in allen Ecken? Was wäre, wenn die Fassade zwar noch so aussah wie früher, aber innen alles anders wäre?

Viktor wusste ja schon von Susis Erzählungen, dass Hildegard bestimmerisch ihre Ideen durchsetzte und sogar diesen Toni hier einziehen ließ.

In kleinen Schritten näherte sich Viktor seinem Grundstück. Als er seinen ersten Zaunstab in der Hand hatte, hielt er wieder inne. Langsam sah er sein Haus von außen an. Von der Straße aus betrachtet, sah es riesig aus. Es blieb nur ein kleiner Vorgarten übrig.

Er sah verändert aus. Irgendwas war anders. Aber Viktor konnte sich auch nicht mehr erinnern, wie der Vorgarten früher aussah.

Susi erkannte Viktors Gedanken.

„Den Vorgarten hat Hildegard letztes Jahr neu gestaltet. Die Pflanzen sind alle essbar oder es sind Heilkräuter, hat sie gesagt. Sie hat das irgendwie nach den Regeln von Hildegard von Bingen gemacht. Ich versteh das auch nicht. Vorher sah der Garten ja auch gut aus. Aber mir ist es egal."

„Und sonst?"

„Hinten hat sie auch alles neu gemacht. Ich habe ihr gesagt, lassen Sie es so wie es ist, Ihr Vater soll sich doch wohl fühlen. Aber sie hört ja nicht auf mich. Aber dein Schlafzimmer und dein Arbeitszimmer sind noch so wie früher. Darauf habe ich geachtet. Und das Wohn- und Esszimmer ist auch noch fast wie früher. Dein Sessel steht noch da. Du wirst dich sicher wohl fühlen. Komm doch, wir gehen rein."

Von den vielen Worten fühlte sich Viktor erschlagen. Sollte er wirklich in das Haus gehen, das gar nicht mehr sein Zuhause war? Zögernd hangelte er sich am Zaun entlang. Susi hielt das Gartentor erwartungsvoll auf. Naja, wer ein Gefängnis übersteht, übersteht auch seine Familie. Viktor fasste sich ein Herz und betrat seinen eigenen Vorgarten.

In diesem Moment öffnete sich die Haustür.

„Papa, hallo. Schön, dass du wieder da bist. Komm doch rein."

Hildegard rannte heraus und begrüßte ihren Vater mit einer stürmischen Umarmung.

„Du siehst gut aus. Endlich die Figur, die du immer haben solltest."

„Hättest du im letzten halben Jahr deinen dämlichen Kurs gemacht, hättest du das schon früher gesehen."

„Sorry, Papa, aber ich hatte viel zu tun und es ging mir auch nicht so gut."

„Dafür scheint es dir jetzt besser zu gehen und zugenommen hast du auch. Du solltest mal abnehmen."

„Papa?!"

Doch schon wandte sich Viktor wieder ab.

„Ach, schau mal, wer da im Türrahmen steht. Gefällt dir mein Haus?"

„Hallo Viktor. Natürlich gefällt es mir. Und dein Ton ändert nichts an den Tatsachen."

„Welche Tatsachen?"

„Komm erst mal rein, Papa."

Hildegard schob Viktor sanft zur Tür. Toni machte Platz ohne den kämpferischen Blick von Viktor zu lösen. Was im Gefängnis begonnen hatte, würde wohl hier weitergehen. In der Tür drehte sich Viktor verächtlich weg. Susi folgte als letzte ins Haus.

Das war also sein Haus. Viktor schaute sich im Flur um. Bis auf ein paar uralte Familienfotos, die neu aufgehängt wurden, war alles fast beim Alten. Im Schuhregal standen Schuhe, die nicht ihm gehörten. An der Gaderobe hingen Jacken, die ihm fremd waren.

Mit mutigen Schritten ging er ins Wohnzimmer. Es waren noch die alten Möbel, doch im Regal standen andere Bücher und teilweise hingen andere Bilder an den Wänden. Dabei handelte es sich stets um Familienfotos. Sehr zentral in der Nähe des Esstischs hing ein größeres Bild von Hildegards Erstkommunion, auf dem sie eine Kerze hielt und von beiden lächelnden Eltern umringt war.

Das war eine schöne Zeit. Evi sah auf dem Bild sehr glücklich aus. Vielleicht war es doch eine gute Idee, ihr wieder einen sichtbaren Platz in der Wohnung zu verleihen. Lächelnd betrachtete Viktor das Bild.

Nach einer Weile drehte er sich um.

„So, so. Kaum bin ich weg, schon sieht hier alles

anders aus."

Er klopfte Hildegard väterlich die Wange.

„Gut so."

Leider stand aber auf dem Buffet ein Foto von Hildegard mit Toni. Ihn wollte Viktor nicht so präsent in seinem Haus haben. Schließlich gehörte er ja nicht zur Familie.

„Sind da noch mehr von denen?"

„Papa, du hast nach Mamas Tod überhaupt keine Fotos aufgestellt. Das Haus war einfach tot. Ich will, dass hier wieder Leben reinkommt und dazu gehören Fotos und zwar von allen, die zur Familie gehören. Auch die Verwandtschaft hat endlich ihren Platz gefunden. Und Toni gehört jetzt auch dazu."

„Zur Verwandtschaft? Aha. Davon weiß ich aber nichts. Und Susi, wo hängt sie?"

„Äh, du meinst Frau Süss. Äh, die ist doch nur Haushälterin."

„Nein. Ich will jetzt ein Foto von ihr genau hier haben."

„Ja, wenn du willst. Aber ich hab kein Foto von ihr."

„Wo ist meine Tasche?"

„Im Flur"

„Dann hol sie. Da ist ein Foto drin."

Hildegard holte die Tasche aus dem Flur. Susi wusste nicht, was sie denken sollte. Sie war etwas verwirrt. Sie fand es bisher ganz logisch, dass von ihr kein Bild im Haus hing. Es gab überhaupt ganz wenig Fotos von ihr. Wer fotografierte sie schon? Gerade deshalb rührte es sie, dass Viktor von ihr ein Foto auf das Buffet stellen wollte.

Toni stand mit verschränkten Armen auf der anderen Seite des Esstischs und beobachtete misstrauisch das Geschehen. Schon wieder hatte der Alte etwas gegen ihn gesagt.

Hildegard stellte die Tasche auf den Tisch.

Viktor begann sofort, nach dem Foto zu suchen. Den gesamten Stoß an Fotos und Papieren kramte er raus und breitete sie auf dem Tisch aus. Alle Fotos hatten Eselsohren, aber das machte Viktor nichts aus. Er nahm das Foto von Susi und stellte es vor das Bild von Hildegard mit Toni.

Leicht verärgert lehnte Hildegard Susis Bild an eine Blumenvase. Er musste ja nicht gleich das Bild ihres Liebsten verdecken.

„Mir wäre es lieber, das Bild bekommt einen eigenen Rahmen."

„Dann hol doch einen. Ich hab keinen. Und da war eine gute Stelle."

„Papa!"

„Wenn du die Zeiten änderst, dann ändere ich sie auch. Und dass eins klar ist, das hier ist immer noch mein Haus. Und hier bestimme ich."

„Aber das Haus ist doch so groß. Und da du jetzt wieder so viel wiegst wie nur eine Person, werden wir ja wohl noch Platz haben. Außerdem habe ich so viel in das Haus und in den Garten investiert."

„Ich hab es schon gesehen. Für das Kräutersüppchen und das Hasenfutter ist alles da."

„Du wirst sehen, es wird dir schmecken."

„Vorher bin ich doch auch ohne Hasenfutter ausgekommen."

„Aber jetzt ist doch alles anders. Du hast in den letzten dreieinhalb Jahren so viel geschafft. Du willst doch nicht wieder alles kaputt machen."

Viktor strich sich über den Bauch.

„Naja, eigentlich ist es schon schön, so schlank

zu sein. Ich kann so viel machen."

„Siehst du!"

„Kann es sein, dass du mich weiterhin überwachen willst? Im Überwacht-werden habe ich ja auch die letzten dreieinhalb Jahre geübt. Ich weiß, wie das ist. Und eigentlich habe ich keine Lust mehr darauf. Such dir jetzt jemand anderen."

„Naja, es ist doch in Ordnung. Außerdem gibt es kein zweites Haus auf der Welt, das so schön ist wie dieses von dir und Mama. Wir wollen hier auch leben und unsere Kinder großziehen."

„Ach ja. Das mit dem Heiraten ist doch noch keine beschlossene Sache, oder?"

„Doch. Es ist schon alles ausgemacht. Wir haben nur wegen deiner Entlassung den Termin so spät gelegt. Wir wollen dich dabei haben."

„Aha. Ist es denn nicht üblich, dass der Brautvater gefragt wird, ob er damit einverstanden ist?"

„Das hielt ich für überflüssig. Und bis du so antworten würdest wie ich es will, würden doch Jahre vergehen."

„Wenn überhaupt. Weißt du eigentlich, worauf du dich da einlässt?"

Viktor zeigt mit dem ausgestreckten Arm auf Toni, ohne ihn anzuschauen.

„Der Mann saß Jahre lang im Gefängnis."

„Du übrigens auch."

„Aber weißt du weshalb?"

„Ja."

„Er ist gewalttätig, ein Aufrührer, ein Bandenführer."

„Seit er hier ist, habe ich davon nichts gemerkt."

„Aber schau ihn dir doch an. Der kann jederzeit zuschlagen."

„Mir gefallen Männer, die auf ihre Figur achten. Und seine Muskelkraft nutzt er nur in der Backstube oder beim Fitnesstraining. Ach, übrigens, im Keller haben wir umgeräumt und ein paar Geräte in den Hobbyraum gestellt."

Jetzt schaltete sich endlich Toni ins Gespräch ein.

„Wenn du willst, kannst du die Geräte auch benutzen. Ich stelle dir die Gewichte so ein, dass es für dich passt. Oder du beginnst mit dem Stepper. Da tut nichts weh. Ich zeig dir auch wie das geht. Vielleicht siehst du dann endlich, dass ich auch nett sein kann."

„In meinem Haus? Wahrscheinlich habt ihr diese Mördergeräte auch von meinem Geld bezahlt."

„Papa, wir verdienen selber Geld."

„Er auch? Er hat doch früher außer Gaunereien nichts geschafft."

„Ich arbeite jetzt in der Produktentwicklung von Voll-Lecker."

„Kenn ich nicht."

„Klar, Papa. Vollkornprodukte waren dir ja bisher fremd. Aber die stellen ganz leckere Kekse und so her."

„Die darf ich doch gar nicht essen wie ich dich kenne."

„Doch, in kleinen Dosen. Selbst Frau Süss weiß, wie viel angemessen ist."

„Darf ich auch mal was sagen?"

Mit Susis Redebeitrag hatte niemand gerechnet. Überrascht drehten sich alle zu ihr.

„Ich finde, wir stehen hier alle so ungemütlich rum. Wie wär's, wenn wir uns hinsetzen und ich koche uns einen Tee. Und die Vollkornkekse kann ich doch auch decken."

„Eigentlich steht ein Eintopf auf dem Herd. Ihr habt doch auf eurem langen Heimweg sicher noch nichts zu Mittag gegessen."

Wieder gelang es Hildegard gegenüber Susi das letzte Wort zu haben. Und Viktor staunte, dass ihm selber gar nicht aufgefallen war, wie lange er nichts mehr gegessen hatte.

Toni seufzte, da ihm wieder die Gelegenheit genommen wurde, sich bei seinem zukünftigen Schwiegervater beliebt zu machen. Er schaute Hildegard nach, die von Viktor und Susi gefolgt, in die Küche ging.

„Darf ich noch vorher einen Blick in die Speisekammer werfen?"

Viktor öffnete die Tür und betrachtete die Regale, die nun ganz anders bestückt waren als früher. Die Großpackungen, die Susi immer gekauft hatte, gab es nicht mehr. Auch die Marken waren ganz andere. Die Essiggurken gehörten noch zu den wenigen vertrauten Verpackungen. Offensichtlich hatte Hildegard Susi mächtig beeinflusst.

„Die Regale waren doch früher voller, oder?"

„Stimmt, aber seit Hildegard da ist, kochen wir mehr frisch und das kann man nicht im Vorrat kaufen."

„Und sonst?"

„Ich passe mich an. Ich kann so und so kochen. In meinem Kühlschrank in der Einliegerwohnung gibt es noch ein paar Sachen, die Hildegard nicht sehen darf."

„Für den Notfall sozusagen."

„Für dich aber wirklich nur für den Notfall. Wir wollen dich doch so lassen wie du jetzt bist."

„Einverstanden."

„Das Essen ist fertig. Kommt ihr bitte."

Selbstverständlich hatte Hildegard das ganze

Gespräch mitbekommen, aber jetzt sagte sie nichts dazu. Sollte sie erkennen, dass Susi Viktor wieder mal zu viel gibt, würde sie einschreiten. Aber eigentlich schien sie ja einsichtig zu sein. Also wozu was sagen?

17. JUNGE LIEBE UND JÜNGERES GLÜCK

Zum ersten Mal genoss es Toni, Überstunden zu machen. Während er sich in den letzten Monaten stets beeilte, schnell heimzukommen, um seine Hildegard in den Arm zu nehmen, war er jetzt froh, um jede Minute, die er nicht zu Hause war.

Kaum war er zu Hause, sparte Viktor nicht mit gemeinen Worten, um den jungen Mann aus dem Haus zu treiben. Dabei hatte Toni keine Möglichkeit, sich zu wehren. Hildegard zuliebe wollte er eine friedliche Hochzeit. Da konnte er jetzt keinen offenen Streit anfangen.

Außerdem konnte Hildegard eh viel besser mit ihrem Vater reden. Sollte doch sie ihm die jüngste Neuigkeit sanft mitteilen.

Aber dazu hatte Hildegard kaum Gelegenheit. Bevor sie zur Arbeit ging, lag ihr Vater noch im Bett und wenn sie abends heimkam, saß er entweder tuschelnd oder kichernd mit Frau Süss zusammen oder er lenkte das Gespräch schnell in eine Richtung, dass Hildegard keine Lust mehr hatte, es ihm zu sagen.

Eine Woche war jetzt um. Es war Samstag und noch kein Wort war gefallen über den Grund für den frühen Hochzeitstermin. Innerlich ärgerte sich Hildegard darüber, dass ihr Vater und Frau Süss so egoistisch waren, dass beiden noch nicht aufgefallen war, warum sie immer so lockere Kleidung trug.

Aber jetzt war es Zeit. Länger wollte Hildegard nicht warten. Schon seit über einer Stunde lag sie wach im Bett und festigte den Gedanken, dass sie heute jedes Getuschel der beiden unterbrechen würde, um endlich mal den beiden zu sagen, dass es nicht nur um die Hochzeit in drei Wochen ging, sondern vor allem um das Kind, das in drei Monaten geboren werden sollte.

Toni lag um zehn Uhr immer noch im Halbschlaf, während er Hildegards schwangeren Bauch streichelte und vom Vatersein träumte. Plötzlich traf ihn die Decke mitten ins Gesicht. Der schöne runde Bauch rutschte aus seinen Händen. Innerhalb einer Sekunde saß Hildegard aufrecht vor ihm.

„Du, Toni, ich glaub, wir sollten es ihm jetzt sagen. Ich will, dass er sich so schnell wie möglich damit abfindet, dass ich eine Braut mit dickem Bauch sein werde. Wir haben schon viel zu lange abgewartet."

„Ja, beim Mittagessen, wenn du es schaffst, dass er zuhört."

„Nein, das ist zu spät."

„Meinst du jetzt gleich?"

„Ja, am besten sofort. Man soll nicht alles aufschieben. Sonst wird es nur noch schlimmer."

So schnell konnte Toni nicht schauen, wie Hildegard aufstand, den Morgenmantel überzog und zur Tür ging.

Es war nicht das erste Mal, dass Toni von Hildegards Entschlussfreudigkeit überwältigt wurde. Und jedes Mal fühlte er, dass es ernst werden könnte. Also sprang auch er aus dem Bett und folgte ihr.

Viktor schlief schon lange nicht mehr, was aber nicht bedeutete, dass er sich nicht in seinem Schlafzimmer aufhielt.

Zusammen mit Susi räumte er seine alten

Kleidungsstücke aus dem Schrank aus.

„Schau mal, die Hose hat dir früher bestens gepasst. Du hast sie oft angehabt."

Susi hielt die Hose mit fast ausgestreckten Armen hoch. Viktor nahm ihr die Hose ab und hielt sie vor seinen Körper.

„Weißt du, wozu ich jetzt Lust hätte?"

„Nein, was?"

Doch anstatt zu antworten, legte er die Hose aufs Bett und zog die Hose, die er anhatte mitsamt dem Hemd aus.

Jetzt stand er nur noch in Unterwäsche da. Susi fiel gleich der Bauch auf, der nur als dünner Hautlappen die Unterhose bedeckte. Sie zeigte mit dem Finger darauf.

„Das wusste ich gar nicht."

„Was?"

„Na, dass dein Bauch so runterhängt."

„Ach das. Das ist halt so."

„Das kann man doch wegoperieren?"

„Ja, vielleicht später einmal. Aber jetzt komm. Ich will erst mal was ausprobieren."

Viktor zog die alte Hose an, hielt sie mit weit gestreckten Armen hoch und betrachtete sich interessiert im Spiegel.

„Und jetzt du?"

„Ich? Soll ich jetzt mal die Hose anziehen? Aber da pass ich doch noch viel weniger rein als du."

„Nein, nicht alleine, mit mir zusammen. Komm."

Auffordernd hielt er ihr den Hosenbund hin.

Susi errötete.

„Das macht man doch nicht."

„Doch. Ich will wissen, ob das geht."

„Also, wenn du meinst."

Trotz aller Verlegenheit, konnte Susi der auffordernden Körperhaltung von Viktor nicht widerstehen. Mit einer Hand griff sie nach dem

Hosenbund, mit der anderen stützte sie sich an Viktor ab. Die Hausschuhe ließ sie beim Einsteigen fallen. Sie kicherte.

„So was habe ich noch nie gemacht."

„Ich auch nicht. Bisher ging es ja auch nicht." Susi suchte das richtige Hosenbein, trat auf den Stoff, kicherte verlegen, korrigierte ihre Fußstellung und wiederholte alles beim zweiten Bein. Dann stand sie auch drin und gemeinsam grinsten sie in den Spiegel, wobei Susi sich verkrampft am Hosenbund festhielt.

Viktor fand die Situation sehr amüsant und veränderte durch Schaukelbewegungen den Abstand zu Susi, um zu sehen, wieviel Platz da noch war.

„Schau, wir passen beide gemeinsam rein. Das wäre vor drei Jahren noch nicht gegangen. Ist doch schön, oder?"

Viktor umarmte Susi und drückte sie liebevoll an sich.

„Sollen wir sie als Erinnerung aufheben?"

„Ja. Und da schlüpfen wir immer wieder gemeinsam rein, wenn wir gerade Lust haben ..."

„... und uns niemand sieht."

Mit einem viel zu kurzen Klopfen wurde die traute Zweisamkeit jäh gestört. Hildegard stand im Türrahmen und traute ihren Augen kaum. Da standen ihr Vater und Frau Süss gemeinsam in einer extraweiten Hose und starrten sie an. Verkrampft hielt sich Hildegard an der Türklinke fest und versperrte so Toni den Weg, der bei diesem Anblick nur ein kurzes „oh" rausbrachte.

„Was macht ihr da?"

„Dies ist mein Schlafzimmer, falls du dich noch

daran erinnern kannst. Du bist es wohl nicht mehr gewohnt, dass jemand hier drin ist."

„Ich dachte ..."

„Du sollst nicht denken, sondern warten bis ich 'herein' sage. Susi hat mir geholfen, die alten Hosen durchzusehen."

„Muss ich jetzt auch Susi sagen, nachdem ich euch so sehe?"

„Ja, das solltest du. Sie wird nämlich in Zukunft öfter mein Schlafzimmer betreten. Und du solltest hier eigentlich nicht rein. Also, wird's bald, oder muss ich euch erst einander vorstellen."

Beide Frauen lösten nur schwer ihren starren Blick.

„Hallo, ich bin Susi."

„Und ich bin Hildegard."

Um die neue Duzfreundschaft zu besiegeln, streckte Susi Hildegard die Hand entgegen. Der Versuch, auf sie zuzugehen, scheiterte an der Hose, die sie an Viktor festband.

Sie vergaß, in welchem Zustand Viktor in die Hose reingeschlüpft war und dachte nur daran, dass sie die Hand reichen wollte.

Also ließ sie die Hose los, stieg heraus und ging auf Hildegard zu, die immer noch wie angewurzelt an der Tür stand. Toni dachte daran, Susi die Hand zu reichen, doch Hildegard versperrte ihm den Weg.

Der Blick von Hildegard wurde so unbeweglich wie ihr Körper. Sie ignorierte Susis Hand und starrte nur auf den Bauch ihres Vaters. Der schwabelige Hautlappen hing bis zu den Knien runter.

Die Hinweise ihres Vaters über Susi schossen ihr durch den Kopf und leiteten sie zu einer Schlussfolgerung.

„Warum bist du unten rum nackt?"

„Hä?"

Viktor verstand nicht. Er schaute an sich herunter und erkannte, dass der Bauch die Unterhose bedeckte. Zum Beweis, dass er doch bekleidet war, hob er den Bauch hoch und zeigte die an sich breite Unterhose.

„Siehst du, es ist alles in Ordnung. Ich bin nicht nackt. Wir machen nicht so Sachen wie ihr, erst recht nicht in aufrechter Haltung. Ich staune, dass du mir das zutraust."

„Ich wusste gar nicht, dass du so aussiehst."

„Naja, jetzt weißt du es."

„Kann man das wegoperieren?"

„Ich weiß nicht, ich habe noch nicht darüber nachgedacht."

„Wirst du?"

„Das geht dich nichts an. Was habt ihr Frauen eigentlich? Das ist doch egal, wie ich aussehe. Mit der Hose drüber merkt doch kein Mensch etwas."

Viktor zog sich die Hose hoch, um seinen Bauch zu bedecken.

„Aber eigentlich? Warum mach ich das? Das ist mein Haus. Da kann ich aussehen, wie ich will." Er ließ die Hose wieder fallen und präsentierte seinen nackten Bauchlappen.

„Ihr könnt ja wegschauen, wenn es euch stört. Was ich aber wissen will, ist, warum du hier überhaupt reingekommen bist, und dann auch noch zu zweit."

„Naja, ich, also wir wollten dir sagen, dass ich schwanger bin. Damit du weißt, warum wir schon in drei Wochen den Hochzeitstermin haben und damit du Zeit hast, dich auf deinen ersten Enkel zu freuen. In drei Monaten ist es soweit."

„Ach, so ist das. Deshalb wollt ihr so schnell heiraten. Ihr seid ja sehr fleißig darin, in allen Bereichen Fakten zu schaffen. Habt ihr auch schon ein Kinderzimmer ausgesucht?"

„Ja. Das neben meinem. Es wird ja sonst nicht genutzt."

„Aha. Und brauchst du vielleicht in den den nächsten drei Monaten noch meine alten Hosen? Bitte bedien dich. Du hast die freie Auswahl."

„Nein. Ich wollte es dir nur sagen."

„Dann könnt ihr ja wieder gehen. Und die Tür zumachen."

Ohne ein weiteres Wort schloss Hildegard die Tür und ging mit Toni zurück in ihr Zimmer. Noch lange sprachen sie über das, was sie gerade erfahren hatten, über die womöglich engere Beziehung zur Haushälterin und über den Hautlappen, der in aller Schlaffheit an den frühreren Bauchumfang erinnerte.

„Ich konnte mir einfach nicht vorstellen, wie er aussieht."

18. DER REST MEINES LEBENS

Bei fast allen Hochzeiten der Welt ist die Braut nicht die einzige Frau, die aufgeregt ist. Auch Susi wachte schon früher auf als nötig. Sie wusste gar nichts Sinnvolles mit der Zeit anzufangen, da sie schon am Vortag alles peinlich genau vorbereitet hatte.

Aber endlich war es soweit. Auch Viktor und Hildegard standen auf und sie konnten gemütlich frühstücken. Das erste Mal seit langer Zeit schlief Toni nicht im Haus. So fiel das dämliche Geturtel der Brautleute aus und Susi konnte endlich mal reden. Vor lauter Aufregung plapperte sie aber mehr als dass sie ein ordentliches Gespräch führte.

Sie bot Hildegard ein letztes Mal an, ihr beim Anziehen zu helfen.

„Nein, danke, das ist nicht nötig. In das Kleid komme ich ganz alleine rein."

„Ich weiß, es ist ja nur ein ganz schlichtes Strechkleid aus dem Schwangerschaftsmodengeschäft."

„Genau."

„Ich verstehe auch, dass du deinen Brautstrauß selber gebunden hast, obwohl ich ja zwischen den Rosen keine von deinen Kräutern gebunden hätte. Aber du könntest doch wenigstens heute mal eine festliche Frisur tragen, nicht immer diese langweilige, die du jeden Tag trägst."

„Den Schleier kann ich alleine anstecken und mehr Veränderung will ich nicht. Und schminken kann ich mich auch alleine. Danke, ich brauche keine Hilfe."

Susi bedauerte es, dass sie nie eigene Kinder hatte. Vielleicht hätte sie dann die Chance gehabt, für die Tochter ein elegantes Brautkleid zu nähen. So verwirklichte sie sich bei ihrem eigenen Kleid. Wenigstens das hatte festliche Rüschen.

Da Viktor nichts Festliches in seiner aktuellen Größe besaß, konnte sie auch hier ihre handwerkliche Begabung und ihren guten Geschmack unter Beweis stellen. Sie hatte große Freude daran, ihn den ganzen Hochzeitstag in dem eleganten Anzug zu sehen.

Irgendwann war der Vormittag dann doch vorbei und ein Neffe von Viktor klingelte.

Nach der Begrüßung gab er Hildegard Komplimente, was für eine schöne Braut sie sei. Susi wusste, dass das nur Höflichkeit war.

Dann stiegen sie alle ins Brautauto und fuhren zur Kirche.

Dort wartete schon Toni voller Sehnsucht, der sofort auf das Auto zuging, als er es sah.

Freudig öffnete er seiner Braut die Autotür und bewunderte ehrlich ihre Schönheit. Dann kam auch Viktor dazu.

„So, jetzt habt ihr euch ja wieder nach dieser langen Trennung."

„Papa, das gehört sich so, dass man die Nacht vor der Hochzeit getrennt verbringt."

„Das ist eine Farce. Man sieht dir doch sowieso an, dass du keine Jungfrau mehr bist. Ihr habt doch in allen Dingen Fakten geschaffen, ohne mich zu fragen. Selbst mit deinem Blumenstrauß zeigst du, dass der Garten schon dir gehört. Bin ich froh, dass ihr von mir nicht die dämliche amerikanische Sitte verlangt, dass ich dich den Kirchengang entlang schleppen muss. Das wäre ja eine noch größere Lüge, ihr körnerfressende Faktenschaffer. Also, viel Spaß heute. Komm, Susi."

Viktor nahm Susi, die sich inzwischen dazugestellt hatte an die Hand und ging in die Kirche. Die erstaunten Gesichter der Gäste, die noch vor der Kirche rumstanden, interessierten ihn nicht. Auch Tonis Eltern wollte er jetzt noch nicht kennenlernen. Das hatte Zeit bis später. Während des Gottesdienstes dachte Viktor nach. Schon als Hildegard an Tonis Arm durch den Kirchengang einzog, überflog ihn die Erinnerung an seine eigene Hochzeit.

Evi war natürlich viel dünner als Hildegard. Sie war ja auch damals noch nicht schwanger. Aber auch sie hatte einen starken Mann, bei dem sie sich einhängen konnte. Viktor erinnerte sich daran, wie er mit stolzem Blick damals den Gästen zeigte, was für eine tolle Braut er hatte. Dann wurde gesungen und der Pfarrer sprach allerhand Sachen, an die er sich nicht mehr erinnern konnte und dann sagte sie „ja". Er war der glücklichste Mensch auf der Welt. Und heute konnte sie nicht hier sein. Eine Träne kullerte über seine Wange. Er griff nach Susis Hand und erdrückte diese fast, als wollte er sagen: „Bleib bei mir und verlass wenigstens du mich nicht zu früh."

Susi drehte sich zu ihm, sah die Träne und reichte ihm mit der freien Hand ein Taschentuch. Die erste Hand blieb noch lange fest umklammert von Viktor.

Als sie am Nachmittag das Hochzeitslokal erreichten, waren alle Tränen getrocknet. Beim Sektempfang wurden die Pflichtgespräche mit der Verwandtschaft erledigt und selbst das Vorstellen von Tonis Eltern und Geschwistern verlief reibungslos.

Das Kuchenbuffet sah aus wie Viktor es

erwartet hatte. Die vielen Obsttorten stammten alle aus Tonis Backstube und selbst wenn der Gesundheitsfaktor nicht das Obst war, so war doch jeder Kuchenteig gefüllt mit vollem Korn. Und die Hochzeitstorte war, wie kann es anders sein, ein Karottenkuchen.

Die Hochzeitsgesellschaft jubelte, als das Brautpaar den Kuchen anschnitt und Viktor das erste Stück gab. Animiert von der Gesellschaft, lachte auch Viktor, aber innerlich wünschte er sich doch ein Kuchenstück, das ihn an früher erinnerte.

Endlich ergab sich die Gelegenheit, mit Susi allein am Tisch zu sitzen. Die Brautleute standen noch am Kuchenbuffet und die Eltern des Bräutigams mischten sich noch immer mit Sektglas in der Hand unter die Gäste. Der Ehrenplatz in der Mitte des Saals war eine wohltuende Oase der Ruhe inmitten des Trubels der Hochzeitsgesellschaft.

„Ich freu mich schon, wenn das alles wieder vorbei ist."

„Ja, mir sind das auch zu viele Leute. Und ich kenn die ja alle gar nicht."

„Tja, die einen kenne ich nicht. Und die anderen will ich nicht sehen. Schade, dass wir nicht abhauen können."

„Das mit dem Kuchen habe ich ja so erwartet. Alles nur dies komische Vollkorn. Nicht mal die Hochzeitstorte ist etwas besonderes. Aber ich werde ja nie gefragt."

„Seit Jahren versucht Hildegard, Karotten zu meinem Lieblingsessen zu machen. Aber es ist ihr bis heute nicht gelungen. Oder schmeckt dir dieser Kuchen?

„Wir wissen doch, dass wir uns einig sind."

Schweigend kabberten sie ihren

Karottenkuchen und tranken Kaffee. Immerhin zeigte Hildegard hier, dass sie wusste, was sich gehört. Es gab ausreichend von dieser wohlschmeckenden Alternative zu ihrem Kräutertee.

Während sie so dasaßen, schaute sich Susi um. Da fiel ihr Blick auf den Geschenktisch, auf dem schon viele Gäste etwas abgestellt hatten.

„Was schenkst du eigentlich deiner Tochter zur Hochzeit?"

„Das hast du doch mitgekriegt."

„Nein, was denn?"

„Na, die wohnen doch seit zwei Jahren mietfrei in meinem Haus. Ich finde, das ist genug Hochzeitsgeschenk."

„Stimmt. Da hast du recht. Willst du dann, dass die jetzt ausziehen, wo sie verheiratet sind?"

„Ach, ich weiß nicht. Hildegard hat doch alles unternommen, um sich das Haus anzueignen. Sie hat sich nur noch nicht getraut, meine Möbel wegzuschmeißen. Aber ansonsten bestimmt sie doch alles. Schau, im Garten wachsen nur noch gesunde Kräuter und Gemüse. In der Küche gibt es nur noch Vollkornbrot. Im Keller stehen Fitnessgeräte. Und meinen alten Sessel benutzen sie immer zu zweit."

„Aber wenn sie ausziehen, dann können wir es wieder so machen, wie wir wollen."

„Das wird sie ohne Diskussion nicht mitmachen und dazu habe ich wiederum keine Lust. Du hast doch gehört, was sie gesagt hat, von wegen das Haus ist groß genug und so und es erinnert sie an Evi. Sie wird nicht gehen."

„Sollen sie dann weiterhin da wohnen?"

„Ich habe mir folgendes überlegt: wir ziehen aus."

„Wir? Aber wohin?"

„Mach dir keine Sorge. Ich habe in den letzten drei Wochen viel nachgedacht über uns alle und ich habe endlich wieder selber meine Finanzen überprüft. Wir kaufen uns einfach eine Wohnung für uns beide. Ich habe schon für nächste Woche einen Termin bei einem Makler ausgemacht."

„Und ist die Wohnung auch nicht zu klein für uns?"

„Nein, die hab ich noch gar nicht ausgesucht. Du sagst dem Makler, wieviele Zimmer du haben willst. Ich will auf jeden Fall zwei. Und dann sucht er uns die richtige Wohnung aus."

„Und darf ich mein Zimmer dann selber einrichten?"

„Ja, du darfst sogar das halbe Wohnzimmer und die Küche selber einrichten."

„Und du? Hast du schon besondere Wünsche, wie du die Wohnung einrichtest?"

„Ja, ich will einen eigenen Kühlschrank."

„Das ist ja viel besser als ein Hochzeitsgeschenk. Da sind wir endlich wieder zu zweit. Aber wirst du dann wieder so dick wie früher?"

„Nein, weil du aufpasst. Aber ab und zu was Leckeres, kann doch nicht schaden, oder?"

E N D E